远 书

止庵 著

山东画报出版社

目 录

题记 / 001

致谷林 二十八通 / 002

致李君维 六通 / 032

致李世骥 四通 / 042

致钟叔河 一通 / 052

致朱金顺 二通 / 054

致王世家 一通 / 058

致陈学勇 二通 / 060

致顾农 六通 / 063

致储钰泉 一通 / 068

致陈子善 一通 / 069

致王亚非 二通 / 072

致戴大洪 八通 / 075

致谢其章 三十六通 / 084

致扬之水 二通 / 128

致张佩瑶 二通 / **133**

致张抗抗 三通 / **137**

致考萍萍 三通 / **141**

致王稼句 二通 / **146**

致徐峙立 二通 / **149**

致小川利康 三通 / **152**

致张杰 一通 / **156**

致李焱 九通 / **158**

致杨华 一通 / **168**

致李静 二通 / **171**

致史航 二通 / **174**

致谢刚 一通 / **177**

致杨慧林 一通 / **179**

致陈建军 一通 / **180**

致叶格杰 一通 / **182**

致虹影 一通 / **185**

致洁尘 二通 / **186**

致李大星 一通 / **189**

致颜桥 一通 / **191**

致尹安贵 一通 / **192**

致赵心宪 三通 / **194**

致董宁文 四通 / **199**

致张际会 六通 / **204**

致黄福群 二十七通 / **211**

致李森 一通 / 251

致刘宏 四通 / 253

致顾文豪 八通 / 264

致刘景琳 二通 / 272

致刘铮 三通 / 275

致熊娉婷 一通 / 279

致赵林 一通 / 281

致金文蕙 一通 / 282

致陈蕙慧 一通 / 284

致杨小洲 一通 / 285

致汪成法 二通 / 287

致徐明祥 一通 / 291

致于晓明 一通 / 293

致肖毛 一通 / 295

致江慎 六通 / 299

致子非鱼兮 一通 / 305

致段炼 六通 / 306

致眉睫 五通 / 311

致周蓓 二通 / 318

致云也退 一通 / 320

致卞琪斌 三通 / 321

致王志宏 五通 / 326

致季惟斋 五通 / 334

致邓晶晶 一通 / 341

致朱璐 二通 / 343

致朱自奋 一通 / 346

致孔德婧 一通 / 347

致于彤 一通 / 348

致郭礼绵 一通 / 349

致黄江苏 五通 / 350

致胡紫薇 一通 / 355

致刘琼 一通 / 357

致王雪霞 一通 / 362

致曹雪萍 一通 / 364

致王倩 一通 / 366

致李楠 一通 / 370

增订版后记 / 373

题　记

我看影印的前人手札，不少有如知堂所说"或通情愫，或叙事实，而片言只语中反有足以窥见性情之处"；书法、信笺、印章、格式，往往亦颇可观。惟付诸排版铅印后，形式之美丧失殆尽。因想起正好鱼目混珠：字丑纸劣得以藏拙，发E-mail亦无所谓矣。我编这本小集，理由之一即在于此。当然也可以说，就中偶有只言片语，或许能补所作文章之缺。不过果戈理出了《与友人书信选》，好挨一顿臭骂；大师何敢攀比，遭遇却恐相当。除致谷林翁信系借回选抄外，其余均由自家电脑存留者中挑拣，计得二百余通。素喜贾岛《寄远》之句："鱼飞向北海，可以寄远书。"今即以此为题云。

丙戌年除夕之夜

致谷林 二十八通

一

谷林先生：

您好。谢谢您的信。我这两天想，或许《书边杂写》该有个姊妹篇，即是将您的信编录一集，谈书谈人，意味之深长隽永与《书边杂写》正是相当，亦让后人得见好文章也。我一向觉得好文章都是非正统和不规矩的，所以于尺牍、日记、札记、题跋特别留意，似乎比专门写的文章更有意思些呢。

先生比我于废名，真让我有大欢喜。我最喜欢的新文学家之一便是此翁（虽然他写《桥》《莫须有先生传》和那些随笔时年龄并不太大），尤其喜欢他文章中的"理趣"。说实话，"理趣"是比"情趣"更有趣也更难的。他的作品我也是尽量找来读——一九四九年之前的几乎都好，之后的几乎都不好，最后十几年他真的完了。这太可惜。

我自己从前是写诗的，因为先生书中不怎么谈诗，想着恐怕是不大喜欢，就没寄呈诗集，这回不揣冒昧寄呈一册罢。先生看不入眼，弃之可也。

我有个已酝酿十年的计划，即写一本谈《庄子》的书，我于《庄子》确有很多一己之心得，向来（自向秀、郭象以至当下）没人说过，如无他事，今年想着手弄了，大概得花两三年时间，然绝非"巨著"，一小册子而已。

匆匆，不多写了。恭颂

安好

止庵

一九九六年三月五日

二

谷林先生：

来信接读。因忙着为先父的论文集看校样——有五百四十来页，迟复了，请谅。此书夏秋之际可以面世，虽是论文集，但我于编法上花些心思，所以有文人书之意，并不一本正经，届时当奉上一册。先父另一本书《诗选》，亦已看过数校。

您的尺牍、题跋实在太有意思，前信提议编录一集，先生且一考虑。现今散文界有"老生代"一说，乃是搞理论的人的"创意"，如果姑且借用这眼光，我倒在一个层面（至少一个层面）上看出先生文章较之同龄人（都是老前辈，恕我冒昧）特别的好处来，即我前次所写小文中说的精致。精致者，用心，且这用心真有所得之意也。我觉得人生大约有两次容易肆意，一在青年（"少年不识愁滋味"），一在老年（"老夫聊发少年狂"），结果恐都不好，故而精致之于老年文章难矣哉。先生所作不多，出书更少，我于此甚感珍惜——惜其不多，少；珍其好，且作者以此为重，以读者为重，以爱读您的文章的人为重。我觉得这是很可贵的。张中行亦为我所尊敬，然稍嫌写得多了些，出书更多，书中篇目一再重复，为我这种爱买书的人所不免惋惜。坊间新有其《月旦集》《横议集》等，皆为《负暄》三种所收文章重新遍选。然而预告中的《张中行作品集》第五卷为《负暄》三种，第六卷为《月旦集》《横议集》，不知将如何发付耳。

以上所谈，与去年拙作一文中意思或有联系，即将此剪报一并寄上。

春天来了，然则又是风沙蔽日，先生多多保重。恭颂
安好

止庵
一九九六年三月二十日

三

谷林先生：

信得。谢谢您提携后进的厚意。《关于猫》先已读到，我很佩服您写得那么空灵、有趣。前些天在电话里向一位朋友介绍此文，我说其中的功夫恐怕要好多年才修炼出来，而一股生趣则是天然，想学也学不了。

关于《庄子》的书想写已有十年，还是"尽量参透"那样一种路数，但大致也有自己的框架。我读《庄子》花过大气力，写过几万字的笔记，总想整理出来。我用心读过的书不算多，真觉得有意思的就用类似"格物致知"的笨法子把它读懂，常常看了几十万字才写成千把字的小文章。最近为写一篇关于张爱玲的随笔就把她的全集重看了大半（小说、散文均重读过），此文自己觉得稍有意思，先将原稿寄呈先生求正罢。另外有些在报刊陆续刊出，上月《青年文学》有三篇，稍集中些，亦复印一份寄上。

最近又开始重读胡适著作。我最爱读他的古典文学考证，这般做学问，实实在在，又多有创获。从前批判胡适，结果浮夸之作泛滥，此亦是报应罢。

匆匆，恭颂

春安

止庵
一九九六年三月三十日

四

谷林先生：

信得。我投寄前信与收到此信之间，曾到法国和荷兰去了一个月。原是开会而去，亦有时间看看海（大西洋）、古建筑和画。去荷兰乃是为了看郁金香和梵·高的画。我曾三次去法国，均花了不少时间看画。从前写《如逝如歌》，可以说是把达利与蒙克糅合于一处，不过这二位的真迹却未在巴黎看到。

您的信真是有趣,"进","止",我的确暗地想过有点儿关系,但一直未敢明言。"进"乃先严所赐,本因我生在"大跃进"时,但也有对我的期望与鼓励之意;我自己却中意这个"止",或许其间有种调剂罢。"进"是遗传,有此血统;"止"是学习得来。不过我生于当代,不敢太过"倒行逆施",所以就托称是笔名了。先生是明眼人,知我甚深。

我这二十年来埋头读书,说来只在三个人身上下过些许工夫,即庄子、周作人、张爱玲是也。想各写一本研究的小册子。现在庄子或许有些机缘了,拟于下半年开始做卡片,明年或更晚些可以弄出来。余二种则还是遥远的梦。张的集子仅台湾皇冠版我即有两套(版本不同),您说的影印本《流言》及《传奇》我也有,《张爱玲散文全编》也买了,然则若说"全"则此书尚差十来篇,有的是编者未搜集着,有的是政治原因(《〈秧歌〉跋》《〈赤地之恋〉序》),有的是散文观念不一样(如《对照记》,依愚见亦可算作散文),但先生说"态度诚实",则可坐实。举一个例:此书收有张爱玲中学作文数篇,倒是算是"附录";其他大陆版张著则将此等作文习作径直列入正文,我想就于作者太不尊重了。记得郑板桥为其诗钞所作序中有云:"板桥诗刻止于此矣,死后如有托名翻板,将平生无聊应酬之作,改窜烂入,吾必为厉鬼以击其脑。"张爱玲生前也说过不少不满意"发掘者"随便发表其所谓"佚文"的话,现在作文亦编入文集,真是苦了她了。我自己也写过书,编过书,写书时想着爱惜自己,编书时想着爱惜作者,庶几无愧矣。

先生近来好么,很是想念。有机会读到新作,则幸甚。

匆匆,恭颂

安好

止庵

一九九六年五月十一日

五

谷林先生:

信得。《对谈》确如您所批评的,"过于疏略了现实",这批评我全接受。昨晚正好读过知堂老人的文章,他说:"小时候读贾谊《鵩鸟赋》,前面有两句云,庚子日斜兮鵩集余舍,止于坐隅兮貌甚闲暇。心里觉得希罕,这怪鸟的态度真怪。后来过了多少年,才明白过来,闲适原来是忧郁的东西。"当时很有感想,觉得这里的意思很深,又想当今之世恐怕也只有把这意思写给先生了。今天收到先生的信,举了周(鲁)、朱两位的例,与我的感想正是相应。

我不善亦不愿写时文,然而对于现实还是留心的,觉得这种留心应作底子体现于文章中,否则岂不真成了玩家了么,这是我不大佩服梁实秋、林语堂辈的地方,而知堂文章的好处正在这里。过去写过一篇《迂阔之论》收在集内,大概从中亦可看到我对于现实的一种关心罢,只是我不会写,少蕴藉些子。前几天偶从《北京晚报》上看到有人提倡以"乾隆""雍正"之类名字命名宾馆饭店,我深有"来了"之惧(从前发表过一篇《回来》隐约表露此意),觉得反封建恐怕还远远没有到头；非但如此，现在较之从前在这方面反倒退步了也未可知。又如辜鸿铭竟也能走红亦是一例。然则这样的感慨我不大会写，也就不敢下笔。以上所说不是解释，先生是知我的人，我是有此一种苦衷。

陆键东之著亦读过，尝对朋友说，在沉默而坚定的陈寅恪与沉默而冷酷的历史之间，有一个传记作者在浮躁地抒情，不亦太可悲乎。然而这样的读后感我也不大会好好地写出来。

拉杂写了这许多，或有不知所云之嫌，在我是很景慕先生，觉得先生是可以说些心里话的人。与您通信真是一件快慰的事。

匆匆，恭颂

安好

止庵

一九九六年十一月三十日

六

谷林先生：

不知近来可好，常常惦念着。

有一篇悼念先父之作，写得稍用心，寄呈先生批评。

近来读《庄》，颇有体会。举一个例：《盗跖》一篇一向视为伪作，然此文三节，各成单元，一、三两节，完全是矛盾的，由此可见是各不相干。此两节诚与庄学无干（一节提倡享乐，三节讲"度"），第二节却有些庄学意味，但一般皆将满苟得与无约视同一路,其实无约既反子张("将失而无为"是针对"不可一日无为乎"而言),又反满苟得("将弃而天"是针对"抱其天乎"而言),满苟得之"天"未必即是无约之"天",满苟得近乎前节之盗跖,而无约则与别处之庄学相去不远。前人读书亦有不甚精心处也。

我现在是于《庄子》每篇(节)下写一点笔记,已写得十二三万字了。

匆匆,恭颂

安好

止庵
一九九七年四月七日

不断抛砖,志在引玉;不知何时得见《书边杂写》续集,翘首以待者非我一人而已。此信待发,想起此数语该当写上,故而拆开信封又补上此一节"又及",请谅。

七

谷林先生:

我已打上海回来,读到您的信,很高兴。文章亦细细拜读了,我觉得先生的文风,若用《庄子》里的话来形容是"凄然似秋,暖然似春",而其中那种历史感,是我们后生小子学之不来的。这也就是先生信中说的"洪福齐天"的深层韵味罢。我自己看文章,以

"老"字为最上乘，先生文章就担得起这个"老"字，世人浅俗，喜欢热闹，恐怕体会不着这点深意呢。

我年初编了一部小文集，写了序跋各一，不便先行发表，寄上请先生批评。序中所写，确乎是我所想，我实在是不擅长与人打交道，前次拜访，恐怕多有冒昧之处。

近来仍在治《庄》。闲暇之时，也翻些闲书。我这些年买了不少书，有些印得不好，想想还是买了，因为印数很少，恐怕就是专为我辈所出的罢。

祝好。

止庵

一九九七年五月二十八日

八

谷林先生：

信得。《心香泪酒祭吴宓》一书，只在书店略翻了一下，见其中有许多对话，觉得多半出于虚构（我不大相信凭记忆能写出直接引语，何况这么多。我是爱读传记、回忆录的，但所谓传记体小说却不爱读，其间区别之一就是看用不用对话，这是我的个人习惯）；后又读到《文汇读书周报》上摘录的一节，写吴宓卜知几十年后事，正与我一贯信奉的"疾虚妄"信条相背（我这想法一方面得之知堂老人，一方面也因为是学科学出身，所以不信神秘之类的东西），所以决意不读此书。若《陈寅恪的最后二十年》可引《庄子》的话说是"言隐于荣华",此书大约该说是"小言詹詹"了。

《浦江清文史杂文集》似是《文录》的"选余",所以大不如前书,其中惟有《评陆侃如、冯沅君的〈中国诗史〉》一文,可与《文录》诸篇媲美。不知先生以为如何。

《如面谈》即是我最近要出的集子的名字。也曾拟过几个别的,都不大好,惟有一个《敲壶集》,用《裴子语林》王敦典故,似还有些意思。但一想先生曾批评我有些消极,我用此典,也实在还早了点儿,遂放下了。不过我还是喜欢那个境界。

先生旧著,我未曾读过,实在又遗憾又抱歉,不知先生手边尚有富余者否,希望能赐一册。

匆匆,恭颂

安好

止庵
一九九七年六月十一日

九

谷林先生:

惠赠的尊著《情趣·知识·襟怀》收到了,非常高兴。即以一个晚上的功夫阅读一过,很解眼馋。与《书边杂写》有相互补充之感,若以文笔论,似本书偏清朗一点儿,而《杂写》更显沉郁,不知我这感觉确否。我想起来此书我当初在书店见过,因为书名与我的意趣稍有不同,便不曾翻阅——险些儿错过好书,读到已在八年之后了。由此可见我的浮躁。

夹寄之书款亦收到。

匆匆，恭颂

安好

止庵
一九九七年六月十七日

十

谷林先生：

信得，迟复为歉。《关于鲁迅》只收到一册，已送去周家，估计得再等十天才能收到样书，届时当奉上求正。此书正文连同编后记共五十一万字，将近七百页。知堂另一部稿子《希腊神话》放在我处亦有些时日，正在联系出版社，拟写一文附于其后，迄未动手。

近来精力都花在撰写拙著《说道》（暂定名）上，已写得五万字。此书并非高头讲章之类，包括序言一篇，概述《庄子》哲学框架；后记一篇，略述自己治《庄》的路数；正文则是为《庄子》三十三篇各节写的几百则按语，长长短短，也是随笔一流文字。现已写完内七篇，计划外、杂篇各一个月写完，序及后记写一个月，再统改一个月，到年底可以完成了。这书我已写过三部稿子：一九八六年一次，去年八月一次（限于内篇），十二月到今年五月一次。现在是第四遍了。以后有精力，还想为《论语》写一部新笺，当然要有机缘；此外还想写张爱玲论和周作人论，这差不多就是我一生想干的事了。我是愚钝的人,读书这么些年,也只有这里涉及的几本书是好好读过的。

前几天有两位新结识的朋友来访,商议整理编辑周作人译文集事,谈及所爱读的书,都对先生的文章非常景仰。

匆匆,恭颂

安好

止庵
一九九七年八月三日

十一

谷林先生:

"过门而不入"实在失礼,但却不是因为忙;我怕打扰您,而且不敢未电话预约就造次拜访,不速之客恐更失礼——我记得您电话改了。写信约时间又太隆重。斟酌再三,只好出此下策,请您谅解。(寄书又怕摔坏了。)此书印制还是不好,出版社近期拟再版,重制胶片,另找印厂,嘱我校改些错字。如这一切均如愿,则收到再版本当另奉上一册,下次亦可预约拜访而弥补此番之失礼举止矣。

《关于鲁迅》第四部分原分前后两部,自五百八十页《〈呐喊〉索隐》起为后部,目录中空一行,前部末尾有附录的四封信(致曹聚仁、鲍耀明各二),结果信被出版社删去,连同目录此一空行亦不见了。此前后两部之分,即编后记所说之"因人而作"与"因书而作",前者依人事先后排列,后者因作品先后排列,现在混同一气,则搞不明白了。

此书读着颇有趣,只是前述内容被删是为一件憾事。编后记写得稍用心,似较之杨绛散文选的序有点进步,但未能畅所欲言,故只算得半篇文章。查去年十二月九日日记有云:"(一)周氏谈到鲁迅的成就,只说早期不说晚期,实际上是对晚期有所质疑;(二)写这些文章并非其所情愿,几乎是被动的,但他变被动为主动,仍然在其中宣传他的思想;(三)我对此的态度。更赞成他评衡鲁迅两个尺度(纵向即前后,横向即虚实)的前一个。"特说与先生一听。

《读庄》在写作中,已得九万字。此书写得较为晦涩,不大好看。

很惦念您,望多多保重。

止庵
一九九七年八月二十四日

十二

谷林先生:

信得,我想了想,您批评得对。我为人确乎太拘于礼,以后当改正才是。不过我也不大喜欢今人那种过分的率性而为。李白那句"我醉欲眠卿且去",我很小就听先父吟诵,总觉得态度上有点儿"夸"。我最向往的是《论语》所描述的境界,如以孔门而言,我的志向在颜曾之间。尝想写一篇《关于曾子》,但迄未动手,又拟作《〈论语〉人物志》,但这也得在《庄子》弄完之后。以上的话不是辩解,是说我性格上有此一弱点。张中行写赵丽雅的文章早读过,私心不甚以为然。不过也是人各有其特色。我虽作文多年,但平生最不喜文人习气。

拙文承蒙夸奖,很高兴。我希望将来能写一本张爱玲论,但恐要在数年之后。近来闲读一本关于鲁迅与周作人的书,觉得应该另有道理,因此也有想一写周作人的意思了,或许明年可以写一小册《读周札记》亦未可知。不过我于周氏,最大兴趣还是整理出版(按原样)他的著作,比如沦陷区那些书。

先生近来好么,很惦念的。匆匆,祝好。

止庵

一九九七年九月四日

十三

谷林先生:

您所说孙犁与刘等的区别我都觉得对,不过我就更重视他们的"同",盖内容一涉及这个方向,我不知怎的读来就不甚舒服。譬如废名,是我最景仰者,然则他后来的《跟青年谈鲁迅》等,读来令我痛心,故而这回着手编他的散文集,即以一九四九年为下限,之后一概不选了也。或许还有机会编他的诗文小说合集,亦如此处理——先生恐该批评我太过绝对了,但我实在是这么感觉。《庄子》还在写作之中,此事我亦不着急,慢慢体会,慢慢把体会写下来。写完之后就写前述之《读周札记》,也想把他沦陷期的十种书印出来,其实这书我早编好,去年本来有机会出版,然为外力所阻,我迄今尚未死心,还在争取。

冬天又来了,还望多多保重,匆匆,祝好。

止庵

一九九七年十一月一日

十四

谷林先生:

信得。谢谢您指出我引文的错误,此文收入我的《如面谈》,故赶紧打电话给责任编辑,嘱代为改正。我曾比照原书校过好几次,居然看不出来。此事甚令我惭愧,敢是未老先衰么。

来信所谈"把某些隐私一概发覆,殊非'真实''真诚'之道",实在透彻,我想这也可以说是人情罢,或者说合理未必合情。鲁迅我是景仰的,我实在很喜欢《华盖集》正续编,但有时候也觉得他刀笔吏色彩太重。除先生所说几点外,我对他写的《忆刘半农君》尤其反感,尝在小文中有所非议,也收在《如面谈》里。相比之下,知堂的《志摩纪念》《半农纪念》《隅卿纪念》《玄同纪念》,有如废名所说"生死之前,至情乃为尽礼",或许正是其高一头地者乎。先生拟作之《读周札记》,我真盼着早日读到。

废名文集已着手编辑,全书编就恐尚需时日,因散见于二三十年代刊物上的诗文收集殊为不易。编完之后,拟作一长文,充当序言或编后记,打算细细一谈,其中涉及诗意、理趣等问题,都是有意思的。

关于书的印法，先生所说按单行本出版实为最佳选择，我亦最喜欢此法，然则只怕出版社与书店两方面均不肯答应，出版社要一册书够篇幅，够码洋；书店则说太薄了的书不好摆出来。又，印刷装订方面也有问题，太薄的书书脊不容易做好。明年除编辑《废名文集》外，还想设法出版已编好的《知堂十种》，又，活动已久的周作人译文全集亦好像有点眉目，真怕都得让先生失望，为了上面说的原因。

即颂新年好。

止庵

一九九七年十二月二十四日

十五

谷林先生：

最近稍有闲暇，把玩先生前次惠赠之《藏书票世界》一书，真是精美极了。

今日收到来信，关于文章题目，记得郑板桥说过："作诗非难，命题为难。"我的困难正与古人相当。盖"读……"至少还落个老实，另外命题则往往难免于做作。虽然"读……"也是不大好。《如面谈》中《感受的分量》以下数文皆有这个毛病。我很羡慕先生作文之善于命题。

又，"聪明可及""智慧难及"，我的原意乃非就一时一事而言。凭感觉讲，聪明是一种锐利，是穿透力，而智慧则是包容，是"静默如雷"。聪明高矣，难矣，唯不以一己之聪明为最高，为最难，进而下视一切聪明乃至不聪明，方为智慧，这也就是《庄子》所谓"注焉而不满，酌焉而不竭，而不知其所由来，此之谓葆光"。至于"可及""难及"，主要是一种文学史上的评价以及别的作家的类比性，所以二语之前特地各标了个"其"字也。不知先生以为如何。

我这一向文思枯涩，写出来则语意模糊，还请先生体谅。最近酝酿作一小文，题曰《爱情小说》，却又不是时评。

张君处拟寄赠拙著小书一册，但尚要等拿到样书，乞谅。

匆匆，恭颂

安好

止庵
一九九八年二月二十五日

十六

谷林先生：

今日早晨又下雪了，这回轮到我向先生谈谈雪了，我住在城外，这是第一个冬天。一下雪，便有"封山"之感，故而甚感寂寥。此时得先生来信，真是极大安慰。先生尺牍首先乃是一种人情，若辞章之美尚在将来重读之时才能体会得到，但这实在不是埋没辞章之美的理由也。

丽雅女史为我素所敬仰，之所以未送（近日拟送去）《如面谈》

者，因思其用心乃在名物，拙著则多于思想方面着力，恐怕不甚感兴趣罢。前次见面，即提出拟以《庄子》换《诗经》，其实《庄子》也是只谈哲学，仍不是她的路数。《庄子》在印刷中，本月末或下月初可以面世，当送至府上，则届时又有理由拜谒谷林翁也。

《落枕集》我又有点儿想缓缓了，因为才八万多字，终究单薄，不如积攒至十五万字左右再说。一翻就完了，拙文没有那么大的力度，像《野草》那样。

匆匆，祝好。

止庵
一九九八年十二月六日

十七

谷林先生：

久疏问候，近来可好。在《文汇读书周报》上拜访先生的大作，觉得很好，希望读到更多。我近来仍写谈画小书，进展缓慢，颇有事倍功半之感。大约尚需三四个月才能了结此事，之后便专心读《论语》了。前些时往访丽雅女史，承蒙惠借鹤西著作一册，我早知道他与废名友谊甚笃，因想倩女史代致问候之意，不想他却在近日故去了，真是不胜悲哀。鹤西的文章颇好，早年近乎古人作词，晚年则通达平和，我拟作一小文评论之。又近日从上海买得江绍原文选二种，连同早先读过的《发须爪》和《中国古代旅行之研究》，共是四种了，也喜欢他的识见和文章。我写有前言之知堂翁《艺术与生活》已出版，但印制甚陋，真可一叹。

匆匆，恭颂

安好

止庵拜
一九九九年二月十日

十八

谷林先生：

每次拜访先生，都非常愉快。先生所谈，又极精辟，惜乎不得有子、曾子门人写《论语》也。此我所以不揣冒昧，一而再、再而三谏言先生多写文章；前写《关于有感而发》，亦是"有感而发"。我这人别的方面大约可以算得后现代派，惟独文化一事，觉得尚有责任。出版《希腊神话》《阿赖耶识论》二书，均是出乎此心，而对待先生亦不敢不有所督促也。

昨日在书店买了一本《苏青传》，写得实在不行，我只是想多知道点事。然其中一句"《古今》是汉奸杂志无疑"，却反倒让我下决心要编选一番了。盖在中国"想当然"几成风气矣。又前次说及周一良氏，我想"文人无行"本是陈词滥调，但若此公，又断乎逃不出这四个字，真可为之一叹息也。凡事于己须严，于人宜宽，孔子所谓"约"，所谓"克己"，其有深意在焉。

匆匆，祝好。

止庵拜
一九九九年四月六日

十九

谷林先生：

　　《孩子的生日》是至情之文，反复吟读，为之感动，而且先生一管笔，最是自由无羁，这都是我极为景仰的。

　　我已将关于画的小书写完，取名《画廊故事》，此亦与二三友人（丽雅女史在内）再三讨论才得到的，仍不甚如意，取其较为平实耳。现将小引、后记附上，请先生一笑。正文凡四部分："女人""大自然""梦""时代"，各若干则。

　　写完此书，有些空闲，拟将《落枕集》重编出来，尚需补写几篇，皆关于外国小说之作，然亦不易谈出新意。

　　我是如知堂所谓"苟活性命于乱世"者，所能做的亦只是读书而已，或者即如此翁所说读历史最是合宜，然而所想到的，亦不过如其在《闭户读书论》《灯下读书论》中写过了的。我一向崇敬周、胡、钱、刘这些文化自由主义者，觉得他们对二十世纪中国真有绝大贡献，近来却忽然有些怀疑了，甚至想他们也许什么影响也没有，因为整整一百年过去了，中国人的思维方式完全是老样子的。这也是我对孔子的看法，孔子哪儿是什么万世师表呢，不过是他在一个方向上，而几乎所有的中国读书人在与之相反的方向上，大家回过头去看他一眼罢了。或许这也就是从孔到周等的价值所在罢。孔子所谓"仁"亦然。我或许可以一写关于《论语》的书了。

　　请先生多多保重。

止庵拜
一九九九年五月十四日

二十

谷林先生：

敝处无邮筒，发信须往四五站之远，过节这几日未出家门，此信发不出，故迟至今日才写，甚是怠慢，请恕罪。

这些天只忙着摘录义和团材料，即电视亦未尝一看也。临睡翻些闲书，遂把三册黄著看完。有一感觉，不知确否，即此老写文，心中仍常常存着代表某一集体发言的念想，此点为我所不甚满意，故而比较而言，还是觉得他的文章只有题跋好，盖写时无从代表别人，只能自说自话也。这个意思，本拟写一小文，但又想未必妥当，因我恐怕也太不"代表"了罢，遂中止，谨将这点感想报告先生，敬请批评。私心而论，"文章是自己的好"一语真说的是，但此一"自己"非指文章写得如何，却是莫管他人闲事也。这一方面，我最推崇者即是《书边杂写》，因为干净，没这份儿污染。说到底文章是干净的好。

九月以后本拟不再写文章，但有当编辑的朋友出题目叫写，不得已又写了一篇，先寄给先生过目，不知有什么要改的地方。

匆匆，祝好。

止庵拜
一九九九年十月七日夜

二十一

谷林先生：

前日去拜访您，承蒙馈赠周氏手稿三种，这礼物太过贵重，受之不安，在此再致谢意。回家后即于灯下欣赏一过，并取《知堂集外文·四九年以后》所载刊文对照，颇觉有趣。与先生交谈时，看见先生精神甚好，于是又想老话重提：请多写些文章罢。

沈胜衣君文章拜读。拙意以为现在议论此事者均系从周氏自己旧文中取材料，爬梳史实或可，纠正谬误则有些勉强。还需从别处另找材料才是。至少沈君文中所引用的，我此前都看过（《中华读书报》所刊超哥文亦如是），希望看到新材料。而这亦是《希腊神话》所附拙文之缺陷也。前曾写《〈希腊神话〉二三事》一小文，亦无甚意思，附如另纸，请先生有暇一阅。沈文、信待下次拜访时璧还。附带说一句，其中提及《财神》出版年代，《苦雨斋译丛》总序中"一九五七年"是印错了，我原来写的是"一九五四年"。此文收入《六丑笔记》，该处未错。（出书印错了字的，值得一提的还有《樗下读庄》的序，"项鸿祚"印成"项鸿渐"了。）

现仍在写有关义和团之书，已得八万字，争取尽快写完，以了一桩事儿。

匆匆，祝好。

止庵拜

二〇〇〇年三月十日

二十二

谷林先生：

久疏问候，近来可好。昨日河北来人取走周集三十六种之校样，则此事告一段落矣。前些时周氏家属摘抄老人一九五〇、一九五一年日记若干则见寄，其中有提及先生处：

（一九五〇年）九月十二日　得劳祖德信。

九月十三日　复劳祖德信。

九月十七日　下午……劳祖德、穆叔英来访。

十月四日　得劳祖德信。

十月五日　寄劳祖德、唐弢信。

十月九日　上午寄劳祖德《永日集》一册，下午……得劳祖德信。

十月十一日　得劳祖德信。

日记全帙未见，想必其中与先生有关者尚不止这些。

顷得辽宁人民出版社寄二〇〇〇年最佳散文及随笔各一册，阅先生文章两组（前已在书店看过，唯看得不甚从容也），觉得是全书中之最佳者，或者说唯一佳者亦不为过。

不知先生看过《万象》最新一期否。其中有《张爱玲和〈新东方〉》一文，倘看了此文开头一段，再阅拙作《如面谈》之《最后一幅画像》之第五段，或者将会心一笑（不过所说系年之张作乃作者虚构，当时说的乃是《色，戒》等数篇"写于一九五〇年代"者也）。

近来有两三篇书评需要写出，之后便拟着手写关于《老子》的书了。此书系丽雅女史《诗经别裁》之姊妹篇，去年答应写的，拖至如今尚且不曾动手，盖因《老子》殊不好谈也。此书拟取名《老子演义》,不知先生以为如何。

匆匆,恭颂安好。

止庵拜

二〇〇一年四月十九日

二十三

谷林先生:

先生此信,乃是一篇妙文,与《书边杂写》中《曾在我家》相表里。倘有机缘,再托张菼芳老人抄出以后日记有关记载,则先生可以写一篇大文章了罢。信中所谓"厂甸什么斋",敢许是信远斋么。

《万象》之事,前信未及言明,今且抄录如次。

邵迎建《张爱玲和〈新东方〉》:

"一九九二年春天,我到北京去查资料,在'三味书屋'遇到了一位张迷,三十出头,在一家外国商社的驻京办事处工作。他对五十年代以后在台湾和香港出版的张爱玲的著作和相关研究资料都很熟悉,我们谈得很投机,从书店出来,意犹未尽,又一起去民族饭店的咖啡馆。走在路上,他向我提了一个问题:'你能给张爱玲的这两篇作品系上年吗?'他说的是《鸿鸾禧》和《存稿》。"

拙作《最后一篇画像》:

"我想起几年前在书店碰见一位据说是来自日本的张爱玲研究者,要买《李鸿章传》,因为张的祖父是李的女婿,所以想从那儿寻觅一点资料。"

二者说的乃是一回事。所谓"张迷"即是在下。惟如前信所说，当时说的不是这两篇文章。此事（整个这事）殊不值一提，惟觉得好玩也。

近日在读一本大书（两千来页），乃是一部小说（穆齐尔著），答应写一书评，此后便暂停小文章之写作，专心写《老子》了。

前次惠借之周著各种，大约近日即可护送去扫描封面，之后便当璧还。此一小书（文字只有九万）拟取名《苦雨斋识小》，前些时写得一篇小序，附如另纸，请先生哂之。

感冒已痊愈否，甚念。请先生多多保重。

祝好。

止庵拜
二〇〇一年四月二十四日

二十四

谷林先生：

信得，甚感。为索稿事，让先生劳神了，实在惭愧。不过先生应允发表尺牍，亦是一喜。不过（恕我如此用法）把先生的来信复读一遍，几乎每封均有对我鼓励的话，倘由我自行发表，则近乎自夸也，所以也有问题。于是决意先把"德不孤"发表出来，下期再等您的新作好了。

关于知堂之案，我亦有些想法，大约说来，其要害在于"道义之事功化"。而我个人对此的看法是，思想的价值在思想本身，前作《思想、思想者和行为者》有云："思想者的贡献仅仅在于思想。思想为思想者所贡献之后,就已经成为人类的共同财产,成为文明的组成部分,而不再为该思想者所独有。思想是否为思想者所实践,仅仅对思想者有意义,对思想则没有意义。思想的对象是整个人类。"这里不赘述了。

近日天寒,先生多多保重。

止庵拜

二〇〇三年十二月七日

《周作人晚年书信》下次拜访时呈上。又及。

二十五

谷林先生：

日前拜访,虽逢酷暑,却是非常愉快。因想起来与您相识已有九年了,一向承蒙教诲帮助,我却无力回报,实在惭愧得很。这回把《答客问》揽过来,也是想为您做点事儿,把这书当个礼物送给您,但是又怕做不好。那天说要告辞,却又折回,把"书信"说上一通,也是担心别人搞得不好。然而我又怕自己太过自信了,别人做的事儿果然不好。想到这儿不免要嘲笑自己几句了。我给《中华读书报》写过一篇小文章,谈"书的样子",自己好像于此很是留意,但也不知对不对。说到与您有关的这两本书,我的态度也许过于武断,但我实在不喜欢"有一道风景"那样的名字,所以忍不住插手。说来好笑，我也算是对《庄子》用过一点心思的，但是这些举止就一点也没有《庄子》味道。

那天我说最敬重两位老人，一是范用老，一是先生您，这是真心话，然而正因为敬重，自己也就多所拘束，不敢造次，所以九年来与先生见面、通信，每每不敢多言，结果就失去了许多与先生敞开心扉交谈的机会，这是我的性格缺点使然，亦即过于拘礼的结果罢。这次承先生信任，惠借致沈胜衣信的复印件，阅后不禁想到这一层，好有一比是先生与沈君有如父子之交，与我有如朋友之交，我想我或许更得以体会先生的气象，却也有所损失于细节处。有如《论语》成于曾子门徒之手，斯亦一得也，其得在记了不少人情事故；若是颜子记之，则只有"仰之弥高，钻之弥坚"等数点矣。以上一番话或不甚得要领，实是一番自省，先生其恕我乎。

天气太热，先生多多保重。

祝好。

止庵拜
二〇〇四年六月十二日

二十六

谷林先生：

顷得先生大札，赶紧作答，乃期待下次前往拜访之前还能赚得先生一封尺牍也。此点私心，敬请谅解。前次拜访，回来复取《答客问》阅之，忽觉当初阿泉兄拟以"有一道风景"为题，而我一再建议改之，似乎亦不近人情也。惟此乃我的毛病，虽自知之而苦于不能改，当初整理知堂翁之自编文集亦类乎此，颇有"狷介"气（不取褒义），与先生相识近十载，想必多有感觉，而先生宽容对之，是海量也。来信有云，"他毕竟是'功臣'"，我却颇有些独断之嫌呢。辩解的话，或可以说自忖对于书稍有感觉，不想使此一桩好事带有太多遗憾。既然先生表示满意，那么我也心安，先生信中所云"甘心情愿"，或可易为"心安理得"，其较恰切乎。

天气转凉，请多保重。

止庵拜
二〇〇四年十月二日

二十七

谷林先生：

信得，非常感谢先生的信任。日记事悉从先生安排。沈胜衣君虽不相识，但我想彼此都在同一园地，想必将来有见面之日，惟机缘尚不够也。我很少看报刊，又从不上网，他的文章我读得极少；但见先生特予器重，故自己也以兄弟视之。听上网的朋友介绍，沈君与我兴趣相近，惟对二事看法相左，其一涉及周作人——谈到"周作人自编文集"，他曾说："关于其装帧，也略有文人意趣，我唯一不满的是《立春前后》的封面，用了八大山人的一株老梅。八大是不与新朝合作的遗民，梅是传统上高洁的象征，我不是要纠缠于知堂的附逆，但总不能把这幅画给他吧。（如果非要用梅花形容周作人，我十多年前就遇上一个好句子，宋人毛滂的：'只怜他后庭梅瘦'，我一直觉得可以用来说出我们该对周氏有的心情。）"其一涉及胡兰成，好像对我不满《今生今世》的情感态度有所不满。我觉得见解不同，也是常事。《立春以前》封面设计我未参与，印出前也没见过，但我想就这样子或者亦无不可，因为压根儿没有什么寓意。当然若问我如何看待周氏此举，其实并不赞同，即如沈尹默所说"斜阳流水干卿事，未免人间太有情"。至于其间是非，看法则与先生同。谈到《今生今世》，我对沈君"那些恨恨地非议浪子的人，他们其实应该心里清楚这种'恨恨非议'背后，隐藏着自己生命有着怎样的缺失和赘加"不敢苟同，盖自忖还是老派人也。

日记首先还是为了实用，即查找与戴先生往返通信的日期，所以还望先生有机会觅得那二十年的，不过千万别为找书累着了。将来做何用处，还待看了再说，或许遴选出版一册"读书札记"也好。

匆匆，祝好。

止庵拜

二〇〇五年三月二十三日

二十八

谷林先生：

接读来信，非常高兴。报纸评选"优秀作者"事，殊不值一提。过去一年忙于工作，兼写周传，书评统共才得十来篇，只此便算"优秀"耶，真可博一笑也。不过先生关怀，自是铭感于心。

关于舒芜一文写在数年前。其实我很少此类之作，所谓箭在弦上不得不发耳。近拟为《江绍原藏近代名人手札》写一短文，因想起文献收集，以书信为最难。上世纪五十至七十年代，中国人不敢写信，亦不敢存信，多少旧日书札，尽遭毁弃。追根溯源，不能说与舒芜交信之举全无关系。此乃文化浩劫之一大项，然而绝少为论家提起。我觉得舒芜可比北宋之吴处厚。吴亦富才学，所著《青箱杂记》颇可观。然其笺注蔡确《车盖亭诗》，歪曲原意，以为构陷，不恰似舒芜之作《关于胡风反革命集团的一些材料》乎。此番话颇有法家气，自忖尚非诛心之论也。

先生搬得远了，见面不易，还望多多保重。

止庵拜

二〇〇七年二月十日

致李君维 六通

一

李先生：

　　来信收到，谢谢您的鼓励。我的字写得不好，所以只好打字，请您谅解。

　　我原本是学医出身，以后当过医生，文学方面只是业余爱好；此外因为家庭影响（我的父亲是诗人沙鸥先生），在这方面也算受过一点教育。我在七十年代和八十年代初写过些诗和小说，以后只是读书以为自娱。到了八十年代末，试着写些小文章，迄今共有二百多篇，先后编成三本集子《樗下随笔》（一九九五年）、《如面谈》（一九九七年）和《六丑笔记》（二〇〇〇年）出版，第四种《沽酌集》在印行中，另有关于周作人的几十篇小文章，尚未收集。这之外也写些专门的书，已经出版的有一本哲学研究《樗下读庄》（一九九九年），一本美术评论《画廊故事》（二〇〇〇年），一本历史研究《史实与神话》（二〇〇〇年）。另有一本关于《老子》的书在出版社，大约还在阅稿罢。加上《插花地册子》（二〇〇一年），便是我十年来写作之全部了。其实我的兴趣，主要在两方面，一是先秦哲学研究，我一直想写一本关于《论语》的书，然而至今未曾动笔；一是整理现代文学中一些我感兴趣而又未曾被别人整理过或整理得不理想的著作，这方面已经完成了"周作人自订文集"共三十六种，"苦雨斋译丛"（周作人翻译作品）共十种（此外尚有不少有待继续整理），《废名文集》一种，废名著《阿赖耶识论》一种。其中周作人译《希腊神话》，著《老虎桥杂诗》，废名著《阿赖耶识论》系首次面世；又，周作人著《知堂回想录》，我用原稿订正印本错漏之处有数千处，这书总算有个较好版本了。我觉得做这样的事情，比自己写文章重要得多。

《插花地册子》谈及读书，多是一己之见，未免贻笑大方，先生以宽容的态度待之，我是很感谢的。有关小说、散文等，我还写过一些小文章（譬如张爱玲），收在另外几本书中，说得稍稍周全；不过好些话题，只是一点想法，不够写成文章，就在这里说了。譬如先生提到的《黄心大师》《北京人》等，都是如此。白先勇我读过他的《台北人》等，但没有什么特别想法，所以没有谈到。好多书也因为这个原因，没有谈到。

我自己写文章，可以说是大段瓣香知堂，主要还是学他那个态度；然而我也另外有些学习对象，譬如废名，譬如《论语》《颜氏家训》，譬如古代诗话、词话，譬如二十至四十年代的某些论文，特别是浦江清、孙楷第等几家，外国翻译作品，譬如本雅明、伍尔夫、川端康成等。思想方面，则有《庄子》、卡夫卡等。我还是觉得思想更其重要。这就又要说到周作人了，我喜欢他也更多侧重于思想，特别是其中期之作（自《夜读抄》至《过去的工作》《知堂乙酉文编》）。

我觉得他最大贡献,还在传统文化的系统批判方面。

无论文学、哲学、历史,还是美术,我都没有系统学习过,所有的一点知识都来自读书,而且是拣可能读到的和喜欢读的读,所以有许多片面谬误之处,希望先生多多予以批评。这不是客气话,我真诚希望得到先生的指教。

希望保持联系。请多多保重。恭颂

秋安

止庵拜
二〇〇一年十月三日

二

李先生:

信得,谢谢。"东方蝘蜓"这名字我是知道的,尊著《绅士淑女图》也曾经在书店见过,可惜当时不曾购买,失之交臂。先生是老前辈,希望能多多指教。

我整理的"周作人自订文集",已交河北教育出版社出版,大约最近即可面世了。此事我整整弄了两年。包括自《欧洲文学史》至《知堂回想录》所有集子,其中《老虎桥杂诗》比已出版之《知堂杂诗抄》多出三十多首,以前不曾发表,包括全部《炮局杂诗》和部分《忠舍杂诗》《丙戌岁暮杂诗》《丁亥暑中杂诗》。至于《知堂回想录》,底稿原在曹聚仁处,我则通过周氏家人得到一份复印件。印本较之此稿,删、改有两三千处之多,我都给恢复过来了,原稿错字，则出校记说明。前信提及的"苦雨斋译丛"十种，有八种也是根据保存下来的原稿（均保存于周家）整理的，一种（《希腊神话》）向未出版，其余七种（《全译伊索寓言集》《古事记》《枕草子》《平家物语》《狂言选》《浮世澡堂》《浮世理发馆》）则恢复了从前印本所有删改之处。尚有两种在整理中，即《欧里庇得斯悲剧集》和《路吉阿诺斯对话集》，也要一一恢复被删改之处。我于周氏，不敢云研究（不是客气），只想把他的著作译作系统地整理出版了，将来他人研究起来，可以用为资料，不然以讹传讹，总是不好。

我自己写的东西，实在不成样子，说来惭愧得很。希望能够挑两种稍稍读来不很乏味的，呈与先生，聊为解闷，然而还望以宽容之眼光视之。

比较而言，我的兴趣更在整理出版几位现代作家的作品上。不过做起来很不容易。譬如浦江清、孙楷第，我都有心收集整理他们的著作，但是迄今未曾动手。

非常欢迎先生光临寒舍，不过我住在东北四环路以外，相当远，从先生住处到这里，可能要换好几趟车，恐怕太过劳累。不如我去府上拜访为宜，于礼貌上亦较为妥当。不知先生以为如何。或者即如先生安排，北海一聚，亦好。只是因为太远，不能去得太早，总要在十点左右。

恭颂

安好

止庵拜

二〇〇一年十月十日

三

李先生：

　　信得，久未联系，甚感亲切。大作拜读，很是有趣，先生还是多写一些这样的文章罢，让我们一饱眼福。讲到《论语》，我是最有兴趣的，《论语批注》这书我没买过，但是其中章节在报纸上发表（好像是《人民日报》）时，我每天都看的，为的可以读到《论语》原文也。总打算写一本关于《论语》的小书，迄今尚未动笔。

　　可惜先生前次来信遗失了，不知能补写一二么。

　　随信所附文章，我也读了，应该谢谢这位作者的关注。文章基本上是根据我写的几篇文章写的，也用了些别的材料，我也读过，但多半是些不完全可靠的材料，所以有些地方写错了，为免得以讹传讹，应该订正一下。我都写在空白处了。现将原件寄还，不知可否转还作者。有关先父的生平，我为他编过一份非常简略的年表，附于《沙鸥诗选》（人民文学出版社，一九九六年）之末，此外，他自己也写过几篇文章，谈到写诗经过，收入《沙鸥谈诗》（首都师范大学出版社，一九九六年），作者如果看到过这两本书，恐怕比用二手材料能够多些真实感受。倘若作者将事实与自己的真实感受融为一体，就更好了。

　　至于谈及我的部分，实在感到惭愧，因为原本不值得一提；有关评述多半转引自别人文章，其中有些看法，说实话我并不大赞同，特别是"新京派"云云，其实世间并没有这个"派"，即便是有，我也不愿意厕身其间。但是无须在这里争辩什么。总之我是很感谢作者的好意的。如果可能，请先生代我致意一下。添麻烦了。

　　我觉得自己所写的那些小文章都无所谓，不值一提；如果稍有贡献，恐怕还是整理出版周作人著作，此外，几种研究（《庄子》、《老子》、义和团等），也算小有心得。也就是说，哲学与美学上的成绩（如果有的话）总要强过文学。

这几个月简直无心做事，只写了些小文章，即前面所说之无所谓者也。

先生多多保重，天气暖和时，欢迎光临寒舍。

祝好。

止庵拜
二〇〇二年一月七日

四

李先生：

信得，谢谢。我说"天气暖和时，欢迎光临寒舍"，当然不是客气，与先生晤谈，甚是快慰。

承蒙夸奖为周集所撰各篇"关于"，当初的确写得较为用心，准备也较充分，虽然写成三十六篇，一共只用了不到两周时间。此外尚写过几篇文章，多讨论版本问题，未曾结集。一总有十万字左右。去年春天曾交某出版社，取名《苦雨斋识小》，但是做好校样，却不见印行，亦不说不出。年末终于索回，改交另一出版社，仍用原名，文字略有修订，如无意外，估计春天可以面世了，届时当奉上一册求正。说来我对周氏文章的看法，大概都写在这本小书里了。

拙作有劳先生费神一看，又蒙来函评述，深为感谢。我所写小文章，共总编为四集，即《樗下随笔》（一九九〇——一九九五）、《如面谈》（一九九五——一九九七）、《六丑笔记》（一九九七——一九九九）和《沽酌集》（二〇〇〇——二〇〇一），第一种较为简单，不揣冒昧，下次见面亦当呈上一册；末一种大约四月间才能印出来。去年九月之后所写，又有八万字了，拟凑够十万字，另出一集，不过多为闲适小品，恐为先生所笑也。

关于张爱玲，曾想写一评传（只谈作品，不涉生平），十万字左右，但是久未动笔，把这心思也放淡了。《如面谈》中《反浪漫》即为全书主旨，所以自己看来，以这一篇最为要紧。另外《再看张》也略有一己之见。不知这两篇，先生以为如何。

前几天写了一篇小文章，乃是病中所作，编辑催稿，不得不写，附于信末，请先生看看。

恭颂

安好

止庵拜

二〇〇二年二月三日

五

李先生：

谢谢您的来信。承蒙垂询，本拟写信解释，结果写成了一篇小文章，附如另纸，请先生参考。我是向来不敢求人写文章的，觉得很是造次；然则得识先生，颇感有缘，如蒙先生写写这个缘分，好像很有趣似的。

关于张爱玲,曾经计划写的评传,是对其作品的一番梳理,算是文本研究也行,不过因为大致按照时间顺序,所以称为评传,实在不多涉及生平。——现在我写此书的念头,已大不如过去强烈,大概是知难而退罢。

余斌著书早已看过,即如先生所说,当得起严肃认真之评,只是有关《传奇》一章较为肤浅,后来重印,似乎未改。关于张、胡关系,目前所见资料,皆为胡氏提供,大家引述之后,反倒再来骂他,此点于理难通。须得另找旁证才行。又,对张氏一生影响至巨者,有姑姑、炎樱二位,何以无人写"姑姑传""炎樱传"。以此来看包括余著在内的各种张传,似乎都不能算是完满。前次见面,听先生提起炎樱,之所以大感兴趣,其意亦在于此。希望先生能给张爱玲研究提供些真实资料,诚宝贵也。

我近来写些小文章,多为闲适之作,拟编一集,取名《向隅编》,就用《说苑》那个"今有满堂饮酒者,有一人独索然向隅而泣,则一堂之人皆不乐矣"的典故。此集文章均系去年九月以后所写,乃继《沽酌集》后之作,可是《沽酌集》却老也印不出来,真是可笑。今后干什么,尚不得而知,或许写拟议已久的《唐诗美人考》(关于唐诗的感官审美研究)也未可知。

匆匆,祝好。

止庵拜
二〇〇二年二月二十七日

六

李先生：

  信得，谢谢。先报告一句：运通一〇四终点站在敝小区附近，我已探访得知。先生下次来访，我就可以到总站去迎候了。

  关于炎樱，鄙意先生了解多少，就写多少，因为在一般张迷心中，她较之张爱玲还要神秘呢。目下的张传，连同余斌那本在内，原始材料太少，总是吃亏。以现在作家的情况，去寻访原始材料，实无此能力，亦不甚情愿也。若是有人能编辑一本"张爱玲档案"，那就好了。也就是说，全是原始材料，不要后人臆想的东西。后人作传，却要由此取材。关于周作人，其实也应该有这么一本书。

  我的《向隅编》，实际上尚未成书，但已写得序言，今附于信末，请先生一阅。此文也只是说出"向隅"的出处来也。

  谢谢先生惠寄的材料。先父去世已有七年多了，有人提及，我是很感激的。

  先生在《书与人》上的文章，我读过，现在还有些印象。但是我没有保留那杂志。我每次收到有我文章的报刊，都通读一遍，然后把我的文章剪下，剪下亦无甚意义，末了也都丢掉了。因为计算机里有底稿存留，而且是未经别人删改过的，好像更有价值。

  近来我只在读书，很少写作。有报纸约我写一篇关于罗伯-格里耶的小文章，我便想趁这机会把他的书的中译本都看一遍，一共大概有二百万字，已经看了一个多星期了，好多年没这么痛快地看书了。

我的《老子演义》已经出版，不过这书太枯燥，先生或无意读之。《沽酌集》与《苦雨斋识小》在印制中，如无意外，大概可以出版，待收到样书，即奉上求正。

祝好。

止庵拜
二〇〇二年三月二十五日

致李世骥 四通

一

李先生：

　　信得，前此赐寄的文稿也收到了，谢谢。近来身体欠佳，所以未曾给您回电话，请原谅。此时写信，亦殊乏气力，只好打字，失敬得很。

　　伊拉克战争的电视报道，我只看了一天，便觉得一班人在那儿胡扯一气，浪费时间，所以不看了。对于此事，我想有两种视点，一是过程的，一是结果的，而历史的眼光认同于后者。回想过去的科索沃战争、阿富汗战争，置身过程和结果去看，差别是很大的。我想现在还是不说什么的好，过几个月就是另外一种说法。从结果看，过程可能微不足道。这是历史的残酷之处。

　　您说的那部文稿，我觉得还是文人习性使然，而中国的事情，往往与文人们的愿望相反。回想十数年前，就被一班文人凭着一厢情愿搞坏了，其实特别不负责任。没有力量控制结果的话，就不要开那个头。在这一点上我很同意知堂老人对于历史的看法。他说：

"盖据我多年杂览的经验,从书里看出来的结论只是这两句话,好思想写在书本上,一点儿都未实现过,坏事情在人世间全已做了,书本上记着一小部分。"(《苦口甘口·灯下读书论》)

以上所说,或许与先生意见不甚一致,然而我的确如此想的。请您批评。

祝好。

止庵
二〇〇三年四月二日

二

李先生:

很感谢您为《远书》写了这么长的信。我在跋中说,该书实属"计划外产品",非但此也,简直就是"废物利用"——我平素写信,都留在计算机里,到时计算机一更换,就都没了。只剩下最后几年里的这些,《远书》就是从中挑选出来。现在重看,有些言语似嫌过于尖刻。不过既然印成书了,也就由它好了。

您出的"谈谈我的思想"的题目,其实就是《插花地册子》的最末一章"思想问题",此外似乎可以再多说点,但也可以不说。"自忖骨子里近法,希望是儒,平日行事则似道",只有"希望"涉及思想,其余只是性格或处世态度也。卡夫卡加庄子加孔子,大约就是我的思想。至于周作人,应该与孔子算作一路,就像禅宗与庄子算作一路。此外二十世纪的"反乌托邦三部曲",

也给我很深影响。

我一度想写的《现代中国散文史》，已经放弃，不妨向您报告一下当初设想：共分三卷：鲁迅一卷，周作人一卷，其他作者一卷，篇幅上大概各占三分之一。后一卷中，胡适、张爱玲和杨绛单占一章，其余或二三人，或四五人，或更多人一章。黄裳与孙犁恐怕各只是一小段而已。若以一九四九年为界，则大概是十分之九与十分之一的比例，而这十分之一，还包括周作人一卷的最后部分。杨朔、秦牧、刘白羽、余秋雨辈，就不提了。但是谈论到每位作家，不拘所占篇幅多少，都要搞明白他的文章的"源"的问题，包括古今中外各方面所受的影响，实在不是我都可以搞清楚的，所以虽然酝酿许久，也写了一些笔记，但还是放弃了。

我读文章有个想法，即人死留名，豹死留皮，于人于豹，亦是麻烦。名要完美，皮要齐整，不免花费许多心思，弥缝掩饰，然何以如此想不开耶。举一个现成的例，即黄裳那篇《我的集外文》是也。

谷林翁文章一直没有发表，现复印呈上。我那篇《散文漫谈》写得不好，没有留存，只剩下一个"帽儿"，收在《沽酌集》里。

年将知命，身体大不如前，盖所"知"者即此"命"也。不过腰、颈均在慢慢恢复中，非常感谢您的关怀。

祝好。

止庵拜

二〇〇八年八月二十六日

三

李先生：

信得。舒芜死后，我写了一文，发表在《南都周刊》，现将原稿附上，请阅。您所示周某之文先已看到。胡风在"三十万言书"中引用过自己和舒芜的信，此非秘闻，"三十万言书"收入《胡风全集》，后又出过单行本，我都读过。这件事必须要从舒芜一九五二年五月和六月在报上公开发表《从头学习〈在延安文艺座谈会上的讲话〉》《致路翎的公开信》二文谈起，他在后一文中写道："我们的错误思想，使我们在文艺活动上形成一个排斥一切的小集团，发展着恶劣的宗派主义。"这个意思，领自胡乔木为《人民日报》转载《从头学习〈在延安文艺座谈会上的讲话〉》所加编者按中说的"以胡风为首的一个文艺上的小集团"。这里舒芜所揭发的是"小集团"，而胡风等人被定性为"宗派主义"乃至"反党""反革命"，都是以存在着一个"小集团"为基础的。胡风"三十万言书"中涉及舒芜，则旨在说明这个人不可信。将舒芜与胡风的关系说成个人恩怨，相互告密，不仅与事实不符，而且对舒芜一九五五年之举所造成的严重后果有掩盖或抹杀之嫌。虽然胡风我也嫌他思想"左"，不喜欢他的诗和文章，尤其是所谓"主观战斗精神"，实际上是对福楼拜以后现实主义文学的一种反动。

《开卷》上您的大作已拜读，很受教益。但也有一点小小意见：我们不少回忆文章其实真假难辨，回忆鲁迅之作也是如此，其中所引鲁迅的话到底是真是假，需要予以甄别。譬如冯雪峰的《有关一九三六年周扬等人的行动以及鲁迅提出"民族革命战争的大众文学"口号的经过》,好像是当年的交代材料,假若如此,就更得打个问号了。我写《周作人传》时,很多回忆材料都没用,譬如俞芳在"文革"前后写的那些文章,我觉得很可疑,不敢以讹传讹。

"以周解周"的文章曾承作者赐阅,我复一信略述己见,有一点未及提出:文中说,"其实还有一个层面的意思就是以作者对周作人思想的理解为标准来解读周作人……这第三个层面的解读则可以说是限制了思考的进一步深入",不以作者自己的理解为标准,难道该以别人的理解为标准么。真要是取后一法,恐怕不仅难有"思考的进一步深入",甚至连"思考"都谈不上了。如此看来,文中的话似乎该看作是对我的书的一种褒扬了,至少我当以此自勉。说来写作多年,所追求的,唯不循规蹈矩而已。

新近出了一小册子《茶店说书》,收录《云集》之后所作随笔,当呈上求正。我在序言里说,取这个书名,是告诫自己不要信口开河。然则信口开河与循规蹈矩看似两歧,实则一也,都没经过一己的真正思考。

前些时读《曹汝霖一生之回忆》,觉得很有意思,特向先生推荐。

祝好。

止庵
二〇〇九年九月二十一日

四

李先生：

收到惠寄的大著《钓台随笔》，非常高兴，当下给董宁文兄写了短信，对他玉成此事很感钦佩。书中不少篇章，从前在几种报刊上读过，如今重读更觉亲切。想起与您相识已经超过二十年了，那时您多次骑单车穿过大半个城市来我家聊天，您的神态和声音，都还记得很清楚。书中不少观点，也曾听您亲口说过。我读您的文章，归结为一点，正是有本梁漱溟采访记所用的那个书名："这个世界会好吗？"而您的回答应该说是肯定的，至少您一直衷心希望如此。这与我与您交往多年留下的印象是一致的。

通读全书，我最感兴趣的是"卷六"，即关于李霁野的一组文章。李霁野的作品，有两本我读过不止一遍，一是所著《鲁迅先生与未名社》，一是所译《四季随笔》。很遗憾在他生前没能想法子去拜访一下。这种遗憾还有不少，前些时在有关汪曾祺的活动上，我也曾讲过类似的话。与自己后来心仪的人失之交臂，是人生一大憾事，可是当初错过了，就再也没有机会弥补了。

我后悔没能去拜访李霁野，是因为后来读了《鲁迅、许广平所藏书信选》（湖南文艺出版社一九八七年一月出版）、《鲁迅研究资料（16）》（天津人民出版社一九八七年一月出版）所收录的《许广平往来书信选》，还有刊物上登载的许广平给周作人的几封信，觉得关于鲁迅身后母亲的生活费问题，包括周作人究竟何时开始出钱，与通常说法有些出入；而这批信件中不同人所写，又有不一致处，而这就涉及李霁野。如李霁野一九三八年九月二十三日致许广平：

"老太太仍精神甚佳,不过经济方面二先生仅于今年送十五元零用,他们夫妇也间月轮流去一次,坐坐而已,小孩们是不上门的。据云用款至多是支到阳历年底。二先生到处借钱,据说也是实情,他现每月孔德领百至百五十元,燕京八十,基金会译书他自言已不做,传说教育部(北京)每月二百元(但此尚待调查,有人说没有),丰一在孔德和燕京教书,得薪也当在百元以上。等他自动负责恐无望,老太太也不肯找他去,你若写信可写你在沪无法领及(已寄之款也可说),并云听说近即无法(不必说我传),请他酌力按月担负多少,看覆信如何,再商其他办法。"许广平同年十月一日致周作人:"目下两地生活,绝无善法。生与海儿,即使行乞度日,然太师母等春秋甚高,岂能堪此,又岂先生等所忍坐视。中夜彷徨无计,特具陈经过,乞先生怜而计之,按月与太师母等设法,幸甚。"鲁瑞同年十月十七日致许广平:"现在时势如此,百物奇贵,沪寓自不易维持,八道湾老二亦深悉此中困难情形,已说明嗣后平寓在予一部分日常用费由伊自愿负担管理,惟老大名下平沪共计三人休戚相关终须一体。"鲁瑞同年十一月八日致许广平:"老二自一月起管我一部分用费,担任若干尚未说明。贤媳经济情形予亦深悉,希斟酌现状,每月能筹出若干寄我转付家用,再行核夺可也。"按这里所说的"一月"当指次年即一九三九年一月。然而再看宋琳一九三七年十月二十一日致许广平:"八道湾太师母月费仍照常送来,约每月来探视一次,二先生因学校停止,颇受影响。"则周作人按月供给母亲生活费的时间,较之鲁瑞所说为早。似乎鲁瑞有一段时间对于许广平未据实相告,只因许广平听了李霁野的建议直接给周作人写了信,她才说起二儿子即将付钱。作为许广平代理人的李霁野有一段时间也不明真相。而宋琳与周家关系更为密切，对西三条的情况要熟悉得多。这种第一手材料，显然比譬如俞芳等人后来所写的回忆可靠一些。当然如果能与李霁野核实一下，或许就更为稳妥。不过上面提到的两本书虽然出版在李霁野生前，我找出来对照着读却已是在他去世之后了。关于鲁迅的回忆堪称"汗牛充栋"，多关乎事业与思想方面，对日常生活却讲得很不够，他的生平留有不少空白，有些虽知一二但不能坐实，上面说的即为一例。说实话，凭借现有的那些材料，还不够为鲁迅写一本实实在在的传记。

您在《一片晚秋的枫叶落了》一篇中说："我与李霁野先生聊天的内容，除了他感兴趣的国内外大事及当前热门话题，就是与鲁迅有关的人与事了。例如关于鲁迅与朱安夫人的关系，我曾告诉李先生，坊间有本专谈鲁迅、许广平、朱安三人感情纠葛的书。作者说，有一次朱安为鲁迅缝制了一条新棉裤，放在鲁迅的床上，满指望他能穿上，但鲁迅却把它扔出门外，使朱安非常伤心。李先生斩钉截铁地说，鲁迅绝不可能这样做，鲁迅对朱安虽然没有爱情，但平常相敬如宾，对她的态度还是好的。李先生每次去鲁迅家，都是朱安出来端茶送水，从未见到鲁迅对朱安有什么不尊重的表现。有一次，李先生与台静农、韦素园三人去鲁迅家，临别时鲁迅对他们说：'明天你们三人来我家吃晚饭。'当时他们听了有点奇怪，但第二天还是按时赴约了。鲁迅说：'今天是我的生日，邀你们来热闹热闹，妻子特意做了家乡口味的酥鸡，让你们尝尝。'从这件事也可以看出在鲁迅的家里还是有一种夫妻和睦的气氛的。李先生曾几次跟我说，他想专门就此写篇短文，以澄清这种不实的误传。"按"扔棉裤"一事，见载于孙伏园《哭鲁迅先生》（一九三六年十一月《潇湘涟漪》

第二卷第八期）："一天我听周老太太说，鲁迅先生的裤子还是三十年前留学时代的，已经补过多少回，她实在看不过去了，所以叫周太太做了一条棉裤，等鲁迅先生上衙门的时候，偷偷地放在他的床上，希望他不留神能换上，万不料竟被他扔出来了。老太太认为我的话有时还能邀老师的信任，所以让我劝劝他。鲁迅先生给我答话却是不平庸的：'一个独身的生活，决不能常往安逸方面着想的。岂但我不穿棉裤而已，你看我的棉被，也是多少年没有换的老棉花，我不愿意换。你再看我的铺板，我从来不愿意换藤绷或棕绷，我也从来不愿意换厚褥子。生活太安逸了，工作就被生活所累了。'"是以李霁野的相关质疑，未必确当；然而他所补充的关于鲁迅与朱安关系的回忆，假如属实的话，自可以与此并存。在我看来，可以并存的还包括鲁迅的另一位学生荆有麟在《鲁迅回忆断片》（上海杂志公司一九四三年十一月出版）中所说："我记得：在北平时代，先生谈话而讲到：wife，多年中，也仅仅一两次。"相关材料太少，无从甄别遴选，"并存"至少比那种单单凭印象（其实是人云亦云）得出的简单化、片面化的判断，更接近于历史的真实。

您在同一篇文章中所说："北平沦陷后，周作人的生活陷于困境，这时李先生正在辅仁大学教书，便多次向辅仁大学文学院负责人建议聘请周作人来校任教，这样有了稳定的经济收入，就不致去给日本人干事了，但先生的意见未被接受。先生每谈起这件事就耿耿于怀，说如果那位坚拒周作人的人还在，他也要指着鼻子批评他的。先生感慨万分地说，周作人跑去与日本人合作，是中国的一个大失败。"李霁野曾作《关于周作人的几件事》（一九九二年七月四日《文艺报》）详记此事经过，所云"坚拒周作人的人"是沈兼士，死于一九四七年；您记录的李霁野的感慨之言，可视为此文的补遗。老话说"当局者迷，旁观者清"，二者的差别当然包括时间上的，我却觉得往往还是曾身历其境者"清"，后来人为"定论"所左右，据此判断当年的人与事，反倒容易"迷"了。

与您久未见面，又不常通音问，不免如闲聊天地拉杂说了很多，就此打住。您的书我当好好保存，这书印得很好，假如提点意见，就是出版社给配的那些图实在可有可无，达不到与文"并茂"，然此亦一己之见而已。

您多多保重。恭颂

安好

止庵

二〇一七年九月二十九日

致钟叔河 一通

钟叔河先生：

信得，获益甚多，谢谢。我的兴趣，其实是承继先生在岳麓书社的作为，即原样重印，而将自己的工作，限定在校订错字的范围。与先生后来的《儿童杂事诗图笺释》和《周作人文类编》均有所不同，那应该说是先生的研究成果。

知堂著作，以《知堂杂诗抄》问题最多。岳麓本前影印之周氏手写《知堂杂诗抄》目录，庶几近于定本，然则并无（遗失或根本不存在）相应的稿件。由先生的信中可知，郑子瑜抄本应该是周氏手写《老虎桥杂诗》和《知堂杂诗抄》目录之前的本子。此本之前，《忠舍杂诗》先有全稿（谷林抄本），继而又"悉从删削"（《前序》附记）；此本之后，《忠舍杂诗》重又出现（前述两种目录，篇数不详，估计是删节过的），但均无一并包括"复加甄录数首"之《忠舍杂诗》和"特录出数章"之《题画》在内的《老虎桥杂诗补遗》。因而郑抄本不是定本，有如谷林抄本；而如前所述，定本并不存在。郑氏跋中所述成书经过，似不尽合乎事实。不知先生以为如何。

如周氏手写目录所示之定本《知堂杂诗抄》，已不可能恢复

"原貌"；不知能否恢复郑子瑜抄本原貌呢。所以不好意思，还要烦请先生寄下残缺的郑氏寄件。我是有点"考据癖"的，请先生谅解。我将尽快寄还。

所寄附件已复印留供研读，原件寄回，请查收。

承蒙帮助，再次致以谢忱。

止庵拜
二〇〇〇年四月二十九日

致朱金顺 二通

一

朱金顺先生：

　　来信收到，承蒙夸奖，谢谢。《老虎桥杂诗》与《知堂回想录》，校订时确是下了些功夫，虽然尚有不足之处。譬如前者出版后，又发现周氏部分底稿，有的改动更在出借孙伏园之后。将来如能再版，希望再据以修订，可能更其理想。

　　《苦雨斋译丛》第三辑尚在整理之中，主要是其中《欧里庇得斯悲剧集》实在太费工夫，拖下来了。不管怎么样，今年底总可以面世了罢——如无意外的话。至于以下各辑，说老实话，做不做尚且不得而知，问题主要不在我，因为整理起来相对容易得多，而在出版社愿意出版与否。单以原作本身的价值论，的确比前三辑稍逊一筹，其中以日本现代部分价值较高——或许不当如此理解，而以价值主要在于"周译"也。到时候再说罢。

　　周氏集外文，陈、张所编四册，颇有草创之功，但是问题亦复不小。譬如"亦报随笔"与"四九年之后"，区分方法无甚道理；"四九年之后"中，碎拆《木片集》在内；收集尚不齐全，等等。我觉得应有出版社以此为基础，另外出版一部，以臻完善。不过这事我若来做，实有贪人之功之嫌；若是二位自做，于体例上又未必认同我的想法。

书信、日记整理，当然更其重要。日记需要周氏家属自做，他人代劳不得。书信搜集工作最难，恐怕不是某个人所能做得到的。先生建议，当然易行，不过说老实话，又稍稍嫌太容易了。您看这是我的毛病，太难做不来，太易不爱做。此事又不比废名佚文收集，那是发表过的，总有找着的法子。周氏书信散在人间，如何下手，实在为难。我希望能够编成一本稍为整齐一点的书，那样摆在那儿，也像个样子。可能想法不切实际，容我再想想看。

我无业在家，做此等搜集整理工作，非常困难。如果在学术单位上班，守着一个图书馆，就方便多了。此乃无奈之事。

谢谢先生的鼓励。恭颂

安好

止庵
二〇〇二年二月五日

二

朱先生：

信得，谢谢您的鼓励，特别是还亲自著文加以评述，实在很是感激。

前信发出后，我就想到恐怕有一点说得不当，即先生建议编的

《周作人书信集》,如果一一考订年份,校勘文字,亦非易事。当然若是胡乱凑在一起,则要容易多了。前几年出过一册《知堂书信》,似乎不很令人满意。昨日将《周曹通信集》复印件找出看看,倒是猜出不少年份来,不过若与日记记载加以对照,则更能落实矣。此事容我再想想看,如果要做,应该争取做好。手边有的材料,只有影印的《周曹通信集》《周作人俞平伯来往信札影真》,排印的江小蕙编《周作人早期佚简笺注》、鲍耀明编《周作人晚年书信》(此"早期""晚年"的说法殊不确,实则只是致单个人的),末两种好像都有错字,不可尽信。其他杂志报纸均没有,恐怕还得搜集一下。不管怎么说,这的确是一件有意义的事情——前信妄言,这是要向先生道歉的。

关于《苦雨斋译丛》,实际上我已经把后几辑的目录初步拟定,如下:

第四辑(日本现代文学,估六十万字)

第一册:《如梦记》《石川啄木诗歌集》

第二册:《现代日本小说集》《两条血痕》及单篇译文(日本)

第五辑(英语译文,估九十万字)

第一册《空大鼓》《玛加尔的梦》《炭画》(白话)

第二册《现代小说译丛》《冥土旅行》

第三册《希腊的神与英雄》《希腊女诗人萨波》

第四册《陀螺》《儿童剧》《俄罗斯民间故事》《乌克兰民间故事》及单篇译文(日本之外)

(《冥土旅行》《陀螺》中亦有部分日本篇章)

第六辑(文言译文,估五十万字)

第一册《侠女奴》、《玉虫缘》、《匈奴奇士录》、《炭画》（文言）、《黄蔷薇》，附《孤儿记》

第二册《红星佚史》《域外小说集》及单篇译文（文言）

分辑、分册均尚未最后确定，如《冥土旅行》《陀螺》归入哪一辑中，均有待斟酌，或许不标明××部分，更其妥当。我是不打算打散原书形式的，就像整理《周作人自编文集》一样。先生提到的各种译著，均包括在内；《空大鼓》系《点滴》的改订本，故《点滴》不在此列。我的原则是以作者下世为限，从后不从前，所以凡再版本有所变动，即不用初版本也。《周作人自编文集》中，《自己的园地》《鲁迅的故家》均是如此。说句老实话，整理周氏著译，本拟《译丛》三辑完成，即宣告收手不干——我已经做了不少的事了，作为他的一个读者，也算尽了力了，何况如前信所述，我做这事，较之别人困难得多；但是几位知心朋友（先生亦为其中之一）多所鼓励，倒叫我举棋不定了。

我除整理周氏著作外，自己也偶尔写点东西，主要是书评，另外也有几种专门的书，如关于《庄子》《老子》，均曾有所用心，然而只是一家之言而已。最近在写一本随笔集，多为闲适之作，完成后尚不知干什么，有几个题目酝酿已久，一时尚打不起精神来写。

匆匆，祝好。

止庵
二〇〇二年二月二十一日

致王世家 一通

王老师：

王得后先生的意见拜读。我们所编《编年体鲁迅著译全集》将《热风》中几篇随感录作为周作人作品列入附录，的确只凭来自周氏的"孤证"；然而根据他的说法，将《会稽郡故书杂集》《怀旧》和《〈域外小说集〉序》划归鲁迅名下，情况与此完全相同。至少末了两篇，倘非周氏自己提出，别人无从得知乃是鲁迅作品。同一来源的"孤证"，舍此而取彼，似乎于理不通。从前我写《说难篇》，有云："一九三六年十月他（指周作人）写《关于鲁迅》和《关于鲁迅之二》，先把鲁迅用自己名字刊行的作品，包括《会稽郡故书杂集》《怀旧》和《〈域外小说集〉序》，一一交割清楚；然后讲鲁迅'所写随感录大抵署名唐俟，我也有一两篇是用这个署名的'。以后凡周氏'退还'者均编进《鲁迅全集》及《鲁迅辑录古籍丛编》，至于'索回'则无人理会。"亦为此意。我觉得还是应该相信周作人所说："整本的书籍署名彼此都不在乎，难道二三小文章上头要来争名么？这当然不是的了。"当然有另一办法，即将《〈会稽郡故书杂集〉序》《怀旧》和《〈域外小说集〉序》从《鲁迅全集》中删除——此易卜生笔下布朗德"All or Nothing"（全有或全无）之路数也。

略陈自见，敬请定夺。祝好。

止庵
二〇〇七年二月十二日

致陈学勇 二通

一

学勇先生：

李君维老人转来大札，承蒙奖掖，深为感激。

我是野狐禅，深恐有负先生厚望，故而来年若能成行，还望事先提出感兴趣之题目为宜。我稍下过一点功夫的，只有先秦《庄子》《论语》两家，前者写过一部《樗下读庄》，后者亦拟写一本书，算是有些心得。还写过一部《老子演义》，虽则我对《老子》的看法，多半是负面的。此外稍有了解的就是周氏兄弟、废名、张爱玲等几人而已。不知可否在此范围之内，拟一题目。

说来我只是个普通读者而已。读《庄》《论》《老》诸书，于字句之间多所用心，大致读通了；其余事情则直是一知半解。偶尔写些小文章，共有三百来篇，曾编为几个集子，自己实在不甚看重。所受影响可分正、变两路，前者由《论语》而《颜氏家训》而知堂，后者由《韩非子》而鲁迅；知堂一脉，尚可加上一位废名。此外于历代诗话、词话，亦有体会。来自外国文章译本的影响，则以川端康成、伍尔夫、本雅明诸家为著。大概就是这么一个混杂局面，实在不曾专宗一家。周作人的文章，的确非常喜欢，尤其是中期（三十年代初至四十年代中）之作，若说有所学习，一是行文的态度，一是人道主义思想，如此而已。

先生研究民国女作家，卓有成就，至感钦佩。就中张爱玲为我所特别喜爱，一直想发点议论，然则迄今尚未成功。

再次感谢您的厚意。

恭贺新年。

止庵拜
二〇〇二年十二月三十一日

二

学勇先生：

信得。很感谢您的厚意，然则讲学之事，亦随缘而已矣。我自三年前辞职之后，始终近乎退休状态，近来尤其如此，乐得给自己放假也。一年之中，写作时间不及十分之一，其余日子皆在读书看碟中混过。您说常读到拙作，其实我只写了那么几篇而已。自己觉得并没有什么话非说不可；文章也是如此，写与不写，均无所谓。我这个人一向很低调，倒也不是客气，实在是认定写书不如读书，自家写的东西，未必有何价值，说穿了就是"不为无益之事，何以遣有涯之生"。所以此事千万不要勉强，如果不成，就算了。但是实在很感谢您。

还要谢谢稼句先生的美意。苏州我第一次去是在一九七三年，之后大概去过七八次，其中一九八七年当记者时，曾在那里待了一个月。对那城市及周围是非常熟悉的，若是有机会旧地重游，恐怕有意思的还是与朋友晤会罢。稼句先生未曾谋面，曾得其所赠编著数种，都拜读了。近年来他著书、编书甚多，想来兴致很高，令人羡慕。相比之下，我就不免有些颓唐消沉了。

　　君维老人春天曾光临寒舍，其后大疫流行，只通过几次电话。听您说他要出版新作，甚感快慰。

　　恭颂

　安好

止庵拜
二〇〇三年七月二十四日

致顾农 六通

一

顾农先生：

　　大作《周作人的三大弟子》拜读，很受启发。惟鄙意以为沈启无多少还是应该一"提"也，虽然他的成绩似乎不很大。"四大弟子"之说从何（何时，何故）谈起，好像也应该有人加以钩沉，纵使"此话绝对不确"，但亦必有一来由。大作说"稍后已经被逐出师门"，"四大弟子"说若自三十年代初始有（我根据《周作人书信》出版时间乱推测的，不很可靠），则其间总有十几年罢。

　　沈文我只在杂志上见到一些，"做"的味道较重，但是重不过俞平伯，俞文我也甚不喜欢。据说沈曾有数种著作面世，然亦不知确否，所编《近代散文钞》和《大学国文》倒是看了，《人间词及人间词话》则只读过顾随的序。观《周作人书信》中"与沈启无君书二十五通"可知，以趣味论，他与周氏最为接近。

　　大作中有"江绍原的著作有专书十多种"一语，不知何据，他写的书我只看过《发须爪》《中国古代旅行之研究》二种，《乔答摩底死》和翻译作品迄未寓目；后人编的《古俗今说》《江绍原民俗学论集》，也买到并看了。

谢谢先生的鼓励。我经手的《苦雨斋译丛》（已出十二种十四册）尚未出齐，故还须努力。

祝好。

止庵拜

二〇〇四年五月三十一日

二

顾农先生：

谢谢来信。

关于翻译问题，我素无研究，只是觉得"硬译"从《域外小说集》谈起，似乎不很稳妥。鲁迅所作序说"当初的译文里，很用几个偏僻的字"，系以林纾桐城派的笔法为不够雅，遂用魏晋文笔译出。关于这一点，周作人讲过多次；刘半农《奉答王敬轩先生》也说到；蔡元培答林琴南书则云："周君之《域外小说集》，则文笔之古奥，非浅学者所能解。"当时周氏兄弟是追求"雅"的，甚至过于追求了。无论"硬译"，还是"真翻译"，应该是他们以白话文进行翻译之后的事。又，周作人在《谈翻译》（收入《苦口甘口》）一文中说："正当的翻译的分数似应这样的打法，即是信五分，达三分，雅二分。"似乎可以代表他有关翻译的结论。虽然他在那文章里讲，白话文之"雅"与文言文之"雅"不是一回事。那里也说到

《域外小说集》的上述译法。

知无不言，冒犯之处，敬请谅解。

祝好。

止庵拜
二〇〇四年六月一日

三

顾农先生：

信得。前次谈及周氏兄弟翻译事，今复思之，鲁迅《域外小说集》序言之"词致朴讷，不足方近世名人译本"，或不当作为"一味强调'信'，完全不管传统的文章之'雅'，也不多顾及传统的句式以求所谓'达'"之证明。盖此半是谦辞，半是批评林译之桐城派笔法过分华饰，标举已译有所区别。周作人《关于〈炭画〉》文中引一九一三年商务印书馆小说月报社的退稿函，有"行文生涩，读之如对古书，颇不通俗，殊为憾事。林琴南今得名矣，然其最初所出之《茶花女遗事》及《茄因小传》，笔墨腴润轻圆，如宋元人诗词"等语，亦是以周氏译文为"雅"，而以林译为"达"。此《域外小说集》《炭画》译本我都读过，自信以上判断不误。一管之见，仅供参考。

祝好。

止庵
二〇〇四年六月十八日

四

顾农先生：

信得。翻译之事，我素不敢谈，读到先生文章和来信，觉得很有意思。周作人《炭画》，后来他自己还有白话译本，似也可以作一对比，看看他当初如何处理，是否与鲁迅有所不同。

祝好。

止庵

二〇〇四年六月二十三日

五

顾农先生：

惠赐之大著《听萧楼五记》拜收，非常感谢。当细细拜读。

昨晚看了与周作人有关的两篇，《关于所谓〈老虎桥杂诗〉》一篇谈及之《老虎桥杂诗》，即河北教育版，乃系据谷林抄本印行；后来找到周作人原稿的一部分，重印时又据此手稿校订一遍。其中《忠舍杂诗》已全（二十首并补遗一首），此外更有《炮局杂诗》十三首。题画诗手稿已佚，谷林抄稿为五十九首（其中有一首不见于岳麓本，岳麓本也有一首不见于此书）。

又《知堂回想录》所说的"集"，即《老虎桥杂诗》也。那里明言"集外的应酬诗"，是以应酬诗（大概先生提及的赠周佛海排律和另一首《偶作寄呈王龙律师》在此之列）不在集内。又题画诗均为五绝，且皆写于丁亥十一月之后（与《知堂回想录》中所言相符），估计七言且早出的《为友人题画梅》也不在题画诗一组内。至于王仲三《诗全编》里的《机上口占一首》，倪墨炎《苦雨斋主人周作人》一书影印有此诗原稿，实为一九三九年所写《偶作用六松堂韵》，自不在《老虎桥杂诗》内。知无不言，请先生批评。

　　祝好。

止庵拜
二〇〇四年十月三十一日

六

顾农先生：

　　谢谢来信。

　　我自己其实多有"法家气"，批评不免苛刻。不过我觉得"价值"与"影响"实为两事，往往给混淆了，结果判断"从众"，看的人多即为好也。而我确实以为个人须得彻底脱离群众，才有价值。这是我的思想的"底子"，过去不曾交代。

　　我这两年写作不多，目下在写一本《周作人传》，写了一半多，不断修改，还不知何时完成。

　　《废名文集》不大好找，大概降价书店应该有罢。

　　祝好。

止庵拜
二〇〇六年十月十日

致储钰泉 一通

钰泉先生：

惠寄的三卷《悦读MOOK》收到，谢谢。我刚从浙江回来，略翻一过，觉得与当下有关"书"的一些杂志相比，显然内容更其丰富，视野更其开阔，且多有趣味。我只拣其中有关周作人、张爱玲的几篇读了，因为这大概可以算是"自己的园地"。卷六作为补白的"周作人的最后一封信"，所云"周作人最后上书是在一九六八年九十月间"有误，周氏逝世于一九六七年五月六日。余文原载《万象》，未及核对是否摘抄时抄错了。又既云"大意如下"，则不当加上引号，这样会使人误以为周氏原信如此，而原信实已不存。余文此节内容，出自文洁若《晚年的周作人》，文文中同样一段话并未加引号。知无不言，请多谅解。

恭颂

编安

止庵拜

二〇〇八年五月八日

致陈子善 一通

陈老师：

一九〇三年《绍兴白话报》所载署名不柯之《劝绍兴妇女不要缠脚》一文是否断为周作人的作品，较有利于说"是"的证据有：一，周氏当年日记中不止一次自署"不柯"，如"越国不柯自识""不柯重订条例"和"不柯之纪事"。不过我觉得单凭这条证据还不够，因为他一九〇四至一九〇五年的日记中，有"天欹自叙""顽石石记""顽石自誌"等记载，同期发表作品却署名"萍云女士"（《侠女奴》）、"碧罗女士"（《玉虫缘》）等，所以"不柯"可能类似于"天欹""顽石"，只是他的别号，并非一概用作笔名。以后周作人说："这萍云的号也只是那时别号之一，如日记上见着的什么不柯、天欹、顽石一样，不久也就废弃了吧。"（《知堂回想录·我的笔名》）

二，《劝绍兴妇女不要缠脚》中有"哪晓得我这回回到绍兴"一语，周作人确在当年暑假回到绍兴，并于九月七日离开，取道上海往南京。周氏如写此文，当在《绍兴白话报》一九〇三年七月九日第一号出版之后，至于写在绍兴抑或别地，倒没有太大关系。大致说来，周氏确有写作契机，即"回到绍兴"。然而，此文若出自周氏之手，却应该有个时间下限，因为他自当年十月十一日起大病一场，日记有云："病患时症，昏不知人，医药无效。数日后至鼓楼左近医院求治，侠耕偕去，一夕即出。住刘君处，请香山邓云溪诊之，日有起色。寿崐解衣推食甚可感，又承乡人柯采卿君假六金，得以调治，友谊可感。翌月五日〔按为阳历十月二十四日〕返堂，忽病又作，足大肿，自膝以下胀如盎，良久不消，不得已于九月廿九日〔阳历十一月十七日〕仝椒公回里，诊包月湖。继又患颈疽，十二月〔阳历一九〇四年一月十七日至二月十五日〕始愈。病魔缠绕可为久矣。"这段时间他似乎不大可能写文章。

现在再来看《绍兴白话报》，第九号首次刊载该文，时为一九〇三年九月二十五日，以后第十一号（十月十五日）、第十三号（十一月三日）续载。前两次均是占满版面即予截止，甚至一个句子都没有完，至下一次接续刊登，但第十三号所刊文章末尾，却截止于一个完整的句子，后面尚有一些空白，注明"未完"。这说明三次所载乃是同一时间交稿，当在九月二十五日之前；文章其余部分则是后来续写。而第十八号（十二月二十三日）第四次所载，同样是末尾一个句子没完就限于版面而中断了，至第二十号（一九〇四年一月十二日）继续登完（开头有缺字），末尾也有空白，并注明"完"。这说明两次所载也是同一时间交稿，当在十一月三日第十三号出刊之后。然而如前所述，那时周氏已患重病。是以在我看来，"该文系周作人所写"的说法不无可疑之处。

冒昧陈言，请您指正。

止庵上
二〇一九年七月四日

《劝绍兴妇女不要缠足》里有番话,似可视为较不利于说"是"的证据:"这是我做报的本意,也未始不是我爱故乡的一点心。"对照《绍兴白话报》第一号《绍兴白话报源起》所云"我们为这个缘故,特地把文言变作白话,做起报来",此文更像是出自该报一位创办人或编辑之手。又及。

致王亚非 二通

一

亚非兄：

近日买书，传记一类颇得了几种。从前我写《谈传记》一文，略云："传记有'他传'和'自传'两种，前者范围再扩大些，又包括关于他人的回忆录，以及年谱和资料汇编；后者则可涵盖书信、日记等。……对传记来说，叙述对象真实与否都反映了叙述者的真实；读者读传记的首要兴趣是在叙述对象，要知道的是叙述对象的真实，所以那种通过叙述对象的不真实而实现的叙述者的真实并无价值。自传有些不同，叙述者在这里就是叙述对象，当他制造虚假，我们看见的却是另外一个真实的他。所以严格说来，两种传记，不能是一种读法。自传往往不必相信它到十分的；但是他传我们只能相信，因而不允许作者欺骗我们。"其实自传不尽真实，又可分为两类：其一故意为之，有如《达利的秘密生活》；其一记忆有误，对此前引那番话其实是说不上的。

且来举个例子。偶阅《邵燕祥自述》，"西颂年胡同"一节有云:"沙鸥家住路南一个小院的西屋。我去时他的妻子正在一个大盆里用搓板洗衣服。她是小学教师。那天是星期日。"作者显然记错了。我母亲从未做过小学教员,五十年代她在中国人民大学贸易系任资料员。区区小事,不必订正。惟据此可知一己记忆不足为凭,著之于文则难免以假充真。我们读自传时,不妨多个心眼儿。借用孟子的话就是:"尽信书,则不如无书。"

前些时把关于鲁迅的回忆录读了不少,发现颇多抵牾之处,大约与此类似。当然可能另有一种情况,即不得不说假话,尤以五十年代以降的回忆文章为甚。此亦故意为之,然又不同于前述达利者也。倘若胪列排比,详加正误,斯亦为"鲁学"之一大贡献。

偶然想起,写呈如上,愿听高见。祝好。

方方

二〇〇七年二月二十二日

二

小非:

关于拟写的关于父亲的书,有些想法,要告诉你。

一,"工匠精神"是其中重要成分。对作品的反复修改。

二,三个时段:最后的一年半(顺叙);之前(片断);之后(片断)。

三,还是《惜别》的形式,但这次不着眼于生死了,而且母亲是普通人,父亲确实不是普通人。

四，要议论到诗，议论到创造。

五，情感历程要写到，但不一定占太大篇幅。

六，能够回忆的事情并不多。他的人生并不是很重要——是一种"中介物"。活得好，活得不好，并不很重要。诗人及其生活都是诗的牺牲。

七，是写出一个人，不是写他的传记。

方方
二〇一五年七月二十三日

致戴大洪 八通

一

大洪兄：

《基耶斯洛夫斯基论基耶斯洛夫斯基》一书期盼已久，买到赶紧展读。才看过前言，便大感诧异：此文共八页，概述基氏生平，一并讲到当时的波兰历史，然而其中有太多陌生名字，有如别一国度，别种历史，就连基氏也像另外一个人了。

例如第一页："与安卓耶·瓦耶达、罗曼·伯兰斯基、乔吉·斯考里毛斯基及克利斯托夫·扎努西——都来自洛兹电影学校——一道。""伯兰斯基"应为波兰斯基。第三页："在这几年期间，共产主义波兰工人联合党的第一书记是瓦拉达斯洛·戈姆卡。""戈姆卡"应为哥穆尔卡。第四页："来自当时波兰工业水平最高的斯来西卡托威斯的第一书记吉雷克接替了戈姆卡。""吉雷克"应为盖莱克。第六页："一九八〇年八月十四日，电机师利奇·瓦来沙因其同事安娜·瓦伦特诺威兹遭到非法解雇而宣布格斯克的勒宁造船厂罢工。""瓦来沙"即瓦文萨，"格斯克"即格但斯克，"勒宁造船厂"即列宁造船厂。第七页:"忠于莫斯科的波兰军队首领,并于前一年十月份以来担任第一书记的沃耶西切·杰卢泽斯基将军被宣布出任总理。""杰卢泽斯基"应为雅鲁泽尔斯基。以上提到的四个人,都是波兰当代史上最重要的人物,居然没有一个译对了的。第八页:"随着勃列日涅夫的死亡,以及安德罗波夫和切尼恩科的迅速接替和死亡……""切尼恩科"应为契尔年科。

无论对于波兰历史还是波兰电影,我都所知甚少;该书此外还有什么名称译得不规范,无力一一指出。以上几个人名,也是因为过去听广播,看电视,才耳熟能详。而我不明白之处,正在于此:该书编辑真的压根儿就没听说过。这里我说"编辑",不说"译者",因为猜想大概用的台湾译本,此间译者,恐怕不至于这么不晓世事。如果用台湾译本,有道工序是一定不能省的:一应名称,需要按照我们的习惯译法予以订正,不然读者即便不晕头转向,也得费尽心机。而订正亦非易事,需要知道习惯译法是什么,乃至所说的都是谁;所以当编辑的,还得多长点见识才行。

此等事,专写文章似乎小题大做。这封信权当咱俩聊天好了。

止

二〇〇三年九月二日

二

大洪兄:

昨日得到《奥尼尔文集》一套,睡前略翻一过,对于编法稍感失望。卷首序言一篇,照例只是评述,于编辑体例及所据版本全无介绍;所收每篇,均不标明完成及首演时间;全书末尾,亦无作者年表之类;文集共选四十四个剧本,而奥氏平生所作不止此数,未入选者也不说明。凡此种种,皆为欠缺。此亦国内出版"文集""全集"之通病,似乎所谓"主编"者,只是组织翻译而已,于编书一道并未用心。学术性因此大打折扣,他人写文章、论著,无法引为参考。相比之下,从前出版的《奥尼尔集》《天边外》要好得多,故篇目虽然重复,尚且不能替换下架也。我期盼这套《奥尼尔文集》久矣,今乃发一番议论,老兄或已见怪不怪乎。

霁生
二〇〇六年十一月二十三日

三

大洪兄:

昨日得译者赠《马尔特手记》一册。前次谈图书订货会印象,曾经提到此书:"莱纳·马利亚·里尔克的《马尔特手记》无论从内容还是形式来说,均应列为二十世纪最重要的文学作品之一,现在第一次译为中文出版。可惜它混在一套丛书里,好像不大引人注目。"关于"一套丛书",未免语焉不详。

且说这套书叫"插图版经典译丛",《马尔特手记》归在第二辑;看书末广告,第一辑有《爱尔兰日记》《巴黎的忧郁》《审判》《布拉格小城画像》四种。我说"混在一套丛书里,好像不大引人注目"，是因为这里除末一本外，都出过不止一次了。我只是针对内容议论。其实形式方面，亦不无可议之处。

第一，这是一本小说，插图应该再现情景，而不应该破坏语境。其间区别颇难把握，惟读书人可以体会。譬如写到"在那段时间，我读了席勒和巴格森，奥林施拉格和沙克-斯塔菲尔特，以及瓦尔特·司格特和卡尔德隆的书籍"，倘若绘出主人公读书形象，是再现情景；如像现在这样印上席勒一干人的照片，则是破坏语境。

第二，仍然要说，这是一本小说，主人公马尔特·劳里茨·布里格虽如译者所云，"某种程度上就是里尔克的化身"，彼此之间却不能画等号。现在书中讲到"我"，就配上里尔克的照片；讲到"父亲""母亲"，就配上里尔克父母的照片，无疑是把小说当成自传了。

以上两点，均与一本书究竟如何读法有关。若谓编者的读法不对，不懂此书，或者不懂读书，大概亦不为过。我看后真是觉得失望。将来若能出个纯文字本就好了。

祝好。

止
二〇〇七年一月二十三日

这里所说可通用于坊间一应"插图本"小说，譬如巴别尔的《敖德萨故事》。说实话，这书也出得可惜了。又及。

四

大洪兄：

新近买了一本路易斯·库佩勒斯著《隐藏的力量》，"译序"有云：该书"一九〇〇年以荷兰语发表后，先后被译成英语、德语、法语等多种文字……更受到曼斯菲尔德（Katherine Mansfield）、王尔德（Oscar Wilde）、戈斯（Sir Edmund Gosse）、波伊斯（John Cowper Powys）、福楼拜（Gustave Flaubert）等著名作家的喝彩"。要让福楼拜（他死在一八八〇年）"喝彩"，非得起其于地下不可了。当然这的确是本好书，惟译者行文太不谨慎，由此进而怀疑翻译是否同样草率亦是难免。

无独有偶，前阅格雷厄姆·格林著《文静的美国人》，"译后记"云："在他（按指格林）逝世以后，许多人都对他深表赞扬，其中有金斯利·艾米斯，伊夫林·沃，乔治·奥威尔和诺贝尔文学奖获得者威廉·戈尔丁。"格林一九九一年逝世，其时沃已死二十五年，奥威尔已死四十一年，后文所引他们"深表赞扬"的话，肯定不是那"以后"所说的。此皆自以为是所致，吾辈虽仅为读者，亦当"见不贤而内自省也"。

养病家中，书此解闷。

止庵
二〇〇八年七月二十二日

五

大洪兄：

近来读的是伊恩·布鲁玛著《零年》，写的是二战胜利后的一九四五年的历史。"零年"当然有重新开始的意思，但恐怕"蒙昧"的意味更多。书中所写到的大概都是人类如今巴不得忘记的事情，譬如在法西斯德国灭亡后，欧洲又一次大规模的种族清洗，其对象包括德意志人和犹太人，虽然后者是纳粹集中营的幸存者。作者揭示了一个令我们不能不深思的事实：当时全世界的胜利者（无论是领袖、政府，还是人民）实际上还没有做好关于胜利的理智上的、智慧上的，甚至道德上的准备——虽然，人类毕竟走到了七十年后的今天。这是一本必要的、沉重的、重申人类文明底线的书。

这个中译本不无可议之处，尽管原著是一部极好的作品。书中不少人名不循标准译法和习惯译法，读时需要想一下原本是谁：如"拉瓦尔"即赖伐尔，"罗塞里尼"即罗西里尼，"楚克迈尔"即楚克迈耶，"波尔"即伯尔，等等。估计译者根本不知道这些说来并不生疏的人到底是谁。还有一条注释，出自译者之手："瓦格纳（1813—1883），德国著名音乐家、作曲家，著有《尼伯龙根的指环》这部伟大的作品，同情纳粹，反犹，作品得到纳粹的青睐。"终瓦格纳一生，德国尚无纳粹，故无以"同情"。

止庵

二〇一五年十一月二十九日

六

老戴：

前几天去上海，带了一本布尔加科夫剧作集《逃亡》，去时路上读了其中的《土尔宾一家》和《卓伊卡的住宅》，回来路上读了《莫里哀》《伊凡·瓦西里耶维奇》和《逃亡》。阅读这些剧本非常愉快：它们充满非凡的想象力，但又严谨精致，令人时时感到强烈而新鲜的"戏剧效果"。我觉得布尔加科夫作为剧作家，在二十世纪俄罗斯也是名列前茅的。

回到北京，又重读了《大师和玛格丽特》。这本书我在上世纪八十年代读过两遍，此番重读之前还有点担心，不知道时隔三十年，读来是否还感觉那么精彩。读过之后明白，布尔加科夫属于为数不多的一类作家，不仅在世界文学史上占据着不可忽视的地位，而且其作品的生命丝毫不受具体时空的限制，常读常新。对我们普通读者来说，后一方面也许更为重要，这才是名副其实的大师，而那些仅仅在文学史上有地位，现已丧失阅读契合感的作家，不妨束之高阁。《大师和玛格丽特》写于一九四〇年，尘封二十二年才得以面世，换了别的作品恐怕连这段时间都坚持不了；发表迄今又过了五十五年，这段时间对这本书同样毫发无伤。此外还有一个新的感受：布尔加科夫笔下，在保持丰富性、深刻性以及出乎意料的戏剧性变化的同时，总有一种轻松感，这是非常难得的。

今晚又去书店参加题为"超越时空的大师布尔加科夫"的活动。我发言说，向来不信否极泰来之类的话，苦难无论如何深重，本身都不可能终结苦难。人类的苦难唯一可能具有价值之处，是因此有文学家、艺术家创造出作品，而且须得是伟大的杰作，不然这个民族或国家的苦难就白白浪费了。正因为如此，我对写出《大师和玛格丽特》的苏联作家布尔加科夫充满敬意。

弟止
二〇一七年五月二十七日

七

老戴：

　　李商隐《北齐二首》："一笑相倾国便亡，何劳荆棘始堪伤。小怜玉体横陈夜，已报周师入晋阳。""巧笑知堪敌万几，倾城最在着戎衣。晋阳已陷休回顾，更请君王猎一围。"这里，"小怜玉体横陈夜""倾城最在着戎衣"均很有感受力，也很有表现力，若想想"玉体横陈"与"着戎衣"竟是同一个女人，两种力量或许就更强了。不过这份力量只有在整首诗的意思里才最好地显现出来，也就是与别的成分有所呼应——两首绝句都是喟叹夹杂着讽刺，而后者成分更多，所讽刺的对象却又与审美相结合，彼此构成一种奇妙的相反相成的效果。

　　顺便还可以说到马君武"仿李义山北齐体"的《哀沈阳》："赵四风流朱五狂，翩翩蝴蝶最当行。温柔乡是英雄冢，哪管东师入沈阳。""告急军书夜半来，开场弦管又相催。沈阳已陷休回顾，更抱佳人舞几回。"与李商隐的咏史诗不同的是，这里并不涉及审美，只是表示谴责而已。能体会到作者当时真是怒不可遏，愤怒而写诗，又写得这么好,的确值得佩服。尤其是第一首,像一记耳光一样漂亮,干脆。虽然或与事实稍有不合,但毫不影响对于诗的评价,此之谓"箭在弦上,不得不发"。

止庵
二〇一八年四月三十日

八

老戴:

几年前在首都图书馆与孙郁对谈鲁迅,有读者问:"鲁迅如果活到一九五七年会怎么样?"当时我的回答是,不知道。一九〇六年、一九一六年、一九二六年的鲁迅,知道自己一九三六年会怎么样么。别说一九五七年了,一九三七年以后鲁迅会怎么样我都不知道。去重庆,去延安,去香港,留在上海"孤岛",只此四种选择。但后两处到一九四一年也沦陷了。哪种选择对鲁迅来说,我觉得都不可想象。我所能讲的只有这个事实:一九三六年十月十九日,鲁迅逝世。鲁迅以其有生之年成就其伟大。今日记起此事,因拟一联挽鲁迅云:生逢斯世,死得其时。

止
二〇一八年十月十九日

致谢其章 三十六通

一

其章兄：

记得你曾夸奖拙作《话说书的样子》《樗下说书》，尚有一点余话说与老兄，却是从我刚写的一篇小文章里抄出来的：那天去北京国际图书博览会，来到俄罗斯展台——我从前学过几年俄语，忘得差不多了，只好"外行看热闹"——觉得那些陈列的书，实在漂亮极了。开本，封面，版式，插图，用纸，装订，无不极尽其美。再来瞧瞧咱们的书，虽然个别也有不俗的，总的来讲却是相形见绌。记得去年和前年参观图书博览会，也有类似感想；今年因为俄罗斯的书特多，此种对比尤其强烈。其实国外的书，本来自具"民族特色"，如日本之简洁，法国之灵巧，俄国之厚重；在此大方向下，各不失其丰富多彩。咱们却几乎是"粗制滥造"与"眼花缭乱"并行。

关于书的样子，此处只补充一点：一旦涉及审美，最是口味不一，此以为美，彼以为丑，反之亦然。所以"修养"云云，往往沦为空谈。其实这是把不同层面的问题给混淆了。盖其一可以

"好恶"形容，其一可以"是非"形容；涉及前者，你这么干，我那么干，一概无妨，涉及后者，则你我都不能这么干。语云"俗不可耐"，即指已不限于好恶，而关乎是非了。这里有一系列彼此关联、互为因果的问题：成本核算，一也；材料来源，二也；设计者的水平，三也；决策人的趣味，四也；图书市场的反应，五也。而末尾一项，又将受众一并牵扯在内。书什么样子诚为小道，然而说句冠冕堂皇的话，它或许体现了整个民族的审美趣味与文化水平。

打扰了，问候起居。

止上

二〇〇六年九月一日

二

其章兄：

朱子注《论语·学而》"吾日三省吾身"一节云："曾子以此三者日省其身，有则改之，无则加勉，其自治诚切如此，可谓得为学之本矣。"可知"有则改之，无则加勉"本是自我反省功夫，后世移用于对待外界批评的态度。然此亦不失儒家本色，盖儒家以"仁"为本，他人以此待我，我亦以此待人。无论批评确当与否，批评者总归出于善意，而被批评者亦以善意对之。

假如此"仁"的前提不存在，批评者不怀好意，被批评者又如何对待呢。大约用得上知堂老屡屡引用之《东山谈苑》的话了："倪元镇为张士信所窘辱,绝口不言,或问之,元镇曰,一说便俗。"盖此仍是儒家风范也。

若是道家则别有办法。《庄子·天道》云:"子呼我牛也而谓之牛,呼我马也而谓之马。"大约可以作为代表。此外还有一招,即通常说的"来而不往非礼也"。此虽出诸《礼记》,用在这儿,却是法家做法。道家无所谓批评者用心好坏,法家则一概视为坏也。

昨蒙垂询,对某君"看到底"云云如何发付;今晨思之,奉告如上,聊供参考。顺便说一句,我自忖骨子里近法,希望是儒,平日行事则似道。老兄却是何等人耶,或者尚须"三省吾身"一番乎。一笑。

止庵
二〇〇六年十一月八日

三

其章兄:

顷得《书友》小报,第三版有王成玉《这么早就回忆了》一文,系"从谢其章《搜书记》说起",读来颇有意思。之所以这般说法,盖因该文完全不讲道理,而看出此点,亦属"开卷有益"。所得益处全在逻辑学上,而逻辑学实为文章学关键之一。从前给《博览群书》写过两句话:"知识是学问的基础,逻辑是思维的根本。"平生阅读、写作,便是这点心得。

试以王文为例,稍加申说。三段论是由大前提和小前提推出结论。大前提一定是公理,小前提一定与大前提相合,如此结论才能成立。此文则不然。体现于"一般地说,回忆是前进的终点,是人的生命到了终结之际,把自己一生所经历的悲欢离合以及种种人生况味和成功与失败的经验传达给后人的一次性的总结"中之大前提,乃是自设的,因为不存在这个"一般地说",回忆不一定非要等到"人的生命到了终结之际"。举个例子,鲁迅四十五岁写《朝花夕拾》,离他去世还有整整十年呢。"他的这本书虽然由过去的二十年的日记组成,大约也属于'回忆录'的性质"的小前提,也是虚构的,因为《搜书记》之类"日记摘录"并不属于回忆录。这样一来,"还没有到应该回忆的时候就'回忆'了"的结论,就完全站不住脚了。

其实这个道理,胡适早讲得清楚:"在论理学上,往往有人把尚待证明的结论预先包含在前提之中,只要你承认了那前提,你自然不能不承认那结论了:这种论证叫做丐辞。……丐辞只是丐求你先承认那前提;你若接受那丐求的前提,就不能不接受他的结论了。"(《评论近人考据〈老子〉年代的方法》)王文也属于"丐辞"。用我们平常的说法,就是不讲道理。此实为当今文章一大弊病,文采欠佳甚至文字欠通倒在其次。

祝好。

企之
二〇〇六年十二月九日

附言:这是我新拟的名字:庵即厂也,与止合而为"企"。

四

其章兄：

《周作人散文钞》老兄以三百元拍得，堪称"物美价廉"矣。诸位藏家或以之与少侯编《周作人文选》（上海仿古书店，一九三六），徐沉泗、叶忘忧编《周作人选集》（上海万象书局，一九三六）、徐逸如编《周作人近作精选》（文林书局，一九三六）和张均编《周作人代表作选》（上海全球书店，一九三七）等观，却不免是走眼了也。

《周作人散文钞》署"章锡琛编注"，实乃托名之作。查周作人日记，一九三二年五月十二日云："下午编文钞录目，寄给章锡琛君。"五月十九日云："下午废名来，寄开明文钞注释及序。"据此可知，编者是周氏自己，注者却是废名。故而此书与周氏各种自选集如《儿童文学小论》《知堂文集》《周作人书信》和《苦雨斋序跋文》等性质相当，而有废名作序作注，意义更其特殊。

附带说一句，鲁迅"昏"论，即因废名此序而发，详见拙作《鲁迅与废名》《说难篇》，不赘述。

祝好。

企之
二〇〇六年十二月二十三日

五

其章兄：

  前信在博客贴出，有网友跟贴云："废名序写于一九三二年四月六日，周氏四月七日日记：'下午……废名来，八时半去，为文钞作序文一篇。'这说明废名作序文时就见过文钞目录。"此点我先已留意，惟解释起来颇费口舌耳。废名序言云："开明书店将出版一册《周作人散文钞》，从最初的《自己的园地》到最近的《看云集》七个散文集里面选出三十篇文章……"查《散文钞》所选范围、数量均与此相符，似乎该网友所说不错；然则周氏五月十二日及十九日日记无从解释。我的看法，或许该书曾有选目，知堂自己后又重行编定；或许废名写序时尚未选得，开头那句话是根据周氏所编目录添加的，而文章写作日期未改。废名此序全未涉及书中诸文具体内容，估计后一推测更近事实。无论如何，开明书店出版的《周作人散文钞》系作者自己编选，注释是废名所作，总归可靠无误。该书广告云："这本散文集是作者的友人章锡琛君从他的七本散文集中选出的最精粹的作品，经过许多作者知友的斟酌，并得作者的同意，才付排印。每篇并由编者加以极精确的注解……"言之凿凿；却不料周氏日记走漏消息。广告究竟是广告，信不得也。

  特补充说明如上。

  祝好。

止庵
二〇〇六年十二月二十七日

六

其章兄：

关于《周作人散文钞》之第二信贴出后，网友仍有议论，亦有趣也。此书之编选，我并未否认章锡琛或曾参与，前信云"或许该书曾有选目"即寓此意；惟当从周氏一九三二年五月十二日日记，确认系其自家选定。查周氏日记，三月二十日"受信"栏有"开明"，三月二十八日"发信"栏有"开明"，或即章、周商议此事，惟不知其详耳。至于"选"，五月十九日日记既云"寄开明文钞注释及序"，则一如"编"，亦是此厢确定，当然不排除前此章锡琛曾写过初稿。我之所谓"系作者自己编选，注释是废名所作"，是就最终结果而言；至于过程，或许并不简单也。

祝好。

企之
二〇〇六年十二月三十日

七

其章兄：

下午接电话，惜未能畅谈。书中插图，实非易事。即以拙著而论，《史实与神话》图文混排，最要不得；《沽酌集》中西杂陈，亦属败着。《插花地册子》即如后记所说："与正文并无关系，不妨说是自成片段。"《神奇的现实》不无寓意，可惜有几幅印刷欠佳。最好的大概还是《相忘书》罢。另外有本《不守法的使者》，即《画廊故事》之插图本，老兄倘未见到，当呈上求正。

前些时答记者问，我说书中插图，目的有三：一是解决文字难以解决的问题，譬如地理方位讲不清楚，插张地图，则一目了然；一是延伸阅读，小说里的插图，大多属于此类——惟此种"延伸"以不超出再现情景为限，超出则离题了，与正在进行的阅读不再有甚关系；一是调整阅读节奏，类似文章之分章节、分段落。但现在的图文书，图要么插得太滥，没有任何道理；要么质量太差，让人看着难受。至于图文混排，最不便于阅读，好有一比就是"打岔"，把文章气脉都破坏了。我就这话题前后写过不少文章了，除《相忘书》中的两篇外，《向隅编》中尚有《关于图文书》《再谈图文书》。

匆匆，祝好。

六丑白
二〇〇七年二月一日

八

其章兄：

惠寄的《山西文学》收到，韩文读了。外行话说得大胆，或俏皮，仍然是外行话。我留意的却在另外一点，即所论皆据既定的前提而发，无论谈到周氏"附逆"，还是"抄书"，均如此。而相关前提，恰恰靠不大住，至少需要重新审视一番。所以说了半天，仍属胡适讲的"丐辞"，此公好像"研究"过胡适，却未得其半点思想神髓，亦可叹也。思想自由，归根结底，就是不能想当然地按照既定前提立论。前作《插花地册子》，归结为："我觉得世上有两句话最危险，一是'想必如此'，一是'理所当然'。前者是将自己的前提加之于人，后者是将既定的前提和盘接受，都忽略了对具体事实的推究，也放弃了一己思考的权利。我们生活在一个话语泛滥的世界，太容易讲现成话了；然而有创见又特别难；那么就退一步罢，即便讲的是重复的意思，此前也要经过一番认真思考才行。"即是申说此意。具体说来，要么有自己的材料，要么有自己的想法。若此公者，看似好讲怪话，实为老调重弹。

《论语·里仁》："子曰：'见贤思齐焉，见不贤而内自省也。'"我们好自为之就是了。

祝好。

止庵
二〇〇七年二月六日

九

其章兄：

日前为写关于郑振铎的文章，翻阅黄裳《书之归去来》一书。此系谷林翁所赠，版权页题："九七年十二月廿九日上午避嚣去韬奋中心，得此。"就中《关于周作人》一文，有批语若干，颇可见此老眼光独到，不肯人云亦云也。今摘录数条，以飨吾兄：

"推而广之，凡是出卖或背弃了自己过去一直持有的信念，为了卑鄙的个人目的，或投降敌国，或在邪恶面前屈膝，卖论取官，不知羞耻，都是属于同一范畴的历史现象。"批曰："出卖或背弃，卖论取官，皆肯定卖方主动，如果是买方主动，则惟有饿死事小耳。"

"徐炳昶在纪念钱玄同的文章里曾说：'还记得我们有一位老朋友，先生多次向我谈起，深表不满，指出他除了个人享受之外，几无余事。当时我颇诧异，先生的态度，何以忽如此严峻？……'"批曰："诧异者，为是平地一声雷也，徐君本人盖平素亦不作如是观也。"

"有的研究者曾经指出，在北平围城之时，卢沟桥的枪声响起一个月之后，周作人竟自在苦茶庵中写下了悠闲淡远的《野草的俗名》那样的文字，以为不可能。其实这正是周作人内心极不平静的一种表现。他是这种方法来掩盖、排遣、严抑绝不平静的内心激荡的。"批曰："宜乎不宜，可乎不可，如果不曾而读了一些什么，或有人此际看画听曲，则应如何论断？"

"记得当我问到他投敌以后写过那么多文告、讲话，并做了那么多丑恶的表演时，他的反应是使我吃惊的。他坦然地不屑地说那些不过是做戏，仿佛完全不值一说。"批曰："丑恶的表演，谓之做戏是实话实说，予岂好辩哉，予不得已也。"

"只有当我问起，一向佩服倪云林的'一说就俗'的他何以在法庭上作出那么说不圆、讲不通的丑恶辩解时，他才颓丧地没有了话。今天想来，应该是倪云林的故事触到了他那个坚硬内壳的核心，才使他默然无语的。"批曰："颓丧地没有了话，然乎否乎？此时再作解说，岂非一说便俗乎？"

"正因为他是在沐猴而冠的情形下发表了一系列正经的议论，人们就将这看作是为日本侵略者出谋献策，也就无足怪的了。"批曰：

"如果为虎作伥,力促敌人加强烧杀掳掠,则是使敌人死无葬身之地矣,此清官不如贪官之别调也。"

谷林翁另有《德不孤,必有邻》一文,谈周氏事亦颇深刻。

止

二〇〇七年二月九日

十

其章兄:

曾写信谈《张爱玲集》所收《小艾》版本事,颇嫌草草,今重加申说。《郁金香》编后记云:"本集中的小说依据张爱玲生前的改定稿编入,但中篇小说《小艾》是例外。《小艾》的版本情况较为复杂。《小艾》最初于一九五一年十一月四日至次年一月十四日在上海《亦报》连载,一九八七年初被发掘,在香港《明报月刊》重刊时章节做了调整,台湾《联合报》副刊重刊时又作了删节,收入同年五月台湾皇冠出版社初版《余韵》的《小艾》则是新的删节本。本书所收《小艾》恢复了《亦报》初刊本原貌,这也是《小艾》'出土'二十年后首次以本来面目与读者见面。"

这就有几个问题。第一,即如二月十二日《深圳商报》所载周立民《满城尽是"郁金香"》一文所云:"港台本是谁删的?张爱玲自己什么态度?"他得到的回答是:"刊出时编者删的,后来就那么收到文集中了,张是什么态度不知道。"实际上张爱玲《续集·自序》对此有所说明。所云:"前些日子有人将埋藏多年的旧作《小艾》发掘出来,分别在台港两地刊载,事先连我本人都不知情。"即"在香港《明报月刊》重刊时章节做了调整,台湾《联合报》副刊重刊时又作了删节"者也。张爱玲说:"我想既然将旧作出版,索性把从前遗留在上海的作品选出一本文集,名之曰《余韵》。"既然全书均系作者自行编定,"收入同年五月台湾皇冠出版社初版《余韵》的《小艾》则是新的删节本",当视同于"张爱玲生前的改定稿"。张爱玲所说:"出版社认为对《小艾》心怀叵测者颇不乏人,劝我不要再蹉跎下去,免得重蹈覆辙。"即包括此番"新的删节"在内。

第二,《余韵》所收《小艾》与"《亦报》初刊本"区别何在。取前者与《郁金香》所载相对照,可知分节不同,内容亦有所删略。"初刊本"二十一至三十二节,《余韵》本为二十一至二十八节;"初刊本"四十三、四十四节,《余韵》本为三十九节;"初刊本"四十六、四十七节,《余韵》本为四十一节;"初刊本"六十三、六十四节,《余韵》本为五十七节;"初刊本"七十一、七十二节,《余韵》本为六十四节;"初刊本"七十四至七十六节,《余韵》本为六十六、六十七节;"初刊本"七十七、七十八节,《余韵》本为六十八节。《余韵》本对"初刊本"之七十一节、七十六节、七十七节、七十八节、八十节部分和八十一节全部做了删节,共约一千五百字。张爱玲曾说:"我非常不喜欢《小艾》。"所删去的内容,均属当时政治环境下非说不可的违心话,可以肯定要列在其"非常不喜欢"的首位。

第三,张爱玲"改定"自家作品,并不只是《小艾》。除《十八春》改写为《半生缘》外,《殷宝滟送花楼会》添了新的尾声,重新发表的几个短篇小说大都经过增删。就连《传奇》所收各篇，与当初在杂志上发表的也不尽一致。目下编辑整理作家文集有一误区，即迷信"初刊本"或"初版本"是也。此种文本只有研究参考之用，若印行文集，还当以作家最后改定者为准。修订自己作品，乃是作家权利，或增或删，悉听尊便，"恢复原貌"，恐有不宜。这回"本集中的小说依据张爱玲生前的改定稿编入"，实为上策。然而《小艾》何以单单"例外"，却是未明道理。或谓在于"《小艾》'出土'二十年后首次以本来面目与读者见面"，然则此《亦报》初刊本之全部内容，早已收入《小艾》（江苏文艺出版社，一九八七年七月）和《张爱玲文集》（安徽教育出版社，一九九二年七月）两书中了。倒是《余韵》所收版本，内地好像迄未出版，至少流传不广。

啰唆许多，就此打住。祝好。

止庵
二〇〇七年二月十三日

前述周文有云："删节本让小说结束在重病的小艾生死不明中，是太张爱玲的，也是与写过《秧歌》《赤地之恋》以及张爱玲的政治态度或想象的内心太符合太一致了，而现在这个结尾算什么？新的人民的大众文艺嘛，这东西不仅丁玲、老舍会写，原来张爱玲学得也很快。不像张氏风格吗？可它偏偏就是。仅仅就为了这个结尾，新出的这本《郁金香》就太重要了。"——这恰恰是张爱玲最不愿意给人留下的印象。她地下有知，或许要再说一遍：遇见同样情况，"富有幽默感"的"萧伯纳绝不会那么长寿"，"大男子主义"的"海明威的猎枪也会提前走火"了。

《张爱玲集》之《半生缘》编后记有云:"《半生缘》对《十八春》的改写,凸现了张爱玲新的艺术构思,是张爱玲'倾城之恋美学'的灿烂重现,虽与《十八春》同源共根,结出的却是不同的更为艳异的果实。"这番话几乎完全可以移来形容《小艾》"新的删节本"。不知为何,对待两本书却是不同办法。又及。

十一

其章兄:

报载孔君书摘,颇多不实之词。姑举一例:"后来成为著名武侠小说家的白羽,年轻的时候仰慕周作人,写信要求拜见,有一天到府上拜见周作人,结果周作人不在家,鲁迅出来接待他,鲁迅说,我是他的哥哥,我跟你谈谈吧,白羽说,既然他不在家,跟你谈谈也可以,跟周作人的哥哥谈谈也可以。他说你喜欢读谁的小说,白羽说一个人是冰心,一个人是鲁迅,周树人说鲁迅就是在下,白羽这才对他很尊重。"

翻翻《鲁迅全集》,便知端的。一九二一年七月二十七日致周作人:"有宫竹心者寄信来,今附上。此人似尚非伪,我以为《域外小说集》及《欧文史》似可送与一册(《域》甚多,《欧》则书屋中有二本,不知此外尚有不要者否),此外借亦不便,或断之,如何希酌,如由我复,则将原信寄回。"七月二十九日致宫竹心(即白羽):"周作人因为生了多日的病,现在住在西山碧云寺,来信昨天才带给他看,现在便由我替他奉答几句。"据此可知"拜见""接待"云云皆妄。

九月五日致宫竹心："鲁迅就是姓鲁名迅，不算甚奇。唐俟大约也是假名，和鲁迅相仿。"可知"鲁迅就是在下"一语亦妄。（此信与致宫的其他几信，均署名周树人。）

十月十五日致宫竹心："本星期日的下午，我大约在寓，可以请来谈。"十月十六日日记："下午宫竹心来。"至此二人方见第一面也。

课堂上为听着热闹，难免讲故事；印为书本，似应查证一番，以免以讹传讹。别的不多说了。

著安。

止庵

二〇〇七年三月一日

十二

其章兄：

前承友人借阅周氏部分日记复印件，一九六五年四月二十五日有云："上午写笔记一则，关于放翁诗者，即写一通给黎丁，又写与铁铮一纸，美和为寄出。"此文经黎丁抄入"当年手记"，以后撰写《编辑手记——有关周作人部分》，揭载于世。坊间"集外文""文类编"等均未收，今特转抄如下：

"放翁作蔬圃绝句七首，其四云：'瓦叠浮屠盆作池，池边红蓼两三枝，贪看忘却还家饭，恰似儿童放学时。'时年五七，后十余年又作适兴诗云：'老翁垂七十，其实似童儿，山果啼呼觅，乡傩喜笑随。群嬉累瓦塔,独立照盆池。更挟残书读,浑如上学时。'可谓老而犹童,饶有天趣者已。"

周氏写给黎丁时,更撰附记云:

"一九六五年四月廿四日黎丁先生过访,出角花笺,属写字,辞不获免,辄抄随笔一则聊应雅嘱。知堂。"

又,近日续写周作人传,复阅周著各书及集外文,《关于老作家》(一九四四年三月十二日)有云:"不久在北京《东亚新报》上也说沈某保护我以致受伤,我写了一封半更正的信去,说当时沈君在座,殃及池鱼,甚为抱歉,至于因欲逮捕暴徒而受害者,近地车夫二人,一死一伤,皆在院子内。《东亚新报》在来函照登之后又写了一篇说明……"可知该报上尚有一篇"来函照登"未被发掘也。惟其乃日文报纸,不知此信系用日文或中文所写。所云"不久",则为一九四三年夏天之后。

周氏"佚文"恐怕还有,惟须细加查找耳。

止庵
二〇〇七年三月十一日

十三

其章兄:

前此曾作小文,考订周作人并无《异域文谈》一书出版,这只是一组文章耳。诸家所以误会,盖因周氏一九一五年十月三十一日记云:"下午由墨润堂转来小说月报函并一签,云稿收,酬十七元。"《知堂回想录·自己的工作三》也说:"在乙卯年十月里,将那讲希腊的几篇抄在一起,加上一个总名《异域文谈》,寄给小说月报社去看,乃承蒙赏识,覆信称为'不可无一,不能有二'之作,并由墨润堂书坊转送来稿酬十七元。"《小说月报》此后各期,却未见《异域文谈》发表。我在文章中说:"这倒有点'蹊跷'了,好像小说月报社付了稿酬,却未予发表。"昨晚翻看茅盾著《我走过的道路》,"革新《小说月报》的前后"一节有云:"和王莼农(前任《小说月报》主编)一谈,才知道他那里已经买下而尚未刊出的稿子足够一年之用,全是'礼拜六派'的稿子。此外,已经买下的林译小说也有数十万字之多。"虽与《异域文谈》无关,又在五年之后,但亦可知该刊处理稿件,付酬与发表乃是两回事也。我所谓"蹊跷",或许也就不蹊跷了。

止庵
二〇〇七年三月十五日

十四

其章兄:

当年周作人为片冈铁兵所欲"扫荡",而予以回击,武者小路实笃来信云:"吾等两人都是外柔内刚,而世人总是过分地看轻我们,因此,有时为了证明自己之真价,有必要这样做。"昨日想起这一番话,如今某公再三造谣中伤,或亦是逼人有所表示耳。然而其后周氏作《关于宽容》一文,引十七世纪法国某贵族的话说:"宽仁在世间当作一种美德,大抵盖出于我慢,或是懒,或是怕,也或由于此三者。"周氏自己则云:"大度弘量,均是以上对下而言,其原因大抵可归于我慢,若以下对上,忍受横逆,乃是无力反抗,其原因当然全由于怕,盖不足道,唯由于懒者殊不多见,如能有此类例子,其事其人必大有意思,惜乎至今亦尚无从证实耳。"《成唯识论》卷四云:"我慢者,谓倨傲,恃所执我,令心高举,故名我慢。"是周氏自觉当初未免多此一举也。前写传记未曾提及,今且找补一笔。不过他讲"以上对下",却颇有意思。某公原属"山中无老虎,猴子称大王";登陆此地则不复有这境遇,难免心理失衡。鄙人也在这个"圈儿"里,被视为障碍大概亦是活该也。不过对此正不妨取"我慢"态度。即如周氏所说:"他们对于这种横逆之来轻妙的应付过去,但是心里真是一点都没有觉得不愉快的么,这未必然,大概只是不屑计较而已。不屑者就是觉得不值得,这里有了彼我高下的衡量之见,便与虚舟之触截然不同,不值当云者盖即是尊己卑人,亦正是我慢也。"

六丑白
二〇〇七年七月二十九日

十五

其章兄:

  周作人晚年时取自家旧作重阅,日记中有所记载。如一九六二年九月九日:"阅《女诗人萨波》,自觉殊不恶,而专家不能理解,亦可笑人也。"一九六三年十二月十九日："上午阅《书房一角》，亦颇自意，殊可笑也。"一九六四年一月二十八日："阅《看云集》，觉所为杂文虽尚有做作，却亦颇佳，垂老自夸，亦可笑也。"九月二十七日："晚重阅《风雨谈》，对于自作的文章觉不无可取，亦可笑也。"九月二十九日："阅《药味集》及《瓜豆集》中文章。"一九六五年七月二十五日："下午阅关于鲁迅的二书，自己觉得不错，亦可笑耳。"十一月八日："阅旧日译书《浮世澡堂》，亦觉不恶，对于昔日工作觉得满意，可见退步，但亦是实情，无鸟村之蝙蝠，亦是可悲。"一九六六年一月一日："上午阅《书房一角》。"一月三日："下午阅《苦竹杂记》。"一月四日："下午阅《雨天的书》，连日唯以自作消闲，亦可笑也。"八月二十一日："上午阅《希腊的神与英雄》。"八月二十二日："上午仍阅前书，颇为简要。"偶亦涉及他人评论，如一九六六年五月十七日云："阅《文史哲》中批评《孽海花》文，引《论八股文》中语，谓甚看重八股，其人看文章且不懂，深可怜悯。原拟致书说明，看来非是假呆即是真痴，不值得浪费笔墨，故当作罢矣。"这一节亦未能写入周传，特说与吾兄一听。

止庵白
二〇〇七年七月三十日

十六

老谢：

　　昨日访张菼芳先生，听她讲八道湾住房变迁，略如下：一九四零年她与周丰一结婚，就住在中院西房，即苦雨斋，而周作人夫妇住中院北房。北房原为三间，四十年代扩为五间（东西各扩出一小间）。其西侧二间连通，设榻榻米，称日本间。往东二间亦连通，为客厅。最东一间置线装书。中院南房置其他书。西房南为厨房，北为餐厅，中有隔断，开以小窗，以递饭菜。

　　一九四五年十二月五日夜，军警乘大卡车来，停在门外，就车帮登墙，跳进院中，打开院门，前中院间之门则破之，抓走周作人和周丰一。周作人先亦有预感，然尝云不至如此也。羽太信子言语不通，而周静子素不处外事，张菼芳追至门外，问周丰一何罪，何以一并抓走。周丰一已押至卡车上，至此又复推下。又问要抓周作人至何处，答曰中南海李宗仁行营，实则炮局也。

　　周家人皆被赶至屋外，无处栖身。张又找军警，则得以在西跨院一房内安顿合家。（其时羽太芳子与姐姐不合，先移住别处，故未有这一遭遇。）八道湾十一号遂成宪兵队，以后又有军官家属入住。至临近解放，则逃亡矣。周家又复迁回原来住处：羽太回住中院北房，周丰一家回住西房。而后院北房西侧三间堆置周氏藏书，已予查封，其余房间则有北京图书馆工友及张姓保姆一家住进。

　　逮解放军来，以原国民党兵住处为营地，见羽太一人住北房五间，遂商量将其迁至后院中间三间，与工友合住。羽太受刺激而自杀未遂。北图来人，以一月之工，分类没收周家藏书，后院北房西侧三间遂空出，周作人回来就与羽太住进。解放军一九五二年迁走，而前院住户混杂。至一九六三年，原住中间三间之鹿姓人强迫周丰一家与之换房。

后院东侧有二小房，北为日式厨房，南为洗澡间，周氏故于此处。凭记忆写这些，词不达意，请谅。

止庵拜
二〇〇八年五月十八日

十七

其章兄：

承示《读〈来燕榭集外文抄〉》一文，谢谢。文曰："我与止庵不同的是，我并不对黄裳的左气生如何的反感，盖时代的印记也。作为当年紧跟时代，名声不大不小的文坛中人，没有左气该怎么生存，是一个问题。不是左联坐大，一统天下么，他们即使有了左气也还免不了受到批判，左气不过是当时的流行主流气息，为了保护或发展，左气往往要像'牛气'那么充足，才既能保身又谋发展，这是要紧跟时代而必须付出的代价，我们不该因为这个而春秋责备贤者。"乃是误解了我的意思。我所谓"黄裳很有书的学问，但他只有光谈学问时才好，若是说别的则经常是代表集体说的，这时的他也就丧失了自己。我不大信服他的见识"云云，非指当年而言，而是说的最近三十年来其文章中时时流露的思想倾向，如与张中行、葛健雄辩论事，评论胡适"做了过河卒子"诗事，等等。一言以蔽之,"时代"过去,"印记"尚存。关于黄裳无意再谈,惟此别一黄君作文涉及下走,故略说几句。

止庵白
二〇〇八年五月三十日

十八

其章兄:

顷得汪君的一封信,有云:

"先生周传主旨,我自觉当然大致可以理解,包括对他的态度。但最后还是认为您批判不够,着眼其实不是您指出的大关节,而是一些具体问题。

"简单地说,我觉得您对周氏兄弟失和、周作人下水附逆包括他的'苦住'北平,评说时还是按照周自己的逻辑,即将其视为可以从'思想深处'找到原因的选择,故我引陈寅恪语以为评议。其实我觉得这些事件更应该是偶然的突发因素、直接的现实利益所致,思想只是一个远因。至于'道义之事功化'云云,还是应该看作他的自我辩护之辞——首先是给自己一个交待——并非立定了这个主张然后在北平等着实现'事功'的,略如钱理群先生所作传记中分析者。

"但这也只是我的个人理解,思考不深入,也没有认真寻找证据,所以当时也只能笼统说说,现在也许还是没有说明白。"

这番话大概可以代表世间对待此问题的一般看法,即如老兄讲的"有罪推定"是也。汪君所说"应该"云云,假如有证据支持,当然可成一说，但诚如所言"没有认真寻找证据"，那么又凭什么认定"应该"如何呢。我觉得研究历史人物，须得暂且撇开现成定论，一切从头开始；若是领了人云亦云的说法作前提，尽管一再说"我觉得"，却是无论怎么"觉得"，其实都不再有"我"存在了。具体讲到周氏，"偶然的突发因素、直接的现实利益"确是某一行为的契机，而思想则决定了其方向——思想之为"因"的意义就在于此，说"远"亦不远矣。至于"道义之事功化"实可追溯到一九三三年所作《颜氏学记》一文，那时尚不存在"自我辩护""给自己一个交待"的需要呢。对此我在传记中写过，似乎未蒙其留意。

霁生
二〇〇八年六月二十日

十九

其章兄：

博客有跟帖云："止庵先生的意见挺好，但，个人与集体是那么容易切割的吗？黄的言论偶尔'左'得离奇，但也有个人与集体不得不合，而在他人看来却像是替集体说话者。所以，我以为，'若是说别的则经常是代表集体说的'未免过了些。"

我答：又复提起此事，是乃别无消暑之方乎，一笑。惟窃以为"代表集体说的"与"个人与集体不得不合"尚有区别，"偶尔'左'得离奇"，当属前者而非后者。此明眼人一看即知，无须回护，且其自己正为此而得意亦未可知。涉及思想，实无"不得不"可言，毕竟文章不是非写不可,亦不是非发表不可。我别的无所谓,最反感——或曰怕——的就是'左',尤其时至今日。

姑举一例,见黄裳所作《我与三联的"道义之交"》:

"昨夜从电视中观中美女排之战,中国队惜败。满场中国观众给以郎平为主教练的美国队以非常热烈的掌声,并不以胜负为意。这给了我以非常巨大的震撼。我感到中国人民真正高大起来了。人们识大体,念旧情,对曾为祖国争得至高无上荣誉的功勋运动员的好感历数十年而不衰。从这件'小事'可以看到祖国真正强大壮盛起来了。我失悔在新本《珠还记幸》中删去了那篇为中国女排喝彩的文字,虽然那只不过是一篇平常的小文章。"

《老子》曰:"自知者明。"此种文字乃是代表集体说话而自以为个人发言,直是不明,亦即昏也。

一点余闻,报与吾兄。

止庵
二〇〇八年八月四日

二十

其章兄:

昨日通过电话,即找出《我的集外文》一文来读,颇有悟得,说与老兄一听。以"如能从敌人手中取得逃亡的经费,该是多么惊险而好玩的事"交代为《古今》撰稿事,以"关于周作人,在《古今》上竟留下了三篇文字"交代其中的《读知堂文偶记》《读〈药堂语录〉》《关于李卓吾——兼论知堂》,很见机巧;惟若细读这些文章,再看《我的集外文》下文"当时"云云,更对比三年后之《更谈周作人》《老虎桥边看"知堂"》,则彼此全然对不上号矣。盖"不惜以今日之我与昨日之我战"本属寻常,强为弥缝,难免捉襟见肘矣。抑或"取得经费",非但写《读知堂文偶记》等如此,写《更谈周作人》等乃至这篇《我的集外文》亦如此耶。打住。打住。然记得"路费说"系老兄首先质疑,先知先觉,敢不佩服。

六丑白
二〇〇八年八月二十六日

二十一

其章兄:

承示周某文,议及拙文《识大识小》,蒙其"细瞅",尽管还是没瞅明白,然则胜我多矣,此君之作迄今我只瞅此一篇,相形之下甚觉惭愧。鄙人为文素不喜下断语,盖意思都在分寸之间,过犹不及。但不把话说到斩钉截铁,居然就看不明白,乃至谓之"顾虑重重""礼数固已尽到极致""恭谨"云。又在我看来,文章的意思和句子都要曲折回旋,亦即"绕来绕去",这样读来才有味道,视为"进一步,退半步;退一步,进半步",是于作文之道尚嫌一知半解也。拙文当然有可议处,譬如自我观之,尚嫌过于紧张,不够放松,然此君的批评实在没说到点子上。

另有别一某君,久矣夫视我为眼中钉,待拙著面世,却掏钱买书，费时阅览，而仍一如预定地怒而骂之，似乎也不值当。昔庄生云，相呴以湿，相濡以沫，不如相忘于江湖。今仿之曰：相瞪以眼，相咬以牙，亦不如相忘于江湖。

止庵拜
二〇〇九年二月二十日

二十二

其章兄：

梁京即张爱玲，自无可置疑。据水晶《蝉——夜访张爱玲》，一九七一年他见到张爱玲，"谈话进入正题后，她首先告诉我，她还有一个笔名，叫梁京。梁山伯的梁，京城的京"。又据宋以朗介绍，一九八七年五月二日张爱玲致信宋淇云："梁京笔名是桑弧代取的，没加解释。我想就是梁朝京城，有'西风残照，汉家陵阙'的情调，指我的家庭背景。"张爱玲在《亦报》发表《十八春》《小艾》，均用此名。不过那篇《亦报的好文章》（载一九五〇年七月二十五日《亦报》），倒是径署"张爱玲"。

影片《太平春》在"国产老电影在线观看"上可以看到。这是部黑白片，片长八十八分钟。一九五〇年六月十五日，即《年画风格的"太平春"》发表前八日，《亦报》上有则题为《"太平春"明日上映·特准四场》的消息："文华影片公司新片'太平春'，业已排定自十六日起在本市'黄金''皇后''大华''金门''虹光'五院上映。该片由桑弧编导，石辉、上官云珠、沈扬等主演，题旨在指出为人民服务的最高道德标准与旧道德的不同点,并参以反轰炸、劝募公债为主,华东影片经理公司以此片主题正确,并为扶助私营电影事业的发展,特准放映四场。又:该片于今日上午十时半在'皇后''黄金'两院作招待试映。"张爱玲文中提到"头两千人",不知是否看的就是"招待试映"。

《年画风格的"太平春"》是迄今所见张爱玲写的最后一篇影评。一九四二年她从香港回到上海,曾为英文报纸 The Shanghai Times(《上海泰晤士报》)和英文杂志 The XXth Century(《二十世纪》)写过一些影评,后将英文文章译成中文,成《借银灯》和《银宫就学记》二篇。

张爱玲与桑弧合作过电影《不了情》和《太太万岁》,她为桑弧的新片写篇影评,亦顺理成章。这也为研究者提供了新的材料。在《小团圆》面世前,二人间更深一层的关系长期隐没不彰。顺便提一下,一九五〇年三月二十四日,即《亦报》开始连载《十八春》的前一日,桑弧署名"叔红"在报上发表了《推荐梁京的小说》一文。

张爱玲以"年画风格"形容《太平春》,固是沿袭桑弧的说法;然而张爱玲对于年画早有兴趣,所作小说《创世纪》即曾写道:"他的一生是拥挤的,如同乡下人的年画,绣像人物搬演故事,有一点空的地方都给填上了花,一朵一朵临空的金圈红梅。"后来写《重访边城》,也提及"只知道杨柳青的年画"。

现在来看《太平春》,无疑是部趋时之作;张爱玲的影评则对此不无认同。说来《十八春》和《小艾》都有类似问题。后来张爱玲将《十八春》改写为《半生缘》重新出版,《小艾》在收入《续集》时,她"请Stephen代托刘烁华替我删改《小艾》有碍部分"(一九八七年二月十九日致邝文美、宋淇）。我编《张爱玲全集》，为尊重作者计，采用的是她最后改定的本子。但我也认为，若研究张爱玲的创作历程，《十八春》和《小艾》原刊文仍是不应忽视的参考材料。

不过文中那一句"我也从来没有这样感觉到与群众的心情合拍，真痛快极了"，我觉得可以参看《对照记》，当被问到"认识字吗？"张爱玲"心里惊喜交集"："不像个知识分子。倒不是因为身在大陆，趋时惧祸，妄想冒充工农。也并不是反知识分子。我信仰知识，就只反对有些知识分子的望之俨然，不够举重若轻。"

前些日子香港浸会大学举办张爱玲国际学术研讨会，我以家事不克参加，闻与会者依次"向张爱玲遗像献花"——你此时找到一篇"佚文"，斯亦可谓在她诞辰九十周年，逝世十五周年之际的一种奉献了。虽然我曾说过，文章载诸报纸、刊物、书籍，当初印行都不止一份，既然存在就不能算"佚"。对已经出版过全集或专集者，此类篇章似应称"集外文"，从未收集者则只是散篇而已。

止庵
二〇一〇年十一月十一日

二十三

其章兄：

前些时收到某出版社寄来的一个"试读本"，题曰《南渡北归》。今日翻开一看，写道："就在彼此打得难分难解，成一团麻花时，蹲在白山黑水间的奉系军阀张学良，在蒋介石夫人、绝色美人宋美龄亲往其密所摇动三寸香舌和施展周身招数连番规劝、蛊惑、利诱下，张氏原本因吸食大麻而蔫儿巴唧的身子骨儿，如同每日注射的杜冷丁药力发作，突然'稀里咔嚓'响了起来，屁股开始由发热到发烫，随着脉管血液奔流窜腾，密布的毛孔迅速扩张炸裂，细黄的汗毛如同霜打毛草在苦寒的夕阳中根根直竖。阵阵香风吹拂中，张学良再也按捺不住心中澎湃如涛的激情，在蒋介石与阎、冯联军双方死伤达到30余万众仍难决胜负的关键时刻，突然'嗷'叫一声蹦跳而起，于宋美龄放情的大笑与秋波含情的迷人眼神幻影中，抽刀拔剑，亲率20万东北军携枪架炮以虎狼之势入关助蒋。"我便不敢再看下去了。昔日鲁迅以"立此存照"为题写过一组文章，素所爱读，不如效仿先贤，费神抄与老兄。如此绘声绘色，亦属难得。

止
二〇一一年二月十七日元宵节

我颇疑心上面所抄只是"试读本"才有，以招徕读者，承友人告知：此节文字在二〇一一年一月正式出版的《南渡北归》一书第三页第二自然段。又及。

二十四

老谢：

《日本文化视域中的周作人》——昨日我兴冲冲买此书，昨夜我兴冲冲地读此书，谁知书中错字迭出，如"森欧外"与"森鸥外"

并见，甚至就在同一页上，相差三四行处，"钟叔和"与"钟叔河"亦如此，再加上倪墨炎作"李墨炎"，《玛加尔的梦》作《玛加儿的梦》，等等。又如"《周作人自编文集刊号·瓜豆集》"，所衍"刊号"二字，不知怎么回事。编辑不可能不看校样，若是电脑出错好像也不是这个错法。内容亦有不对的地方，如："1928年5月4日，周作人将鸥外的 VITA SEXUALLS 完整译出，刊于《北新》2卷14—21号"，实际上周氏只翻译了此书的一小部分。题目不错，著者与编辑为何不好好下番功夫呢，破例以一感叹词"唉"字作结。

企
二〇一一年八月二十二日

二十五

其章兄：

今天去"天涯"做活动，有人问我："您觉得周作人是否有着恋母情结，他的这一情结是否反映在妻子羽太信子身上，他对羽太信子的爱与对杨三姑、郦表姐、乾荣子有何不同？"我答："没这回事。您这大概是中了《周家后院》的毒了罢，那完全是本无中生有、凭空添乱的书，一点都不能相信。"

却说这本《周家后院》，宣传语有"大量鲜为人知或不被关注的史实"一语。乍一展卷，果有发现，举一个例："信子把周作人当儿子一样呵护照顾；周作人把信子当妈一样依赖。"此诚为至少是我所不知当然亦即不曾关注者也。说来这书读了真不禁为之绝倒——用鲁迅《辞顾颉刚教授令"候审"》一文中"来函谨悉,甚至于吓得绝倒矣"之意,即"前仰后合地大笑",即"晕倒"也——如描写鲁迅的父亲喝墨汁治吐血事一节云:"喝得下去吗?不是可乐,不是红糖水,哪怕是咳嗽糖浆也好啊。都不是。周伯宜喝不下去。可不喝怎么行。治病哎。周伯宜牙一咬,心一横,闭着眼屏住气端起墨汁碗,仰脖子就喝,就像临刑前在刽子手面前喝大碗酒一样。悲壮啊。"

我曾强调不能将"传记"与"传记小说"混为一谈。传记属于非虚构作品,所写须是事实,须有出处;援引他人记载,要经过一番核实,这一底线不可移易。写传记有如写历史,不允许"合理想象"或"合理虚构"。所以对于《周家后院》这种写法,实在无法认同。日前在微博上议论此事,有人跟帖说:"虚构是可以的,想象也是可以的,猥琐就不好了。"我答:"虚构是不可以的,想象也是不可以的,猥琐就更不好了。"其实《周家后院》这样的书,用不着将所写的人物取名鲁迅、周作人或周建人,另外随便取个名字,或者干脆写作者自己的名字就是了。

一言以蔽之,若说《南渡北归》是"不该那么写的书",《周家后院》就是"不该写的书"。俗话云开卷有益,有一种书其实开卷全无益处,而这当然不止《周家后院》一种。譬如陈存仁写的书,不少人叫好,我尝读其中"章太炎斥刘半农"一篇,竟全是一派胡云,徒扰乱人心耳。如说他告诉章太炎,刘半农《赛金花本事》"报上有些零星的记载,我曾剪存下来,可以请老师过目",章看后说这不过是刘半农想利用赛金花的名字,来炫耀自己而已,不久刘半农到上海访问章太炎,云云。按刘采访赛金花,未及成稿,他就死了,《赛金花本事》在其身后出版,实际上是学生商鸿逵的手笔。而刘自采访赛金花至逝世,其间从未南下,如何有见章之事。又,章刘二人此前原本相识,并不如陈所写仿佛"初次见面"。一九三二年章太炎北游,讲演、宴请,刘半农多次陪同,此事载诸钱玄同和周作人的日记。然而对此等谣言予以纠正,亦不过如打扫茅厕,就算扫得干净,也只是"归零",毫无建树可言。何况"谣言重复千遍即成真理",陈某明明写的是小说,却号称"回忆录","言之凿凿",后人未必纠正得了。

止上
二〇一一年九月一日

二十六

其章兄:

关于周氏兄弟失和的文章写毕,复取周作人《抱犊谷通信》读之,"我的长女是二十二岁了(因为她是我三十四岁时生的),现在是处女非处女,我不知道,也没有知道之必要,倘若她自己不是因为什么缘故来告诉我们知道"。这一节文字中,似乎暗藏着一个关于年岁的谜题。此文题记署"甲子除夕记",该日为一九二五年一月二十三日。周氏此前一日日记云"上午作小文",后一日日记亦云"上午作小文",其中之一或即此文。该文署名"子荣",题记称"这篇原文的著者名叫鹤生"。周作人以后曾用"鹤生"做笔名(首见于一九四九年三月二十日上海《自由论坛晚报·未晚》所载《鲁迅与周寿鹃》),但这名字的出处却很早,是与鲁迅同住在日本东京波十九号,蒋抑卮来借住时:"他在吃语里也说到我,说启明这人甚是高傲,像是一只鹤似的,这似乎未必十分正确,我只是不善应酬,比较沉默,但在形迹上便似乎是高傲,这本来是我所最为不敢的。后来鲁迅便给我加上一个绰号……只是把鹤字读成日本话,称作'都路'(Tsuru),我从前有一个时候,为上海《亦报》写文章,也用过'鹤生'这笔名,即是从这个故典出发的。"(《知堂回想录·蒋抑卮》)不过周作人写《抱犊谷通信》时,知道"鹤生"这"故典"的人实在不多。讲了许多,言归正传:周氏这年四十岁,而说"鹤生"五十六岁,合当减去十六年,则所谓"二十二岁"的"我的长女"该是六岁。

止庵
二〇一二年一月六日

二十七

其章兄:

偶阅泌之洋洋"读书识小录"中《黄裳著〈来燕榭文存二编〉》一文,有云:

"第83页,第二段:'苏青用本名冯和遗,早在《论语》上出现。'苏青本名冯和仪,当年在《论语》刊文署名亦为冯和仪。"

我从前写过一条博客:

"止庵先生:黄裳先生新作《续侠义传》您看到么?里面'为某种欲望趋动,没有法子,只好闭起眼睛,高呼"巅峰之作",实在可笑亦复可哀'。好像又在说您了。——一读者

"答:《谷林先生纪念》中将'冯和仪'误写为'冯和遗',或系所说'为某种欲望趋动'之例证,倘从弗洛伊德一派的解释。"

原来此文收进书里,照样还是"冯和遗"。如若不是像我当时所解释的,那么就是苏青真的不叫冯和仪而叫冯和遗,或既叫冯和仪又叫冯和遗,唯此乃独家秘闻,外间不知而已。现代文学史上的事真是说不清,后出之说未必不能成为定论,就像"南玲北梅"也是一样。

泌文更云:"其实我尽管多次说过对止庵文字的欣赏,但对其议论黄裳的话一直不太认同,总觉得隔膜太甚,缺乏'同情之了解'。……止庵先生与黄裳先生年龄差别较大,人生阅历不同,不能理解对方且缺少'同情'也是难免的。"这倒是非常"隔膜"而缺乏"理解"的话了。我对黄裳当年言论从无批评,我不满的是如今"左"已不时髦了,而其犹持"左"论。此种不满又何干乎"年龄""阅历"呢。

止上
二〇一二年七月五日

二十八

老谢:

近来常有人与我谈起木心,他写的书我读得很少,此外在书店翻过那本《文学回忆录》。木心关于张爱玲有番话:"她是乱世的佳人,世不乱了,人也不佳了。"这让我想起柯灵早已讲过的:"张爱玲的文学生涯，辉煌鼎盛的时期只有两年（一九四三——一九四五）是命中注定，千载一时，'过了这村，没有那店'。幸与不幸，难说得很。"其实两人的意思完全一模一样，只不木心者话说得漂亮些罢了。他们都是对张爱玲晚期创作成就有所忽视，柯灵不及见，而木心则视而不见。

木心似乎常说些看起来漂亮但也仅仅是漂亮的话，有时则连漂亮也谈不上。譬如有人告诉我，陈丹青在关于木心的采访里说："他佩服周作人、胡兰成，但私下不原谅他们失节。他给我看周作人的字，说，你看看这种字，所以失节呀。"我回答说，这样的话须得说在周氏"失节"之前，不然就是便宜话，马后炮。至于木心说："周氏兄弟古文根底好，却不愿正面接续传统，老作打油诗。"也是皮毛之见。

还可举个例子，木心说："契诃夫的短篇，写得太通俗。一定要说他的成就，现在冷静比较，比下去了。鲁迅说契诃夫的小说是'含泪的微笑'，中学水准。我以为，文学不需要含泪，也不需要微笑。""含泪的微笑"是普希金讲果戈理的话，鲁迅著文引用过，与契诃夫毫无关系。"中学水准"则系凭空捏造。而倘若读过契诃夫后期的小说，"写得太通俗"不知从何谈起。鲁迅翻译过一本《坏孩子和别的奇闻》，都是契诃夫的早期作品，鲁迅说："这八篇里面，我以为没有一篇是可以一笑就了的。但作者自己却将这些指为'小笑话'，我想，这也许是因为他谦虚，或者后来更加深广，更加严肃了。"要而言之，说者（以及记录、出版者）可以昏昏，听者须得昭昭；误己本无所谓，为其所误就差点事儿了。

也常有人要我谈木心。我回答说，过去与记者谈及另一位作家时说，自己只是一个普通读者，喜欢或不喜欢哪位作者或者哪部作品，并不重要；而对对方来说，为不为我所喜欢，更不重要。天下大着呢，读者多着呢，不缺我这一个。此处类同，恕不多言。

止

二〇一三年六月十九日

鲁迅《几乎无事的悲剧》一文有云："听说果戈理的那些所谓'含泪的微笑'，在他本土，现在是已经无用了，来替代它的有了健康的笑。"《全集》注："'含泪的微笑'这是普希金评论果戈理小说的话，见于他在一八三六年写的《评〈狄康卡近乡夜话〉》。"中译《普希金文集》收录了此文。又及。

二十九

老谢：

久拟将平生所遇所知，迄未忘却，但又写不进文章的事儿写成笔记，兹录两则如次：

有一年在人艺看话剧《鸟人》，发现坐在旁边的是京剧名家袁世海。素不相识，未敢搭话。袁世海前面的观众不知为何几番站起，我就轻轻捅他一下，说"您挡着袁先生了"。袁世海向我略作一揖道："感谢您知名之恩。"时隔多年，此话记得还很清楚。

今人说到作家老舍，"舍"字多念三声，但我小时候听父亲和别的认识老舍的老辈人都念四声。父亲告诉我，当年重庆有人利用两位作家名字中的多音字编成对联，云："老舍（shè）舍（shě）命；萧乾（qián）乾（gān）杯。"

止庵
二〇一四年一月一日

三十

老谢：

　　下午去万圣买书，内有一册《张爱玲年谱》，书价六十。吃过晚饭即躺在床上开读，至第八页，见有"姨太太叫如夫人"语，第十页，有"与姨太太如夫人打架"语。作者似乎不知道所有姨太太都是如夫人，并不是哪一位专门叫这个名字的。遍读全书，于大家已知内容外，实未提供任何新的材料，张爱玲向无年谱，此册未必聊胜于无。遂废然释卷。

企
二〇一四年一月十八日

三十一

老谢：

　　孙犁《书衣文录·〈鲁迅小说里的人物〉》："并想到先生一世，惟热惟光，光明照人，作烛自焚。而因缘曰妇，投靠敌人之无聊作家，竟得高龄，自署遐寿。毋乃恬不知耻，敢欺天道之不公乎！"对比周作人一九五〇年十月三十日致康嗣群信："笔名前用寿遐，近由方纪生为托陆和九刻一印，乃误为遐寿，方君拟请其重刻，但觉得篆文很有意思，且改刻缺少兴趣，难得刻好，故宁改字以从之也。"可知议论倘不落实，自然落空。

霁生
二〇一五年十二月二十一日

三十二

其章兄：

　　从前背诵过不少唐诗，多是绝句、律诗，也有古风，如白居易的《长恨歌》《琵琶行》。今日想起《长恨歌》，深感其详略得当，详待另论，略如"天生丽质难自弃，一朝选在君王侧。回眸一笑百媚生，六宫粉黛无颜色""春宵苦短日高起，从此君王不早朝""承欢侍宴无闲暇，春从春游夜专夜。后宫佳丽三千人，三千宠爱在一身""姊妹弟兄皆列土，可怜光彩生门户。遂令天下父母心，不重生男重生女"等，内容跳跃得很快，真是干净利落，一点都不纠缠，好像其中自成一种因果关系，不能不如此似的。虽是略笔却不无渲染夸张，拿今天的话说迹近于"起哄"，但这个哄实在是起得精彩。又，全诗前六句"汉皇重色思倾国，御宇多年求不得。杨家有女初长成，养在深闺人未识。天生丽质难自弃，一朝选在君王侧"都只是交代而已，一二句写唐明皇，三四句写杨玉环，可谓"花开两朵，各表一枝"，五六句合二为一，核心是个"美"字，但玉环如何美法，明皇尚未见着。至第七句"回眸一笑百媚生"，才是杨氏真正登场，就像是个特写镜头，却是看在唐明皇眼里，实际上是他的主观视角，下接"六宫粉黛无颜色"，就是他当下的心理与感觉了。此写法类似李白《陌上赠美人》之"美人一笑褰珠箔，遥指红楼是妾家"，但李写美人还给添了一个动作，白写杨玉环却无须如此，是更夸张其美的写法。多年前我曾计划写探讨唐诗感官审美的书，迄今未果，如今思之，也许即以《长恨歌》为纲，牵扯进其他唐诗类似写法，或更引申之，写一小册子，曰《长恨歌解》之类。

企
二〇一七年七月二十六日

三十三

老谢：

承示《南方都市报》上《周作人佚文〈庸报新年志感〉》一文，粗读一过，作者对于周氏以及当时情形多强不知以为知，如云："须知江朝宗时任伪北平市长，表达了日伪政权对周作人这篇文章的重视。……这样的'微言大义'，自然是要受到日伪政权的重视，无怪乎伪北平市长江朝宗也不免亲为此文题名，大张旗鼓地刊印于版面头条了。"按周氏发表此文的一九四一年一月一日，江朝宗早已不是北平市长，一九三八年初该职务即由余晋龢接替，此后北平也改称北京了。又如："从中可以管窥，周作人在1940代初期为什么特别喜言'药',乃至一改袭用的自号'知堂'为'药堂'的微妙心理。"按周氏一九三八年六月二十一日在《晨报·副刊》发表《〈诗经〉中的雀与鼠》,首次使用"药堂"这笔名,而这显然脱胎于更早的"药庐"和"煅药庐"。

类似此等粗疏之处,亦见于同一作者所著《苦雨斋鳞爪》一书。如该书第三十一页录周作人致徐祖正第五札,以信中"废公洒然出关","即指废名从其湖北老家北上,赴北大任教一事",因而系此信"应为1946年"。按此句实指废名一九五二年被从北京大学调往长春东北人民大学。原信下文"国民党帮""民主人士""治疗可由政府支付"等语,显然都不可能写在一九四九年前,系年既误,书中第三十六至四十一页的相关议论,遂一概成了糊涂话了。又该信释文也有错,对照书中影印的周氏原信,"内人不免以俗情论事"一句,"俗情"被误认为"假情"。又,作者关于周作人致徐祖正第四札所云"周作人谈到'下期的稿子还不知道在哪里'云云,实指为徐祖正任编辑的《骆驼草》周刊写稿事",亦不确,编辑《骆驼草》的是废名、冯至,徐祖正只是这杂志的一位作者。

弟止
二〇一七年八月二日

三十四

其章兄:

鲁迅曾号"俟堂",俟者,待死也。自《域外小说集》出,至写《狂人日记》，鲁迅二十八岁至三十七岁，其间只做抄碑一事，然抄碑意不在成就，亦无所成就，"俟"而已也。

止庵
二〇一八年二月二十六日

周作人著《鲁迅的故家》云："洪宪发作以前，北京空气恶劣，知识阶级多已预感危险，鲁迅那时自号俟堂，本来也就是古人的待死堂的意思，或者要引经传，说出于'君子居易以俟命'亦无不可，实在却没有那样曲折，只是说'我等着，任凭什么都请来吧'。后来在《新青年》上面发表东西……诗与杂感则署唐俟，即是俟堂二字的倒置，又照古文上'功不唐捐'的用例，可作空虚的意思讲，也就是说空等，这可以表明他那时候的思想的一面。"乃是订正此前许寿裳在《鲁迅的生活——在北平大学女子文理学院鲁迅座谈会》中所说："那时部里的长官某很想挤掉鲁迅，他就安静地等着，所谓'君子居易以俟命'也。把'俟堂'两个字颠倒过来，堂和唐两个字同声可以互易，于是成名曰'唐俟'，周、鲁、唐，又都是同姓之国也。"又及。

三十五

老谢：

承询拙编《周作人译文全集》新版事，禀报如下：此书原本十一卷，出版后又发现周氏一九三七年译《希腊神话》、一九三八年作《希腊神话注释》(未完成),手稿有三百七十页之多(弟尝写《记新发现的周作人〈希腊神话〉译稿》一文,在《旦暮帖》中,请参看),故此番改为十二卷,连同石川啄木《悲哀的玩具》别一译稿以及新发现的若干"集外文",都增补进去了。现已交稿,还要看一遍校样,这件事即告一段落,而我之编印周作人作品,也就到此为止了。回想距最初编他的书,整整四分之一世纪过去,不禁有些感慨——大凡感慨其实都不必道出,如今仍不例外,只有一件小事,向未与人谈及,特说与哥哥一听。我编的第一本周作人的书如今看来很不成样子,但在我却是破题儿第一遭,当时为查找材料也花了不少工夫,还记得在首都图书馆翻看《亦报》,居然不是缩微胶卷,而是钉成一册册的原件,稍不留神就撕个口子。我在电话本上查到"周丰一"这名字,按照上边登记的号码冒昧地打过去,接电话的正是周先生本人,遂约好当天下午前去他家拜访,待我到时,委托书已经写好放在桌上了。据他说,这还是第一次有人来请作者遗属授权。出版社的责编不知何故提出最好不要复印件,遂由家母和我各抄了十万字。其间我第一次去香港出差,看见窗外灯红酒绿,却留在旅馆里抄稿子。不过藉此明了周氏遣词造句的习惯,胜过仅仅阅读远矣。所拟选目经反复推敲后,寄呈周家征求意见。不料因此给自己找了一个麻烦。这目录转到了一位权威之手,他致信出版社领导,提出应该交由另一位权威来编。责编来电话告知情况有所变化:书还是要出,但我出局了。当时我是无名之辈,却也血气方刚,就伏在公司的桌上写一封信给责编,说明我动手编这本书的理由。四百字的稿纸写了二十五页,整整一万字。责编收到信,拿去给领导看,领导大概觉得"其情可悯",就说那么还是让他编罢。

一九九四年三月,署"止庵编"的《周作人晚期散文选》由湖北人民出版社出版,我算是跌跌撞撞地挤进了"编周界"。我写的那封信稍加修改,成了该书的编后记。这种事说来没有多大意思,稍有意思的是六年之后,我去探望一位长辈,他给我看一封信,是头一个权威写的,说他编了一套周作人的书,出版单位尚未找好,"止庵先生心仪已久,不知他有可能为找出路否"?当下我只有唯唯,不知说什么好了。

止
二〇一八年三月十八日

三十六

老谢:

关于《鲁迅全集》,我曾写文章说:"除一九五八年版删去《南腔北调集·〈竖琴〉前记》中'托洛茨基也是支持者之一'一句,而一九八一年和二〇〇五年版又予以恢复外,对于鲁迅自己的文字并无其他删改。"此话不错,然而问题并没有这么简单。鲁迅著作编辑过程中的意识形态化处理,并不仅仅体现在删改中。且举一例:家中存有一套三函上海出版公司一九五一年四至五月出版的《鲁迅日记》影印本,据此得窥日记原貌:无标点,类似分段之处有空格。一九一二年六月二十七日日记有云:

下午假庚子日记二册读之文不雅驯又多讹夺皆记拳匪事其举止思想直无以异于斐澳野人齐君宗颐及其友某君云皆身历几及于难因

为陈述为之瞿然某君不知其名似是专门司司员也

一九八一年和二〇〇五年版《鲁迅全集》，日记部分添了标点，这段话为：

下午假《庚子日记》二册读之，文不雅驯，又多讹夺，皆记"拳匪"事，其举止思想直无以异于斐、澳野人。齐君宗颐及其友某君云皆身历，几及于难，因为陈述，为之瞿然。某君不知其名氏，似是专门司司员也。

值得注意的是拳匪二字被加上引号，这实际上更改了鲁迅当时的思想，似乎他不认同将义和团称为拳匪，然而这么一来，又明显与下文"其举止思想直无以异于斐澳野人"的话有矛盾了。

说来整理前人作品，要点有二，曰不粗心，勿妄为是也。

弟止
二〇一八年四月十八日

致扬之水 二通

一

丽雅兄：

信得。《郭店楚墓竹简》实在是不能接受，不是见外，请勿怪罪。或者"所有权"还是属于你，我再看看，如何。其实我有兴趣者，仅就中所谓《老子》部分十二页而已。且我向未收集这种书，倘依尊议，则于你造成残缺，于我另开辟一门类，都有麻烦。不如按我说的办好。

关于郭店楚简，似乎来信中转述的那种意见，还不能够让我信服。"说它是《老子》，因为有传世之《老子》为证；说它不是《老子》，却没有证据证明这样的判断。"此语前半部分即我前次所提的"前证后"还是"后证前"的问题。"前"能证"后"，"后"不能证"前"，"前之前"才能证"前"，"后"只能证"后之后"。传世之《老子》在后，以此来证明郭店楚简中与现传《老子》重合部分是《老子》，正是"后证前"了。

郭店楚简中与现传《老子》重合部分"全加起来只相当于今本

的五分之二,章序与今本有较大差异,文字也有不少出入"(文物出版社《郭店楚墓竹简》说明)。

这能够证明什么呢,我想能够确切证明的只有一点,即:传世之《老子》中与郭店楚简大致相当部分在郭店楚墓时代(战国中期偏晚?)已经存在。超出这个范围之外的论断,严格说来都有先入为主之嫌。

比方说,还不能证明传世之《老子》所有而楚简所无部分在郭店楚墓时代已经存在。这样也就还不能说郭店楚简中的这一部分就是今天叫做《老子》的那一部书(这里还有一个旁证,即"章序与今本有较大差异")。也就还不能把郭店楚简中这一部分贸然叫做《老子》。也就还不能断定今天叫做《老子》的那一部书整个儿地在郭店楚墓时代已经存在。

其实我并不反对"说它不是《老子》,却没有证据证明这样的判断"这话,但是不能断定它"不是",就一定能断定它"是"么。的确,有这样一种可能:郭店楚墓时代已有完整的《老子》;但是还有另一种可能:如前所述,那时还没有完整的《老子》。现有的证据既然不足以肯定前一种可能,那也就不足以否定后一种可能。所以现在所能说的话就只是"可能"而已。

考古学先假定"有",这无可非议,但是发现的证据只能证明这证据涵盖的"有",不能证明涵盖之外的"有",不能拿部分的事实去证明整体的"有"。事实就是事实,但事实的放大未必还是事实。

我们谈论的是一本书,而书的问题比别的问题就更复杂。如果我们找到一个古代的头骨,我们可以断定曾经有过一个完整的人,因为人头一定曾经是属于一个人的；但是书就不然。我们不能断定任何一本书（包括《老子》在内）一开始就是后来的样子，它可能是陆续写得，可能是由几部分杂凑而成，可能重新编纂，可能有所删削，可能改头换面，等等。谁能肯定《老子》从来就是如今天所见那样一本完整的书呢。如果我提出一种假设：郭店楚简中与现传《老子》重合部分（未必就叫做《老子》），陆续增益，成为汉墓出土的帛书《老子》，再行调整，成为今天所见《老子》，有什么证据可以否定我呢。诚然这只是假设，但是只要有别的假设成立，这事情就不能算是已经确定。你看，我不怀疑"可能是"，我只怀疑断然地说"是"。

这里所说好比一个引子，正题还没有谈到，比方说，将郭店楚简中与现传《老子》重合部分和《老子》（特别是帛书《老子》）进行比较，看看到底缺少的是些什么；这种缺少（其实说现传《老子》多出更恰当些）有没有什么意义；《老子》各项观点是否都已包容在郭店楚简这一部分之中，如果不是，又意味着什么，等等。此刻我是没有这个本事与时间，但是希望已经有这方面的专家下过一番功夫了罢。

祝好。

止庵
一九九九年一月十五日

二

水兄：

　　日前拜访，谈及文章之道，大概无非"好话好说"而已。然而其间有虚实不同。依我之见，实话实说，即是好话好说；虚话尽量不说，至少少说，方是好话好说。拿李白的《静夜思》说，"床前明月光，疑是地上霜，举头望明月，低头思故乡。"前面十七个字，无论所见、所想、所为，都是实话，尽可如实写出；惟独"思故乡"是虚的，只能点到为止。虽然体裁所限，也没有多余的字可发挥了，但假如无此限制——就像我们写文章似的——这诗也不能再写下去了。废名说："我写小说同唐人写绝句一样，绝句二十个字，或二十八个字，成功一首诗，我的一篇小说，篇幅当然长得多，实在是用写绝句的方法写的，不肯浪费语言。"不肯浪费语言，亦即不肯破坏意思也。

　　再来举李白几首诗为例。《黄鹤楼送孟浩然之广陵》："故人西辞黄鹤楼，烟花三月下扬州。孤帆远影碧空尽，唯见长江天际流。"《赠汪伦》："李白乘舟欲远行，忽闻岸上踏歌声。桃花潭水深千尺，不及汪伦送我情。"《金陵酒肆留别》："风吹柳花满店香，吴姬压酒唤客尝。金陵子弟来相送，欲行不行各尽觞。请君试问东流水，别意与之谁短长。"姑且不论我送人、人送我的区别，即以所写"别情"而言，似乎第一首恰到好处，第二首已嫌辞费，第三首则近乎"夸"了。

　　今晨取尊著《古诗文名物新证》阅之，觉得个别篇章，虚话写得稍多，尤其在结尾处。譬如《莲花香炉和宝子》一篇："然而追索香史故事，作为细节之一的莲花香炉和宝子却不能不令人格外感兴趣，在路途遥远的游历中，它挟着幽香，挟着故事，一路留下美丽的痕迹，有痕迹处又常常伸展出通往另外方向的小径，向它合掌问讯，我们得知的乃是世间情。"这里过于形容渲染。相比之下，《两宋之煎茶》一篇火候把握，要好得多："至于宫廷斗茶，虽然曾有着无所不在的精微妙致，然而相去饮茶的秋水夏云之韵，却何止'一水、两水'。衰歇既速，它便只是成为茶故事，而终于与茶无关了。"我看你新写的文章，差不多都是后一路了。

"虚话尽量不说，至少少说"可分意思与字句两层来看，意思有十分，却不必说到十分；意思不到十分，尤其不能企图借助形容渲染使之达到十分。意思自要克制，字句尤应克制。

略陈己见，敬颂撰安。

止庵
二〇〇七年二月十五日

致张佩瑶 二通

一

张佩瑶先生：

先生所提问题，我根据一己理解，试着回答如下。

"理论"一词，中国早有，《词源》引《华阳国志》："著述理论，论中和仁义儒学道化之事凡十篇。"《文苑英华》："惟公博闻强记，尤好理论。"其意义与今日不尽相同。此语之意，略同于"论"；而"论"字作动词解，即议论，辩论。一时无暇遍查先秦典籍，仅以《庄子》为例，"论"字凡二十二见，都是如此。"理论"实无"理"意。而"理"在古代指道理，法则，又不同于今日"论"中学说的意思。

上面这番话有些夹缠，我的意思是，一，中国固有"理论"概念不同于今日如先生所说"是指西方那种以科学逻辑为本的系统研究及治学方法"的概念；若就后者而言，中国古代的确没有。二，中国是先有作为规则的"道理"，而这个"道理"之为道理，几乎都是后来弥补的。其间的差别就很大了。

只有扩大理论这一概念的外延，把"理论雏形""经验""规则"等都包容在内，中国古代才有理论可言。

只要看看先秦诸子之作，就明白了。除《庄子》外，几乎没有谁真的是在讲道理（即"理论"）。即以儒家而言，孔子可以说是没有理论，只有规则。孟子以降，开始给他找些依据，到宋儒，道理才基本齐全。

今日之"话语"概念，中国古代好像也是没有。"话""语"都分别有动词、名词二解，作名词解时，可指词，指句，但都相当具体，没有理论意义。

我若看到"翻译话语"，反应大概有二：一，一种语言转化为另一种语言，后者是为翻译话语；二，在上述过程中形成的一种特殊的语言方式。

看法或有不确之处，请指正。

祝好。

王进文
二〇〇二年十一月十三日

二

张先生：

在语译的那篇文字中，"人学"是针对"神学"而言，既然"神学"是研究上帝的存在的学问，那么"人学"就是研究人的生活的学问。

有关"理论",这个问题说来话长,希望见面时详细讨论,这里只能大概一说。

所谓理论,至少要有三个要点,一是不仅说"然",而且说"所以然",即要回答"为什么";二是"然"与"所以然"要形成框架,或体系;三是这一切不能只停留在应用层面,要有独立价值。即以儒家而论,孔子只说"然",不说"所以然";孟、荀开始就这"然"说一点"所以然"了,不过只是理论的雏形;汉代董仲舒也说一点"所以然",也不能算是完整的理论体系;直到宋代的周敦颐,才把意思大概说周全了,以后二程、朱子又有发展,儒学作为理论,才算成立。《道德经》主要解决的还是"术"的问题。这一点,也就是在我看来先秦诸子很少理论色彩的核心所在。他们考虑的主要还是"术",即应该做什么,而且特别是君和臣应该做些什么。不是那种纯粹的理论。

这里要区分"纯理论"和"应用理论"两个概念。上面谈的是纯理论。应用理论又应分为两个层面:一,某些规则;二,这些规则成立的道理。前面是"然",后面是"所以然",而当后一方面升华到可以脱离具体应用而独立存在时,就是纯理论了。拿这个看法去看翻译,古代所谓"翻译理论",大概主要还是一些规则。

以上所谈,关键还于对"理论"的认识。《辞海》该词条起首云:"概念、原理的体系。是系统化了的理性认识。"我对于理论的认识,大概就是这个意思。

至于"理论"一词,前信已经说过,现在这个词的意思有两个,其中一个意思即现代意义上的理论,而这个意思古代"理论"一词是没有的;古代这个词只有现在这个词的另一个意思:辩论、讨论。

也就是说，当现代意义的理论被引入中国（我不知道确切时间），在借用"理论"这一词汇时，赋予了它从前没有的新的意义。如前信所说，"理论"本来是动词，相当于"论"，而"论"也只是个动词。现在"理论"除了动词（譬如我们说"和谁理论理论"，还是这个用法）的意义之外，更重要的是个名词。

以上所说，请先生批评。

祝好。

王进文
二〇〇二年十一月十九日

致张抗抗 三通

一

抗抗姐姐：

博尔赫斯有一段话："在人类使用的各种工具中，最令人惊叹的无疑是书籍。其他工具都是人体的延伸。显微镜、望远镜是眼睛的延伸；电话是嗓音的延伸；我们又有了犁和剑，它们是手臂的延伸。但书籍是另一回事：书籍是记忆和想象的延伸。"(《博尔赫斯口述·书籍》)如嫌长，就用末一句好了。

有趣的是，这可以对照周作人所说："我近来有一种私见，觉得人类文化中可以分作两部，其一勉强称曰物的文化，其二也同样勉强地称曰人的文化。凡根据生物的本能，利用器械使技能发展，便于争存者，即物的文化，如枪炮及远等于爪牙之特别锐长，听远望远等于耳鼻的特别聪敏，于生存上有利，而其效止在损人利己，故在文化上也只能说是低级的，与动物相比亦但有量的差异而非质的不同也。虽然并不违反自然，却加以修改或节制，其行为顾虑及别人，至少要利己而不损人，又或人己俱利，

以至损己利人,若此者为高级的,人的文化。"(《风雨谈·日本管窥之三》)

二者有异曲同工之妙,虽然着眼点原本不同。合而观之,书籍应该算是"人的文化"的极致了罢。

我近来情绪稍好,已着手继续写拖了许久的关于小说和电影比较的书。祝好。

方方

二〇〇四年四月八日

二

抗抗姐姐:

关于巴别尔的对谈拜读,觉得很好,只对下面一段稍有异议:"严格说,《骑兵军》中的短篇小说,并非每一篇都是'经典范本'。其中某些篇目给人一种'重心不稳'的感觉,结构不'端正',更像札记和随笔,结尾往往仓促而止。不像契诃夫、莫泊桑的短篇那么中规中矩或头尾呼应,也不像卡尔维诺小说具有深刻的寓言性和现代性。《骑兵军》中约有三分之一的篇幅,可以明显看出巴别尔对于文体探索与实践的兴趣。书信体、对话体、有时甚至只是某个场景,有时是一个截面或是片段,有时甚至根本没有人物,而有的人物却是反复出现的(例如师长萨维茨基)。"似乎还是囿于"《骑兵军》是一部短篇小说集"这一现成说法立论。其实未必如此,倒是当长篇小说看更恰当。当然后面你也说了:"在我看来,他的贡献还应当加上:为文学提供了一种短篇小说集可作为另类长篇小说阅读的新范式。"而这样去看,前面所说那些问题大概都不存在了。附带讲一句,人文社本漏掉了最后一篇《吻》。我曾写文章说,作为《骑兵军》事实上的绝笔,这是一篇反思之作,它概括了《骑兵军》主人公也是第一人称叙述者"我"的全部心路历程。

祝好。

方方
二〇〇五年六月二十九日

三

抗抗姐姐:

谢谢你还保留我的旧信,前些时有出版社邀出书信集,或许可以滥竽充数——转念一想,不然;太过幼稚,藏拙为妙。我一向信奉《淮南子》所说:"蘧伯玉年五十而有四十九年非。"是以所作诗歌,只保留《如逝如歌》;文章则三十岁前写的概不入集。孔子说:"生而知之者,上也;学而知之者,次也;困而学之,又其次也;困而不学,民斯为下矣。"反思平生,不曾"困而不学",是为大幸;然而也就到"困而学之"的份儿上,而且迄今为止,仍在"困",也仍在"学"。不少事情,要反复思考多年才能明白。读书亦然,现在写的随笔,相关书籍往往读在很久以前。少不更事时发的议论,不仅贻笑大方,我亦自惭形秽。

不过颇怀念在哈尔滨过的那个夏天,你对我的照拂也很难忘;不知不觉,二十七年过去了。

祝好。

方方
二〇〇六年十一月一日

致考萍萍 三通

一

萍姐：

不好意思——不好意思之处有二，其一曰迟复来信，盖因忙于读书与写书也；其二曰复信不手书而打字，盖因手书已不习惯，而打字较为清晰，你看了也舒服些也。祈请姐姐原宥则个，切勿生气。

然则我之不好意思并不到此为止，又续以其三，曰所索二书暂时不能寄呈，《史实与神话》与《废名文集》手边都没有了，需要去出版社购买，但我自辞职后，很少进城，一直没到出版社去，请稍俟以时日，我一定陆续呈上，请你批评。不过在此二书尚未抵达之前，请先读《六丑笔记》与《画廊故事》（我记得《画》你看了，而《六》尚未看也）。

前文说忙于读书与写书，此是两码事，读书因为有几篇书评要写，不能不先来读书；写书即写那本与尊著配套的小书是也。原拟名之曰《本事抄》，现已废弃不用，改题《插花地册子》。插花地者,即飞地也,其意如辞书所云,"指属于某一行政区管辖、但不与本区毗连的土地"或"指某国的一块土地,在另一国国土之中者"。拟写十万字,共八章:一,小时读书;二,创作生涯;三,师友之间;四,读小说一;五,读小说二;六,读诗;七,读散文;八,思想问题。现只差最后一章未及完成。辞职两月,连带小文章总共写了十来万字,算是"平稳过渡"。我现在生活简单得很,读点书,写点东西,如此而已。

从上述目录你也可以看出,你信中所说"很短的书话"其实就是四到七章内容,但不知是否算得"精湛的见解"。将来给你看。

最近为了写一篇评论谷崎润一郎的小文章,把他的书看了一百多万字,觉得很有意思,仿佛回到了多年前大量读小说的年月了。

写到这里才来祝贺你乔迁之喜,因为重头戏要放在后面。当然是你有福气,蓝蓝又孝顺,此二者正是相得益彰。不知住进新居感觉如何,应该很幸福了罢。希望有机会去上海看望你们。

北京已有秋去冬来之势,此时江南最令人向往。

匆匆,祝好。

方方
二〇〇〇年十月十四日

二

萍姐：

　　接到来信，非常高兴。能与故人"如面谈"，亦是寂寥人生之一番鼓舞也。我闲居在家，无所事事，偶尔写点小文章，消磨时日而已。近来所写多为闲适之作，也算是休息罢。你的朋友所说的谈画之书，即是从前那本《画廊故事》，有出版界的朋友建议出个插图本，于是易名为《不守法的使者——现代绘画印象》，对文字稍作补充修订，配了三百余幅画作，重新出版。邮寄不便，将来面呈罢。去年夏天，写了一本关于《老子》的小书，现已出版，但是尚未收到样书。

　　年来友朋之间，交往甚疏，是我之过也。刘绪源处，方便时请代我问候一下。不知他在忙些什么，过两天托出版社代我寄《插花地册子》一本（同时也寄给你一本），请他翻翻。

　　我曾以两年时间校订了一套《周作人自编文集》，总共三十六种（三十五册），四百五十万字，最近也出版了。这是毕生主要事业之一。

　　其实我虽然约稿才写，却是针对不相识的编辑而言，朋友不在此列。之所以约稿才写，实在是觉得文章写不写两可，可写可不写，则不写正好也。

　　《旧梦结》的版税，只是一半；另一半好像要卖到……册才能够给，我也只拿到三千来块钱而已。

　　我七年间出了十本书，其中专门写的六种，都只拿到不多的钱，《樗下读庄》写了十年，稿费一万多；《史实与神话》写了十个月，稿费八千多，如果指着这个生活，真要饿死了。倒是写书评，先在报上发表，然后收集成书，可以多挣些钱。我已经一年半不工作，写作尚能维持生活。

有一篇小文章，附于信末，请你看看。

恭颂春节快乐。

> 方方
> 二〇〇二年二月三日

三

萍姐：

新年好。久疏问候，实在失礼，敬请谅解。

去年一年实在是没干什么事情，只偶尔写点小文章，不当事的。所写多是书评，此亦促使自己读书之方，盖因写书评至少须得先将那书看一遍也。前些时写一篇关于福楼拜的，不过四千字，却把他的小说全集三册通读一过，不然怕是要置诸书柜俟之来日了。近来有杂志约写纳博科夫，则家藏十数种又可通看一遍了。

前些时编了一本小集子，题曰《向隅编》。编集时将所写关于外国书的文章抽出，计二十篇，拟再写这许多，另编一集，全是关于外国书的。故而此后一段时间只写关于外国书的了，这样还另外有个好处，不用再写那些应酬文章了——其实我本不会写此种文章。

说到钱某，似乎颇有"老夫聊发少年狂"之概，或者直截了当地说是"秋行夏令"可也。不过只怕亦不大听人劝，盖正以此为荣呢。

有关唐诗的书暂且搁下，虽然已把《全唐诗》看了十几册了。

北京近来奇冷，昨日最高气温竟在零下七度之谱，好在已经搬进楼房，有暖气，不然住在平房，烧炉子，岂不要冻死哉。好像上海也很冷，你家要用空调了罢。请多多保重。

匆匆，祝好。

方方

二〇〇三年一月五日

致王稼句 二通

一

稼句兄：

前几日承蒙寄下尊著《苏州山水》，即复一函，同时寄呈拙著《六丑笔记》一册，想已收到。尊著已读了约三分之一，甚有情趣，相比之下拙文则枯燥乏味矣。待都读完了再报告意见。（其实我读书很快的，不过近来颇忙，只能每晚睡前读一点儿。）

你对拙文的批评很对，其实我这十年（十年前尚且没写过文章，故吾兄所说"可能是旧作的修改"，此点不大确当，《榆下随笔》中有些篇末注明"改"，原作亦写在一九九〇年以后）出版的六册书，总共一百万字，几乎均谈不上是文学作品，勉强说来，只有《榆下随笔》中的《关于沙蕾》和《我的父亲》，《如面谈》第三辑中的六、七篇，和《六丑笔记》中的《"初冬的朝颜"》，总共不到十篇文章，算是略有点儿文学意思，其余的均与文学无关，吾兄所说"其次才是文笔"，我认为是一句很宽容的话了。当然也可以说是我对文笔别有看法。前些时写有《谈文章》一篇，发表在此间报上，现将原稿附上，请便中一阅。或者我与其说是写散文者，不如说是谈散文者——然而这里又有一点要声明的，即我其实与中国当代文学隔膜得很，小说与诗几乎都未读过，散文也十不足一，根本没有评论的资格，前后所写的十几篇小文章，只能说是感想，绝对谈不上评论。我较为熟悉的，恐怕还属五四散文，其次是先秦、魏晋六朝和晚明的散文，再就是古诗了。

周作人与废名固然是最喜爱者，不过我所喜爱的尚有别人在也。约略说来，先秦有《论语》，魏晋六朝有《颜氏家训》，加上周作人（废名附），我称之为"正"；另有《韩非子》和鲁迅杂文（以《华盖集》和《华盖集续编》最好），我称之为"变"。此外还有历代诗话、词话，禅宗语录，二十到四十年代的文史方面的论文，以及翻译过来的川端康成散文，我都有心学习。只不过才分所限，学不来就是了。若论个人兴趣，则在哲学方面，与文学实在是疏远得很了。

未闻周作人全集准允出版事，说实话我对此亦不甚感兴趣——我的兴趣，在将他自己编集出版的几十种集子按照原样重新出版一过，就像钟叔河当年做了一半的那件事一样。至于集外文，特别是当年有出书条件而故意不出者，顶多只能当作资料出版，若与集内文混为一谈，则未免失当。周氏文章我读过多遍，最喜欢的还是三十年代初到四十年代中的文章，即从《夜读抄》到《过去的工作》之间十几个集子是也。

《苦雨斋译丛》第二辑大约两三个月内可以面世了，共六种，即《古事记》《枕草子》《平家物语》《狂言选》《浮世澡堂》和《浮世理发馆》，均依手稿付印，故与现行印本差别甚大，若《枕》《平》二书几乎句句皆不相同矣。

所附委托书即寄呈周家,勿念。祝好。

止庵

二〇〇〇年十一月二十六日

二

稼句兄:

法书收到,迟复为歉,已展卷欣赏多次矣。这回承蒙多位朋友帮忙,既感且愧。

书籍插图,斯事大难,每有画蛇添足、弄巧成拙之虞。弟自己买书,已取无图更好之态度。喜其干干净净,实实在在。倘若非插图不可,则宁愿老派做法,即单占一页,而不喜欢所谓"文图混排"。因一来文字支离,影响阅读;二来图太局促,难以醒目。譬如河北教育版"书林清话",每页两栏,图最宽不过一栏;书影还好,人物合照则难辨面目。范君《二贩》,即有此病——其责不在作者,在编者也。鄙意书中插图,以清晰、完整、大方为佳。

很想有苏州之行,惟恐亦只是想想耳。十一月中这里要开个会。然则老兄一番情意,实是铭感于心。

匆匆,不多写。

止

二〇〇六年十月二十五日

致徐峙立 二通

一

峙立兄：

阅报得见《废名:〈桃园〉再版本》一文，引康嗣群《周作人先生》的话："在被称作侧座的房里，悬着平伯君所写的'锻药庐'，很娟秀的一笔字，正如其人。"其中"锻药庐"，康文原作"煆药庐"。周氏的"室名"本来是"煆药庐"，不是"锻药庐"。最近重出的周著（包括《周作人文类编》）也往往把这个字印错（或错为"锻"，或错为"煅"）。煆，读xiā，又读xià。《方言》："煦煆，热也，干也。吴越曰煦煆。"周作人说："我于本草颇有兴趣，所以知道些药料，把他们煎成一碗黑而苦的汤水时当然不愿领教，若是一样样的看来，差不多是些植物标本，不但如此，还有些有味的东西，做在糖里的肉桂薄荷不必说了，小时候还买生药来嚼了便吃，顶平常的是玉竹与甘草，这类味道至今末尚未忘却。吾语岂能有此等药味，但得平淡过去，不求为良药，故无须苦口，吾乡人家夏日常用金银花夏枯草二味煎药代茶，云可清暑，此正是常谈的本色，其或庶几近之，亦是本怀也。"(《〈药堂语录〉序》)夫石膏可

"锻",此等草药安能用此猛火,正宜"煅"也。此文或系贵社拟出书之一篇,将来你看稿子时,以改正为宜。

止庵
二〇〇八二月十九日

二

峙立兄:

谷林先生逝世后,我得见他最后一年的日记,其中有读《远书》的数则。有些话揄扬过甚,愧不敢当,所以一向不曾抄示他人。日前偶尔找出,竟已是整整十年前的事了。前辈的揄扬,我一向当鼓励看;但鼓励我的人如今已是生死之隔,想来遂有落空与虚幻之感。谷林先生是我们共同的朋友,那么就不揣冒昧地抄在这里。

二〇〇八年三月二十九日:"止庵、一虹来,赠《远书》一册。"

四月七日:"阅《远书》,极可观,仰之弥高,甚自愧也。"

四月八日:"仍阅《远书》,极钦折。"

四月九日:"起床后阅《文选》,李善上表:'握玩斯文,载移凉燠,有欣永日,实昧通津。故勉十舍之劳,寄三余之暇,弋钓书部,愿言注缉。'对俪语大感兴趣,乃录出三笺,以便讽诵,甚可笑也。于古文但望文生义,经子皆未用心,去止庵远矣,惜读日无多,功德难就。"

四月十一日:"阅《文汇读书》一份,无何意味,也没劲写信,总算还看了一阵《远书》。"

四月十二日:"阅《远书》不多。"

四月十三日:"阅《远书》乃不数页,而裁存卡片一叠耳。"

四月十五日:"阅《远书》少顷,即食粥,继以花生米、香蕉、苹果。"

四月十六日:"依然故我,理卡片,阅《远书》而已。"

四月十七日:"早餐后阅《远书》,几次想着待复的信件,把书阖上,又打开,'再看十页',反复数次,恰好林儿在街头捡得一个存折,打电话给银行,银行要她送去,因之延迟午饭半小时,我也就坚持到底,十二点把全书看完了。止庵赠书从一本新诗开始,《远书》竟是坚持一口气从头到尾读完的第一本,对止庵这才有了新认识,深钦折(能接下去从头再接读《如面谈》的重版本否,也学止庵读《庄》,读《全唐诗》),着实说,这样才是为学。"

谷林先生身后,我为他编了《上水船甲集》《上水船乙集》,所写《编后记》有云:"先生逝世后,不止一位读者要我编一部《谷林集》。我想凡事先难后易,把集外文编得了,将来与作者生前出版的《情趣·知识·襟怀》、《书边杂写》、《淡墨痕》(删去插图)、《答客问》(删去附录二、三)和《书简三叠》合在一起,就是《谷林集》了。"如今他去世已将十年,这件事应该着手做了。但我的想法略有变更:他生前出的几种书绝版已久,不如先行重印一遍,以飨仍然记着他、珍重他的文字的读者。两册《上水船》或可留待将来加入。不知尊意如何。

敬问起居,恭祝时祺。

止

二〇一八年四月二十三日

致小川利康 三通

一

小川先生：

这一向一再给您添麻烦，占用了您不少时间，很抱歉，也很感谢。

这次整理《现代日本小说集》和《两条血痕》——附带说一句，我已找到一九三〇年增订本了，果然加入了《婴儿杀害》一篇。周氏一九二九年十月二十日日记有相关记载："寄开明稿，补入《两条血痕》中。"——奇怪的是，此书用的还是原来的后记，其中仍说"六篇东西"。

我还从鲁迅一九二一年给周作人的信中，看到有关选译编纂《现代日本小说集》的几段话。同时意外地发现，《鲁迅全集》第十卷所收《〈现代日本小说集〉作者简介》一文，其实不是鲁迅写的，而是周作人写的。

武者小路实笃的《久米仙人》如果发表在《东方杂志》第十八卷第十三号（一九二一年七月十日出版），就不会是周作人所译了，因为周氏一九二二年四月二十六日日记有以下记载："下午译武者作《久米仙人》了。"该篇一九二二年五月三日发表于《晨报副镌》，署名仲密。这说明这篇小说在周氏翻译之前已经有人翻译过了。

还有一个小问题。周作人一九二二年五月十日日记："为适之译啄木之歌十七首。"这应该就是五月二十八日《努力周报》第四期发表的《石川啄木的歌》(署仲密译)，但是五月十五日《诗》第一卷第五期还发表了他译的《石川啄木的短歌》二十一首(也就是后来收在《陀螺》里的)，内容是否一样？您可见过《努力周报》上这一篇？

我建议先生就《现代日本小说集》和《两条血痕》，或者扩大地说是周作人与日本现代文学(这就包括《如梦记》和《石川啄木诗歌集》，还有《陀螺》和《儿童剧》的几篇，以及集外文)，甚至扩大为周氏兄弟与日本现代文学(这题目可能有人搞了，但是不知是否从翻译入手)，做点研究工作。似乎他的介绍，不是随意为之，而有一番考虑(可参看鲁迅的信)。

现在不知道周作人日文的集外译文，数量够不够一本书？我看《周作人研究资料》，只有千家元麿的《热狂的孩子们》，贺川丰彦的《没有钱的时候》《涂白粉的大汉》(这两篇不知是否小说？这本《资料》错处太多)和森林太郎的 *Vita Sexualis*（未完）这几篇小说，另外还有一些散文、诗。先收集一下资料，再看情况决定，如何？

祝好。

止庵拜
二○○四年三月八日

二

小川先生：

拜读了您在《鲁迅研究月刊》一九九三年第八期上发表的《关于汉译有岛武郎的〈四件事〉》，实在佩服得很。可惜现在才看到。此事早已被您讲明白了，我还在暗自摸索，亦可笑也。只是您说"鲁迅执笔的是菊池宽、芥川龙之介的有关介绍文字"，我的看法略有不同，即如前次呈上的《〈现代日本小说集〉跋》中所说："至于本书附录之作者介绍，当系由他（按指周作人）独自'编理'（其中芥川龙之介与菊池宽两则，部分袭用了鲁迅《〈鼻子〉译者附记》《〈罗生门〉译者附记》和《〈三浦右卫门的最后〉译者附记》的字句）。"

短短时间内《久米仙人》竟有两个中文译本。或许周作人是嫌《东方杂志》上别人的译文不准确，才自己重译一遍的罢。当然这还要等您对照了才知道。

很想见到《努力周报》上的《石川啄木的歌》。添麻烦了。

此外，还有两点顺便请教一下：一，不知您见过一九二八年九月十七日发表在《语丝》第四卷第三十八期上的山本有三《婴儿杀害》么？是否全文发表？二，您见过一九二一年十月一日发表在《新潮》第三卷第一号的千家元麿《蔷薇花》么？这篇有没有"译后记"？

您在文章中提到周作人译各篇小说都有译后记，其实这都是集外文，而为钟叔河《文类编》所失收，应该收集一下，编到他的集外文里。

我还是建议您把"一个十年以前放弃解决的老问题"重新研究起来,现在有《周作人日记》,可能很多问题都比较容易解决了。

祝好。

止庵拜
二〇〇四年三月九日

三

小川先生:

谢谢您帮助我搞清楚了好几个问题。

我看鲁迅信里的话,再看周作人《〈现代日本小说集〉序》,明白此前周作人所译《潮雾》《一日里的一休和尚》和千家元麿的《热狂的孩子们》,应是有意不收入《现代日本小说集》的,因为《一日里的一休和尚》如鲁迅所说"系戏剧,于我辈之小说集不合",有岛的小说已有鲁迅译的两篇,千家则有周作人自己译的两篇了。也许按照周氏兄弟的设想,这两位各有两篇即已够了。此书实在是用心之作,选谁,选哪篇,每人几篇,都有一番斟酌的。不知道这部书,日本是否出过日文本。

祝好。

止庵拜
二〇〇四年三月十日

致张杰 一通

张杰先生：

　　承蒙惠赐《鲁迅杂考》，非常感谢。前次听您讲鲁学有"汉""宋"之分，深以为然；今阅尊著，愈加确信无疑。鄙意"汉学"一应成果，最终应落实于一部汇总各种材料的《鲁迅年谱》，一部事实意义上的《鲁迅传》和一部编校完备的《鲁迅全集》，可惜（恕我直言）其中任何一部都还没有呢。即以《鲁迅全集》而论，您在《〈哭范爱农〉与〈哀范君三章〉杂考》中所言"稿后附书四行"系鲁迅残简，而非诗的附记，迄未采纳。类似的还有《现代日本小说集》之《附录　关于作者的说明》（原书中只有"附录"二字）乃系周作人独自"编理"，而非鲁迅所作，亦早经学者撰文指出，且载诸《鲁迅研究月刊》，但也只是说说而已。

　　我觉得您关于《哭范爱农》与《哀范君三章》的考证极有道理，我们的"编年体全集"当相应调整。附带说一句，周作人《关于范爱农》（一九三八）该"附书"用省略号替代的一句，《鲁迅与范爱农》（一九五七）写作"群小之大狼狈"，而据王世家先生讲，周作人捐给鲁迅博物馆的鲁迅手稿，却是"速死豸之大狼狈"。我想，周氏先隐、后改此句,或许因为此乃骂人话,因而"为尊者讳"罢。

尊著中《鲁迅与北京女子师范大学"校务维持会"》所列维持会名单,似应包括周作人。我曾对比鲁迅与周作人日记,推断兄弟失和后尚见过好几面,其中就有两次(一九二五年八月十日与九月十日)是在校务维持会上。

呈上拙著《神奇的现实》一册,您若有暇,随便翻翻。

祝好。

止庵拜

二〇〇六年十二月二日

致李焱 九通

一

李焱兄：

关于《明诗纪事》一文，立论前后矛盾。前云："在大清，如果不是奉朝廷的旨意，是不能修这种带有前朝史书性质（尽管是诗史）的书籍的。"后云："这时清廷自家难保，已管不得许多'闲事'矣。"实乃自我抵消。清代文字狱主要在康熙、雍正和乾隆三朝，降至此书面世之光绪、宣统年代，类似《明诗纪事》言论，已无甚危险，此文由这一点入手讨论该书价值，显然选错方向。

至于所得结论："透过此事也可以具体认识到：清朝是顺应华夏民族的文化认同的。当大清的江山已较稳固，或面临最后的解体时，它不再或无力对文化著述多加干预；对《明诗纪事》这样的毕竟是一般的书，也是宽容的。"这番话本身在逻辑上就是站不住的，因为"无力"并非"宽容"。至于说"清朝顺应华夏民族的文化认同"，至少藉此不能断言。《明诗纪事》另有价值，不在作者所说的这些。

报告如上。

止
二〇〇二年九月三日

二

李焱兄：

《〈金锁记〉人物原型及其他》读了。以胡适的话而言，"大胆的假设"有之，"小心的求证"不足，故而结论尚难成立。

"胡兰成庶母是七巧原型"乃是假设，有赖于先坐实"张胡两人的相识早于《金锁记》的写作"；而以"这样，一切也就说得通了"交待过去，未免倒果为因。

至于"补充几个证据"，都说不上是实在证据：一，"以张爱玲的个性，以张爱玲和苏青这两个当时上海才女的身份，她们会为一个从未谋面也不相干的人去说情？"二，"若没有外在因素的介入，像是不应该有如此突兀的转变。"都是揣测，不算证据，证据一定是事实；三，"张爱玲像是对胡兰成庶母的身世深有同情，除了《金锁记》，张爱玲还写有一篇散文《爱》，也是取材于庶母的逸事。"更要看张爱玲此文写于何时，倘写在一九四三年十月十日《封锁》发表或一九四四年春节胡张两人见面之后，则不能用来证明二人相识较早。（《爱》一九四四年四月发表于《杂志》第十三卷第一期。）

附带说一句，胡兰成《今生今世》后出，其中多有与《流言》甚至《传奇》相合者，我怀疑他多少比照着张爱玲的书写自家的书，有暇当作一文论之。

止庵
二〇〇四年六月二十九日

三

李焱兄：

《张凤举与鲁迅"抄袭"公案》一文读过，觉得无大问题。惟作者太多断言，似乎证据未足。譬如三段有云："纯粹的文学创作之于顾颉刚，是缺乏的，也是不与闻问的。"然则顾曾同俞平伯讨论《红楼梦》，则此说不能成立。又当年人物，兴趣多很广泛，以顾而言，即曾潜心研究京剧。此处所论，乃至下文"但如果说他能专门到看与自己专业毫不相干的日文学术著作，就大可怀疑了"云云，皆系以今日教授情形揣测当年人物，难免有所偏差。又四段有云："鲁迅在北大兼职授课，陈在英文系任专职教授，从情理上，他们之间应该有交往，但不至于交恶。"此亦是忽略当年情景所发议论。实则同在北大任教，彼此不相往来者多有，周作人从未见过黄侃一面，即为一例。此外鲁迅曾声明他的日记记载并不齐全，所以后文"但奇怪的是，此时与鲁迅交往较多的张凤举却并没有得到《中国小说史略》的赠书"，只能说鲁迅日记未载，却无法断言一定未赠。末尾作者推论："这清楚表明张凤举有资格与可能接触到日本学者盐谷温撰写的未翻译的研究中国文学史的学术著作；张凤举精通日文，又爱好文学、翻译。这一切说明，鲁迅《中国小说史略》'抄袭'日本学者盐谷温《支那文学概论讲话》这一说法的始作俑者只能是张凤举。"这段话在逻辑上也不无问题，只能说有此种可能性而已。然而胡适的说法究竟只是孤证，除非另外找到确实证据，此事尚不能断定一定是张凤举所为。

顺便说一句，此事尚有别种材料，如鲁迅自己对此多所说明，作者未曾使用；又张凤举在二周与陈源论战中，曾引发了著名的"叫局问题"，亦未见提及。

知无不言，敬请原谅。

祝好。

止庵上言
二〇〇六年六月四日

四

李焱兄：

所转黄波君的信收到。正所谓"豆腐白菜，各有所爱"；又《庄子》说"自适其适"，也是此意。他人对我如此，我对他人亦然。

关于周作人，我主要还是觉得他行文的态度好，若说学了点什么，大概就在这里。其实行文低调，未必没有意思；真有意思，不妨反而把调子放低些。举个例子，前些时有读者看了我的《面对"美丽新世界"》，针对末尾一句"虽然《美丽新世界》写的是非人世界，它却仿佛根植于人性之中，更像是我们发自内心对于未来的一种期待"批评说，如果把"仿佛"二字去掉——改成"它却根植于人性之中"——不是更妥帖么。我回答说，加上"仿佛"二字，其实还是那个意思，但自己觉得安稳一些。

我自信对这世界多少有所关心，只是不喜欢局限于现象做文章。这方面的榜样，可以举出写《老残游记》的刘鹗，你看他就"清官""贪官"讲的一番话，见识之深刻透彻，与后世那些杂文家真有天壤之别。

不过就像前信所说，对于诸如黄波君的批评，以后写文章时再多留点儿神就是了。我一向担心的是只有行文，没有意思，或意思太小——附带说一句，世间每拿这个来批评周作人，其实他恰恰不是这样。近来在写他的传记，对此体会颇深。

不好意思，絮聒许多，有扰清神。

止

二〇〇六年十一月四日

五

李焱兄：

所转黄波君文读了，事实、立场皆无问题，几不能赞一辞矣，惟谓周作人"天性凉薄"，似稍可议。袭用别人的现成说法最是危险，盖世间议论难免讹传，细究却并无事实依据，正所谓"三人成虎"是也。然我亦不欲为周氏辩护，只抄其一九五四年二月日记两则,以供黄君参考。二日:"孟记笔铺主妇来乞贷十万元,予之。此种大傻子行动至今亦未能改,但有能力时亦仍为之耳。"五日:"同巷十七号马氏老人焊洋铁壶者以疾卒,致奠五万元。"须知其时周氏自己未必不忧贫也。或者可说人都是复杂的,欲以一语概括,难免失真。匆匆,不多写。

止庵拜
二〇〇七年六月三日

六

李焱兄:

贵刊今年第六期所载《周作人佚函笺释》,于一九五二年十月二十六日函"弟之译书正是家庭手工业,但间接亦于国家有用。以前两年全与私商(书估)打交道。但现今那些货物(译稿大小五部)悉已由人民文学社收购。为此不但将来有出版之望,且亦足见以前工作在政府看来亦是有价值。总算不为白费,私心窃以为喜也"一节有云:"信中所说人民文学出版社收购之'译稿大小五部',应该就是指一九五五年二月起陆续出版的《伊索寓言》、《日本狂言选》、《浮世澡堂》、《古事记》等书。"乃属想当然耳。按《日本狂言选》译于一九五四年四至七月,《浮世澡堂》译于一九五五年五至十月,《古事记》译于一九五八年十月至一九五九年二月,安得在此之列。

有关周信此节,须从"以前两年全与私商(书估)打交道"讲起。据《知堂回想录》,"一九五〇年一月承蒙出版总署署长叶圣陶君和秘书金灿然君的过访,叶君是本来认识的,他这回来是来叫我翻译书,没有说定什么书,就是说希腊文罢了。"周作人一九五〇年三至五月翻译《伊索寓言》,一九五〇年七月至一九五一年六月翻译《希腊神话》(*Bibliothêkê*,托名阿波罗多罗斯著,实为公元一世纪的作品)。出版总署自己不办出版,译稿被安排给开明书店,虽付稿酬,却不出版。一九五〇年十月,葛一虹主持的天下图书公司计划出版古希腊悲剧,邀请缪灵珠译埃斯库罗斯,罗念生译索福克勒斯,周作人译欧里庇得斯。周氏于一九五〇年十一月至一九五一年七月翻译《赫卡柏》(*Hekabe*),一九五一年七至八月翻译《圆目巨人》(*Kyklops*),一九五一年十二月至一九五二年四月翻译《在奥利斯的伊菲革涅亚》(*Iphigeneia hê en Aulidi*)。同样付酬而未予出版。

周作人一九五二年七月十一日日记云:"晚冯君培来访,谈译书事,大抵由人民文学出版社接受悲剧译事。"八月二十九日云:"得人民文学社通知云,伊索及神话稿已由开明移交,此事甚可喜,总之已脱出了私商的土牢矣。"与致龙榆生信所说正相符合。"那些货物(译稿大小五部)"当指《伊索寓言》《希腊神话》和欧里庇得斯的三个剧本。其中《伊索寓言》于一九五五年二月出版;《赫卡柏》《圆目巨人》《在奥利斯的伊菲革涅亚》连同周氏此后所译欧里庇得斯另外十个剧本,收入一九五七年二月至一九五八年九月出版的三卷本《欧里庇得斯悲剧集》中。《希腊神话》则直到一九九九年一月才由中国对外翻译出版公司首次印行。附带说一句,周氏还曾为开明书店翻译希罗多德《历史》(*Herodotus's Historiae*)。于一九五一年七月起手,然而"到了第二年的一月,开明通知因为改变营业方针,将专门出青年用书,所以希罗多德的翻译用不着了,计译至第二卷九十八节遂中止"。译稿约十万字,现已亡佚。

止庵
二〇〇七年六月十日

<h2 align="center">七</h2>

李焱兄:

"顾随与周氏兄弟"是好题目,可惜作者掌握资料太少,而这些资料本非难得也。周作人《苦茶庵打油诗补遗》中有"廿年惭愧一狐裘,贩卖东西店渐收。早起喝茶看报了,出门赶去吃猪头。红日当窗近午时,肚中虚实自家知。人生一饱原难事,况有茵陈酒满卮"二首,写于一九三八年一月廿六日,注云"苦水道兄以小诗二首,代柬招饮,依韵奉和",可惜顾随原诗遍觅不着。周作人晚年致鲍耀明信中,亦提及顾随。《顾随全集》中有致周作人信八通,实则世间所存不止此数;又顾随致卢季韶信和叶嘉莹所记录的授课笔记中,均对周氏兄弟有所论议。《顾随为周作人出具之证明》即如作者文章所引,顾随还曾列名《沈兼士等为周案出具证明致首都高等法院呈》,同载《审讯汪伪汉奸笔录》一书中,作者似亦未之见也。至于程堂发《周作人受审始末》所云顾随"出庭作证",实无此事,作者进而演义为"当庭辩护",更属无稽。所知不多,无力辨析,却又急于写作,实为当今学人通病,敢不引以为戒欤。

止庵上言
二〇〇八年一月二十二日

八

李焱兄：

　　贵刊今年二期所载《"十大才子书"的由来》一文，引用了两段鲁迅的话。其一云："鲁迅说：'金圣叹抬起小说传奇来，和儒家经典《左传》等并列，是了不起的大贡献。'"未注明出处。遍查《鲁迅全集》无此语，惟《谈金圣叹》云："他抬起小说传奇来，和《左传》《杜诗》并列，实不过拾了袁宏道辈的唾余；而且经他一批，原作的诚实之处，往往化为笑谈，布局行文，也都被硬拖到八股的作法上。"则其意与邓氏所引正相反。

　　其二云："鲁迅在《中国小说史略》中称赞此书：'文辞较佳，结构比较紧凑，特点有喜剧意味，有些反面人物写得比较生动。'"所谓"此书"，指《好逑传》。《中国小说史略》原文为："其立意亦略如前二书，惟文辞较佳，人物之性格亦稍异，所谓'既美且才，美而又侠'者也。"作者所引，除"文辞较佳"四字外，亦属凭空臆造。

　　文章引文——尤其是采用直接引语的方式——理应准确，为免传讹，特写此信。

止庵
二〇〇八年二月五日

九

李焱兄：

  遵嘱阅散君文章中尤炳圻一节，似乎该"指谬"亦有可以指谬之处。如云尤炳圻是"周作人的学生"，尤氏毕业于清华大学，而周氏向未在该校授课（讲演除外）。周作人一九六三年二月八日致鲍耀明信云："平白则是尤炳圻的号，此人乃钱稻孙的学生，唯曾任文学院的秘书，给我办过事，现在兰州师范学院。"此外可以补充的是，周作人主编《艺文杂志》，尤炳圻曾任编辑。又，"一九四九年一月二十六日，在国共大决战的背景下，周作人被保释出狱，随即在南京友人马骥良家住了一宿，次日便由尤炳圻父子接至上海，借住尤家的亭子间。八月十二日，周作人在尤炳圻的陪同下返回北平，又暂时借住在太仆寺街尤炳圻家中"，其中有两处日期讲得含糊，周、尤等系一月二十七日日离宁，二十八日抵沪；周、尤系八月十二日离沪，十四日抵京。至于"据说当时周作人被假释后，也曾动过去台湾的念头，他托尤炳圻写信给在台湾的洪炎秋，请洪设法安置"云云，已经多人指出并不可信，此文既云"指谬"，不该以讹传讹。

止庵
二〇〇八年四月一日

致杨华 一通

杨华兄：

《鲁迅全集》先后出版过一九三八年、一九五八年、一九八一年和二〇〇五年几个版本。相比之下，一九三八年本虽然有不少遗漏，譬如未收书信、日记，很多佚文也有待日后陆续发现，但它却更接近于"全集"，因为包括了鲁迅的翻译作品和所整理的古籍作品。一九五八年本实际上是"鲁迅创作全集"，此外另出了一部十卷本的《鲁迅译文集》。一九八一年版较之一九五八年版内容上多有补充，编辑思路却是一样的，仍然属于"鲁迅创作全集"。现在的二〇〇五年版则是对一九八一年版的修订，整体框架上并无改变。

人民文学出版社"二〇〇五年新版《鲁迅全集》修订概况"称："根据鲁迅著作的出版规划，将以《鲁迅全集》、《鲁迅译文集》、《鲁迅辑录古籍从编》、《鲁迅科学论著》来分类整理出版鲁迅的著作。"这个"规划"似有不够周密之处。因为二〇〇五年版《鲁迅全集》所承袭的一九八一年版，基本思路是以"鲁迅创作全集"来代替"鲁迅全集"，将译文和辑录古籍排除在外；所以它才有一卷后人代编的《古籍序跋集》和《译文序跋集》——一九八一年版与二〇〇五年版均为第十卷——其中内容本来是鲁迅所出版的译著和所整理的古籍作品的组成成分。现在《鲁迅译文集》《鲁迅辑录古籍从编》与《鲁迅全集》属于同一"规划",《全集》中这整整一卷却差不多都是重复的——作为"规划",似乎不该这样。在我看来,大概《全集》等编辑在先,"出版规划"制订在后;编辑用的是老思路,于是"规划"就有漏洞了。

孙郁兄提出"应该把鲁迅的译文也放到全集里面而不是另外出版",对此我非常赞同。我甚至觉得应该有一部反映鲁迅毕生劳作与成就的"大鲁迅全集"。也就是说,真有一个完善的规划,把鲁迅的创作、翻译、古籍整理、科学研究乃至未完成的"汉画石刻"等当成一个有机的整体,统统包括在内。假如这不能做到,那么退一步,至少也应该把鲁迅的创作与翻译置于同等地位。其实鲁迅自己正是这样想法。否则就不能理解,在他一生的最后一年,为什么要把主要精力用于翻译——而且还是根据德文转译——果戈理的《死魂灵》。也不能理解,他为什么一再提起自己翻译的阿尔志跋绥夫的《工人绥惠略夫》——鲁迅创造了阿Q;如果说在他笔下有个与阿Q形成对比的形象,那就是绥惠略夫了,他们构成了鲁迅心目中"人"的两极。鲁迅又曾说:"你看我译的那本《小约翰》,我那里做得出来。"(一九二七年九月二十五日致台静农)由此也可以看出翻译之于他的重要意义了。

话说至此,涉及某些问题,而五四以后一两代作家对此的看法,与现在有所不同。这包括文学史是否仅限于创作史,而不包括接受史在内;翻译是否只是由一种文字转为另一种文字,而与创作完全无关,等等。从这个意义上讲,一九三八年版《鲁迅全集》可能更接近于鲁迅对自己的把握，而一九五八以后各版，则未免是用后来人的尺度去衡量、评估鲁迅了。

　　祝好。

止庵
二〇〇五年十二月五日

致李静 二通

一

李静兄：

前晚在国家大剧院看铃木忠志导演《特洛伊女人》，有此感想：只有痛苦是人类共通的，不必分你的痛苦我的痛苦，各个民族来此认领即可，但这作品里痛苦是广大深重到没有哪个民族可以独享的。与据以改编的欧里庇得斯的同名悲剧一样，这里真正有责任的是神，是命运，而希腊人和特洛伊人只是神或命运的工具。如果为痛苦与悲剧找出一个人间的理由并加以谴责，就将这个戏给弄低了。

止庵

二〇一七年六月二十四日

二

李静兄：

今晚所看格热戈日·亚日那导演的话剧《铸剑》，并不是对于鲁迅原著的舞台演绎，而是受到这小说启发而创作的一部先锋戏剧，它与鲁迅《铸剑》之间的距离，比萨特的《苍蝇》与古希腊埃斯库罗斯《俄瑞斯忒斯》的距离还要远。所以看这出戏，不能拘于鲁迅的叙述、思考和立场去看。导演的思考是在比鲁迅更深的层面和更广的背景上进行的。

我看完话剧，对于鲁迅的《铸剑》又有一番新的理解：在鲁迅笔下，宴之敖与阿Q适成为一对"有意味的对比"，阿Q是毫无原则的，宴之敖则是个过度有原则的人——真正有原则的人，原则就是一切，至于这原则是什么却是无所谓的。或许在鲁迅看来，苟不如此，就不能算是有原则了。所以让宴之敖过度有原则地说："仗义，同情，那些东西，先前曾经干净过，现在却都成了放鬼债的资本。我的心里全没有你所谓的那些。我只不过要给你报仇！""我一向认识你的父亲，也如一向认识你一样。但我要报仇，却并不为此。聪明的孩子，告诉你罢。你还不知道么，我怎么地善于报仇。你的就是我的；他也就是我。我的魂灵上是有这么多的，人我所加的伤，我已经憎恶了我自己！"宴之敖在已经杀了楚王之后，还要将自己的头砍下去帮助眉间尺的头咬楚王的头，真是将"报仇"写到了极限之外，可以说小说家鲁迅就完成于此。鲁迅此前翻译了阿尔志跋绥夫的《工人绥惠略夫》，乃是"夺他人之酒杯，浇自己之垒块"，现在他自己塑造了一个更纯粹的,脱离了一己境遇的绥惠略夫。

报告心得如上。问好。

止庵

二〇一八年一月二十日

致史航 二通

一

史航兄：

电影《刺客聂隐娘》的台词很古怪，通篇文白夹杂，文太文，白很白，就那么非常生硬地放在一起说。看的时候我在想，我们的古代人究竟怎么说话。当时有书面语和口语两套语言系统，书面语中某些过于正式的词汇（如"甍"）应该不会出现在口语中，尤其是家庭成员的对话，其实即使在朝廷或官府里也不可能这么讲话。

汪曾祺《浅处见才》一文有云："中国的言文分家，不知起于何代，但到了唐朝，就很厉害了。唐人小说所用语言显然和口语距离很大。所幸还有敦煌变文、《云谣集杂曲子》和'柳枝''竹枝'这样的拟民歌，可以窥见唐代口语的仿佛。"依我之见，比起敦煌变文如《张议潮变文》《张淮深变文》等中的对白，禅宗语录好像更接近于当时口语，虽然在记录时多少也会书面化。这里举个例子：

"尔欲得如法见解，但莫受人惑。向里向外逢着便杀，逢佛杀佛，逢祖杀祖，逢罗汉杀罗汉，逢父母杀父母，逢亲眷杀亲眷，始得解脱。不与物拘,透脱自在。如诸方学道流,未有不依物出来底,山僧向此间从头打,手上出来手上打,口里出来口里打,眼里出来眼里打。"

说这段话的是僧人义玄(？一八六七年),见《镇州临济慧照禅师语录》。尽管出诸唐朝僧人之口,但亦可藉此推想同时代的非僧人怎么说话,其间容有差别,却不会太大,总之谁也不会说那种"字儿话"。

弟止
二〇一五年八月二十七日

关于《刺客聂隐娘》,还可以多说两句:片中所有听不懂的台词都是可以不说的,所有看不懂的情节都是可以删掉的。我的意思是,假如这电影有点问题的话,并不在于不讲故事,而在于故事的痕迹残留得太多。有些背景(如朝廷与藩镇的争斗之类)对现在这个电影其实没有太大用处,反而造成观众观看的障碍,还不如更单纯些为好。

又及。

二

史航兄:

最近重读舒芜一九八六年所作《历史本来是清楚的——周作人出任"华北教育督办"伪职的问题》一文,发现思路、笔法竟与他三十年前写的《关于胡风小集团的一些材料》(后改题《关于胡风反党集团的一些材料》,又改题《关于胡风反革命集团的一些材料》)如出一辙,不免会心一笑:此人亦属积习难改。但待找出那篇《一些材料》再看,觉得问题并没有这么简单。随着时间流逝,大家印象中舒芜在胡风事件中所起的作用,似乎只剩下"上交信件"了,然而他在文章中对这些私人信件所做的摘录、分类、编排、注释、解说,一并构成完整、周密、足以致人死地的构陷,这才是我们更不应当忽略或遗忘的东西。在我看来,此文实为中国政治史和思想史的重要文献,也是舒芜一生真正的代表作。过去我只将舒芜视为某一类人的代表,现在认为其实他代表的是中国人的一种思维方式,此亦古已有之,至舒芜而集大成矣。我尝将舒芜比作宋人吴处厚,然则吴氏罗织蔡确《车盖亭诗》罪名,较之舒芜此文实为小巫见大巫。运用这种思维方式,无论什么材料都会存在"问题",都能被"准确无误"地推导出预先设定的"结论"。

我平生尝与某些人趣味不合,意见不合,乃至笔墨相讥,但唯对一人深感恐惧,且极厌恶,那就是舒芜。然则这样的话并非等到他死后再说,我在二〇〇二年就写了《由当事人说话谈起》,在报上发表,而且编辑告诉我舒芜看到了。我想,舒芜若活到今天,大概就是在饭桌上偷偷给人录像然后告密那种人。我一向觉得,卖人之恶,胜于卖……可以说一切罢。

止庵
二〇一八年四月十九日

致谢刚 一通

谢刚兄：

昨日取回样书数种，略翻其中《异端的影像——帕索里尼谈话录》，第一六三页有云："据说，唐纳蒂安·阿尔丰斯·弗朗索瓦，也就是萨德侯爵，只花了37天时间，每天从晚上7点写到10点，就创作出这本无与伦比的《萨罗或索多玛的120天》。"此处翻译或编校有误。按萨德所著题为 Les 120 Journées de Sodome（《索多玛的120天》），实不干"萨罗"什么事也。即如《异端的影像》次页所云："萨德故事的背景是17世纪瑞士的一幢别墅，而帕索里尼却把故事放在了1944年的一个乡村庄园里，地点是意大利北部的萨罗法西斯共和国——墨索里尼的头号堡垒。"《萨罗或索多玛的120天》（Salò o le 120 giornate di Sodoma）是帕索里尼电影的名字，不可张冠李戴。

又，第十九页注释，"叶塞尼"通译"叶赛宁"；第六十七页，"加夫列拉·密斯特拉尔"通译"加夫列拉·米斯特拉尔"；第一百〇五页，"米哈依尔·卡拉托佐夫（Mileil Kalatozishvili）"，应为"米哈依尔·卡拉托佐夫（Mikhail Kalatozov）。

此等处,均有可能遭人批评;虽然这的确是本好书。
知无不言,请谅。

止庵

二〇〇八年一月二十四日

致杨慧林 一通

慧林先生：

  前日谈及"中庸"与"至善"，归家思之，此语答案在《大学》中："大学之道，在明明德，在新（原文作"亲"，从程子意改）民，在止于至善。"朱子注云："止者，必至于是而不迁之意。"又云："止者，所当止之地，即至善之所在也。"是以此一"止"字，便是中庸；中庸即"止于至善"。《大学》引孔子语："于止，知其所止。"正是此意。朱子论四书次序，以《大学》起始，以《中庸》终结，即是"大学之道……在止于至善"，亦即大学以中庸为旨。然则"止于至善"，即"在明明德"，即"新民"，前者对己而言，后者对人（而且是多数的人）而言，毕竟是社会意义上的，并非纯然自我修养。略陈己见，聊供参考。拙著当奉寄，请批评。

止庵上言
二〇〇二年九月二十四日

致陈建军 一通

建军先生：

大著《废名年谱》收到，非常感谢。拜读一过，觉得用力甚勤，汇聚现有全部资料，实在难得。当然废名生平资料，目下所见实在太少，将来陆续发现，或许尊作亦可有番增补。

拙编《废名文集》，限于所见，多有遗漏，即如姜德明《废名佚文小辑》所指出的那样。当然也有我"视而不见"者，如一九二七年四月三十日《语丝》第一二九期，有废名为志㒰《寂寞札记》一文所作附记。

《废名佚文续考》收入拙著《沽酌集》时，我对该文有所增补，又写了一段附记，抄入前述废名佚文。附如另纸，供参考。

至于《〈是小说〉前记》，我觉得乃是作者涉笔成趣，故意写成那个样子，算是该篇小说的"解题"，而非真的"手民"所写。若是"手民"在杂志上添写文字，好像也太"大胆"了，非但整部《语丝》无此先例，别的杂志也没有。不知尊意如何。

关于废名，我还写过三篇小文章，未见收于尊著附录三"目录索引"，其一题为《关于废名》，发表在一九九三年的《黑龙江日报》上,具体时间我忘记了,后收入拙著《樗下随笔》;其一题为《阿赖耶识论》,发表在一九九八年十一月十四日《文汇读书周报》上,后收入拙著《六丑笔记》;其一题为《鲁迅与废名》,发表于《博览群书》二〇〇一年第十一期,后收入拙著《向隅编》。现亦附上。

废名著作,确如尊著附录二"综述"所录,已经出版不少,然而我看四川人民出版社一九八八年版《废名选集》,颇有删节;人民文学出版社一九八四年版《谈新诗》,改动不少。不知先生留意否。

匆匆写了这些,再次向您致以谢意。

祝好。

止庵
二〇〇四年一月四日

致叶格杰 一通

尊敬的叶格杰先生：

来信收到，谢谢您对拙著《樗下读庄》的夸奖。关于《庄子》，中国历来有好多成见，我觉得如果拘束其中，则不能得《庄子》要领。譬如内、外、杂篇之划分，即为其一。而往往又以内篇为庄子自作，外、杂篇为后学所作，这也是牵强的说法。外篇中《秋水》《达生》，特别是《知北游》，非常精粹，《知北游》即使不能比得内篇之《齐物论》，至少不亚于《大宗师》。内篇如《人间世》开头三节，《应帝王》"阳子居见老聃"一节，显然与庄学主旨抵触；即如先生正在研究的《齐物论》（这是《庄子》中最重要的一篇），"故昔者尧问于舜曰"一节，显然也是后来羼入的，与该篇前后文均无关联。对《庄子》来说，"章"的意义要远远大于"篇"的意义。我写《樗下读庄》，就是想从"章"的层面对《庄子》加以梳理，看看到底何为真庄，何为假庄，或许我之所论，太过分明了些，然而关于《庄子》，确实有个方法论的问题，目下中国关于《庄子》的著作很多，好像大多在这方面有些欠缺。

历来对《庄子》的注释，我只看过一百来种，受到许多启发，

但是好像无论是谁,都还不能做到每一句的解释都令人信服。譬如《齐物论》"夫言非吹也"一章中,有这样几句:

"以指喻指之非指。不若以非指喻指之非指也。以马喻马之非马。不若以非马喻马之非马也。天地一指也。万物一马也。"

我先用中国旧式句读来断句,然而问题就在这里。前两句话如果像通常那样理解为陈述句式,那么作者就是有个价值判断了,即"以指喻指之非指",是"不若"(不如)"以非指喻指之非指"的,"以马喻马之非马",是"不若"(不如)"以非马喻马之非马"的,这样怎么能得出"天地一指也"和"万物一马也"的结论呢。然而我读过的研究著作,无一不是这样解释的,而完全不考虑其间矛盾之处。我觉得应该理解为疑问句式才讲得通:

"以指喻指之非指,不若以非指喻指之非指也?以马喻马之非马,不若以非马喻马之非马也?天地一指也,万物一马也。"

也就是说,"以指喻指之非指"与"以非指喻指之非指"并无区别;"以马喻马之非马",与"以非马喻马之非马"并无区别,"不若"是说"不是一样吗",抹杀了其间的价值判断。这样才能得出"天地一指也,万物一马也"的结论。在《樗下读庄》中,我的解释是:

"'以指喻指之非指,不若以非指喻指之非指也?以马喻马之非马,不若以非马喻马之非马也?'是说喻以'指'或'非指','马'或'非马',都是一样的,因为'是亦彼也,彼亦是也','彼是莫得其偶','指'就是'非指','马'就是'非马'。'天地一指也,万物一马也',非但'指'与'非指','马'与'非马','天地''万物'皆可归之为一。"

不知您觉得如何。我觉得只有细细地读每一句话，不放过任何可能产生疑问的地方，才能够真正对《庄子》有所体会。这种读法，也给我带来很大乐趣，从一九八六年到一九九六年，整整十年时间我几乎都沉浸在这种乐趣之中，现在先生的信又把我带回那种心境里了。

很希望能在您来中国时和您见面，也很愿意经常与您保持联系，讨论一些问题。您信中提到的两个题目，都是很有趣的。祝愿您能早日完成这些工作。有什么需要我做的，请您随时告诉我。

祝好。

止庵
二〇〇一年十月七日

致虹影 一通

虹影兄：

《何日君再来》我在八十年代初首次听到，大概是邓丽君唱的。我早就知道李香兰的名字，但是没听过她唱这首歌。

后来我在香港买到唐文标编的《张爱玲资料大全集》，其中影印了一篇叫《纳凉会记》的文章，记述一九四五年七月二十一日在上海咸阳路二号一次茶会。配有两张印得模糊的照片，其一张爱玲坐在前面，李香兰、炎樱等站在后面，其中有一位是后来写《汪政权的开场与收场》的金雄白；其一只有张爱玲和李香兰两个人，还是张坐着，李站着。文章写道："提起李小姐，她正练习了几支歌后赶来，这天妩媚地穿着黄色旗袍，挂串象牙珠的项圈，头发的式样是：额前高高堆着，后面是梳上去的，有人说像《随风而来》中女主角的那样打扮，娇小丰腴，吐出的话脆、甜，像小鸟样婉转……"张爱玲则说："我听她唱的歌，好像她不是一个人，倒是一个仙女。"我没有听过李香兰的歌，对此不能置一词；单看她的样子，未免有些失望，没想到她如此矮小。

止
二〇〇四年四月五日

致洁尘 二通

一

洁尘兄：

尊稿一束拜读，以书评论，都是好文章；虽然若依鄙意，吾兄文章还可比书评更好一道也。文章是一篇篇写的，有兴会就行；然则于一篇篇写作之前，倘若在心中有个总的意思，比如说，对迄今为止中外女性文学怎么看法，对文学中的女性形象怎么看法，等等，这么一套完整的思想，好比一种底蕴，然后落实于一篇篇文章之中，合则成体，散则成章，则此书价值恐怕就更大一些。再者，有此一番看法，落实到具体的对象，亦必自有高下的鉴别，不然一篇篇写的时候都是兴会，都觉得极佳，实际上它们还是有高有低的。我这个意见，是当一整本书（即使是文集）来看时提出的，现在看到的只几篇，或许提的有些匆忙，或许吾兄已经成竹在胸，所谓知无不言是也。

记得从前给《艳与寂》写书评时说过吾兄文章有一完整的美学底蕴，此乃我最羡慕者也。所以提这样的意见。我希望你能对这一题目做一总的清算，了此一番公案，虽然文章是一篇篇写的，都要有兴会凑泊,我是明白这一点才提这个意见的。

又吾兄文章长于一己之感受,但我亦要提醒戒在偏颇。所谓偏颇也者,其实并不一定是一己的,反倒可能随了大流。如《银紫色和青灰色》一篇,"张爱玲最根本的错误在于她选择了胡兰成。就连她那抽鸦片的父亲都能把持一个中国人应有的气节,在一九三七年辞了在日本住友银行上海分行的工作,回家当坐吃山空的寓公,她张爱玲在生活伴侣的选择上不能不说是有失准则的。战后上海文坛对她的斥责,在我看来也是应该的,毕竟,一个人对自己的国家民族要有一种起码的责任感,这一点上,张爱玲一贯的虚无是不能为她开脱的"一段,错是不错,但多少有些意气味道,也就是把话说得太容易了,倘若冷静一点儿,我想还可以揭示出更深一层的意思来。(附带说一句,张爱玲"选择"胡兰成时,他已不在汪伪宣传部副部长任上;此前他因著文断言日汪必败而被捕,获释后到上海,才通过苏青认识张爱玲。)

说的都是些不大中听的话,你姑妄听之罢。

匆匆,祝好。

止庵
一九九九年十月六日

二

陈洁兄:

给你拜年。

前次承蒙约稿,一直在考虑中,近来已想定以南明的隆武帝为轴心，或可写得较为新颖，该人为南明四帝中唯一有才干者，而且勤勉从政，立志复国，可惜时不我予。身边人物，亦不乏可以一写者，如郑芝龙、黄道周等。此段历史使我感触最深者，莫过于"回天无力"四字。我早留心南明史事，大约南京陷落后，即感悲凉绝望之气氛甚是浓重，而福建一段，尤令人为之同情不已。不知吾兄以为何如。

河北的李大星君，或可列为作者之一。

《枕草子》一书，已经托人去出版社买了，到手当寄呈。

常常在《北京青年报》上拜读你的影评，洵为买碟之指南也。

祝好。

止庵
二〇〇三年一月三十日

致李大星 一通

大星兄：

　　昨日听家母说你有电话来，很抱歉，我去李颖明家看封面了，提了些修改意见。前此之电子邮件收到，一时匆忙，不能详细作答。关于文章，我的习惯是一篇之中，至少真正解决一个问题，所谓道他人所未道者也。当然也是印象，然而在某一点上，较之印象开掘稍深。譬如老兄所谈拙文之作，是否可以解决此一问题，即吾兄所谓"重叠中有区别"——某某虽学废名，实与废名并不相同——"重叠"者究竟何在，"区别"者又究竟何在，知我罪我，都是好话。下走学写文章，大约自一九九五年起有一变化，此前多读知堂、废名，此时读到浦江清、孙楷第等，又有一番悟会，浦、孙所作皆论文，我只写随笔，然而随笔实在就是论文，不过不是那种一本正经的写法罢了。《如面谈》有论二人小文，乃是心得。此后我专捡论文去读，譬如胡适、钱玄同等，也曾写文论之，在《六丑笔记》中。即是知堂、废名，我的兴趣亦在于其近乎论文之作也。总而言之，有随笔之态度，有论文之分量，最是理想。说来随笔只是文体而已。

不知吾兄以为如何。

　　匆匆,祝好。

止庵上言

二〇〇一年九月八日

致颜桥 一通

颜桥先生：

废名《关于派别》所说："近人有以'隔'与'不隔'定诗之佳与不佳，此言论诗大约很有道理，若在散文恐不如此，散文之极致大约便是'隔'，这是一个自然的结果，学不到的，到此已不是一般文章的意义，人又乌从而有心去学乎？"这里"隔"的意思，若多取知堂文章加以体会，当知实不干"境化"也。周氏有两篇谈论散文写法的文章，可能有助于理解他的"隔"，一是《本色》(收《风雨谈》)，一是《谈文章》(收《知堂乙酉文编》)，均不长，不妨一阅。鄙意以为，"隔"于人而言，是不切近；于己而言，是克制。"隔"是指的写作时的态度，随笔的关键即在于"隔"。

祝好。

止庵
二〇〇四年四月二十五日

致尹安贵 一通

安贵兄：

久无讯息，忽得来信，甚是快慰。我自去年九月起即辞去公司差事，现仍在家休息。刚辞职时，一时不能完全适应，遂以一月时间写了一本《插花地册子》。此书写得匆忙，自己不太满意，所以也没有寄呈朋友求正。现在得到你的夸奖，实在很不好意思。

勉强说来，我可以算得一个好读者，止此而已。但是因为读书不系统，所以有很多话都不大敢说。近二十年来的中国小说、诗歌、散文，绝大多数没有读过。一般说来，我是不爱读"新书"的，总觉得受过时间考验的东西更可靠一点儿。作为读者，我这么做无可非议，若是评论家似乎就有些问题了。又，我读书的原则，是"全有或全无"。譬如武侠小说，可能也还有意思，但是因为没有时间看，结果这部分便整个儿阙如了。金庸、古龙等，迄今一字还未看过，所以也不能议论。或者说稍稍知道一点儿也好。但是我一向就怕一知半解，这样根本不能说话。

我想写的书，共有三部，一是《论语》研究；一是现代中国散文史（一九一九——一九四九）；一是有关唐诗感官审美的研究。但是这些都要花许多时间和精力做准备工作,所以还得慢慢来。其他诸如小说、诗歌等,便不打算多发言了。

目下应一家出版社之邀,在写一本关于《老子》的小书。只是一本读书笔记而已。

很想念重庆的朋友们。希望有机会能见面。很惦记你的腿的情况,我记得静脉曲张除手术外,似乎没有别的特别好的办法。不知道现在怎样。

祝好。

方方

二〇〇一年六月十八日

致赵心宪 三通

一

心宪先生：

对不起，我打字而不是手写，因为已经不大习惯写字了，何况字也写得不好。请原谅。

谢谢您一贯对先父的关心。所拟《沙鸥〈写诗论〉阐释》题目甚佳，希望能够尽早完成，为此自当尽力协助。只是仍打算以协助的方式参与，盖因以家属身份公开说话，恐将降低此书之价值也。不知先生能否给予理解。

现在这个题目，可以有两种写法：一，介绍性的；二，评价性的，不知先生的打算如何。如是前者，则以先父见解为主；如是后者，则以先生见解为主。当然亦可二者结合。

诚如先生所言，《写诗论》只有一个提纲，有关理论观点却已见诸先父各种文字。故可以《〈写诗论〉提纲》为总目，以《诗话》为细目，将其他文章析成片断，分别归在上述总目与细目之下，做成一本新"书"。其不齐备处可以使之齐备，其不充分处可以使之充分。而前述两种写法，区别在于齐备与充分时，是限于先父观点，还是超出这一界限。

这样，理论架构已经有了。剩下的则是用这一理论去具体分析诗作了。这里，先父也已写出不少内容，其不齐备与不充分者，仍可以以上方法齐备与充分之。

如果先生以为这一方法可行，则请先生先着手这一工作，待完成第一步后，请告诉我何处尚不齐备，何处尚不充分，我想我可以做下面一步工作，即揣摩他的心思，设法使之齐备、充分。然而我之所为，只能限制在他的观点的范围内，若超出这一界限亦即予以评价，仍需先生为之。

我所能做的，即是以"补"的方式，写出他想写而未写出的内容。我敢保证可以不失其真。

这样，这本书包括三种相互结合的文字：一，先父的论述；二，我的补充；三，先生的评论（您可以赞同也可以批评）。不知先生以为如何。这样写法，全书是统一的，平衡的。较之各写若干文章，合成一集，似乎好得多了。这也是我考虑多年的结果。

匆匆，祝好。

止庵
二〇〇〇年五月十日

二

心宪先生：

　　信得，谢谢先生的厚意。我觉得先生此信所讲构想很好，惟"本义的阐释"恐怕只是一篇文章的内容，做不得一编，因为《沙鸥谈诗》原书具在，我于此并不能补充多少东西，只能略加梳理，梳理也就是纲目的样子，如若尽录原文则几乎等于将《谈诗》重抄一遍也。先生所说"《沙鸥谈诗》一书这方面的资料实际上是有限的"，窃以为不尽然，以《〈写诗论〉目录》对比《诗话》，则后者即是前者之细目；而此细目，又已由许多文章或详或略地加以解说，而详略之区别，但在有无举例，若是论点则基本上写出来了。我编《谈诗》时已发现，《〈写诗论〉目录》中只有"意象"一个问题，没有仔细说过，故而我在后记中概括成三条，亦是先父生前我与他讨论过的。有的问题，如"意境"，我觉得他已谈得十分清楚，无须任何补充了。有的问题，如"山水诗"，虽然未及成文，但在《关于山水诗的提纲》中已经把所有论点都写出来了，再结合《论山水诗》《论〈犁青山水〉》和《谈诗书简》一、二中的一些片断，也就没有什么缺漏了。所以我想不如把先生原拟下编改为附录，即将《诗话》某段系于《〈写诗论〉目录》条目之下，再将《沙鸥谈诗》某篇或某篇系于《诗话》之下，但不抄引，只注明原书页码，如需说明，可加按语。先生以为如何？

　　先生已发表的两篇文章，不知可否赐寄一份，则我们的讨论可以具体化一点儿，或许我拜读之后能有新的建议。添麻烦了。

　　祝好。

止庵

二〇〇〇年五月二十八日

三

心宪先生：

　　信得，未能对先生从事先父诗论研究多所助力，深感惭愧，请先生多多原谅。我几乎没有上过中文课程，只受过"文革"中学的一点教育，虽然经过努力，稍通文墨，但是理论修养不足，写不成论文似的文章，所作者皆为随笔。此所以承蒙先生屡次热情相邀合作写书，终不敢应承者也。讲感受终不同于说道理，而先生大著乃是学术著作，我很担心把它的档次给降低了。过去曾寄给先生几种拙著，您可看出底细，此点我亦心知肚明，无须讳言。这是要请先生体谅的。再者，以家属身份，似乎只宜提供材料，不宜多所议论，免得让人觉得"后台喝彩"。所以我只勉力出版了两种先父遗著，他一生之主要作品都包容其中，而未敢加以评论。这也是要请先生体谅的。有些作品，特别是《寻人记》，自传色彩很强，牵涉到若干本事，似乎更是家属所不宜猜测者（别人却无妨事）。所以我想还是尽可能给先生提供材料，而由先生独立著书，最是合宜。近著有《插花地册子》一种，内里写到先父，即请出版社代寄一册，用供参考。

　　先生说新的想法，是只谈诗论部分，鄙意觉得更其纯粹，因理论本是可以应用的，应用者亦不应限于本人，倘只供本人应用，则这理论要打些折扣了。

　　我建议分三步走：一，以《〈写诗论〉目录》为纲，以《诗话》一文为目，将《沙鸥谈诗》其他篇章的理论部分分别系于其下，称为阐释，譬如以《论诗的意境》系于"意境"项下。这样就成了一本"写诗论"了。至于其中一切举例说明（对诗的具体分析），可以先放到一边。二，对这套理论加以理论性的考察、评估，确定其独特价值所在，这是第二步。三，拿些例子来解释这套理论，这牵涉到应用问题，则《谈诗书简》《谈诗书简之二》正是好例子也。

《沙鸥谈诗》中本来已有一个理论体系，其纲目在《〈写诗论〉目录》和《诗话》中写得很清楚，只是具体阐释散见于其他各篇，让人一时找不到头绪，所以这第一步，便是找出这头绪来，这是个技术工作；至于理论价值何在，则有待于先生予以评价。我觉得这么做，简便易行，且有所依据，所依据者即《沙鸥谈诗》一书也。离开此书，则无从入手；且先父除此之外，并无别的什么有价值的文字留下，我编这书时，是能编进去的都编进去了。只有又收集到的部分书信除外，如果先生同意，我可以整理成两篇文章，一曰《谈诗书简补遗》，一曰《谈书书简之三》，列为附录。不知先生以为如何。

以上意见，请先生考虑。谢谢先生的厚意。

匆匆，祝好。

止庵

二〇〇一年二月二十二日

致董宁文 四通

一

宁文先生：

惠寄的四册《开卷》收到，谢谢。拜读一过，觉得非常有趣，诚为上品。范君《笑我贩书》亦收到了，也已看完，内容颇丰富，当作一文评之。

《开卷》三卷三号有蓝英年氏《〈日瓦戈先生〉未获诺贝尔文学奖》一文，须得补充几句，意思才算完全。

实际上诺贝尔文学奖专门或主要因为一部作品而授予某位作家，为数并不算多。帕斯捷尔纳克之前共有五十二位获奖者，瑞典文学院在赞词中提到作品名字的，只有蒙森(《罗马史》，一九〇二年)、施皮特勒(《奥林匹亚的春天》，一九一九年)，哈姆生(《大地的成长》，一九二〇年)，莱蒙特(《农民》，一九二四年)，托马斯·曼(《布登勃洛克一家》，一九二九年)，高尔斯华绥(《福尔赛世家》，一九三二年)，马丁·杜·伽尔(《蒂波一家》，一九三七年)和海明威(《老人与海》，一九五四年)，其余皆与帕斯捷尔纳克情况相似。明白这一点，也就无须特别强调《日瓦戈先生》"获"或"未获"诺贝尔文学奖了。

至于帕斯捷尔纳克，瑞典文学院的赞词所述授奖理由系因为他在"当代抒情诗和伟大的俄罗斯叙事文学传统领域所取得的重大成就"，此"伟大的俄罗斯叙事文学传统领域"即便不是特指，至少也包括了《日瓦戈先生》在内。所以若是明确地讲《日瓦戈先生》获得了诺贝尔文学奖，的确依据不足，就像断言该书未获诺贝尔文学奖一样；若是讲作为诗人和小说家即《日瓦戈先生》作者的帕斯捷尔纳克获得了这一奖项，那就没有什么问题。

匆匆，祝好。

止庵

二〇〇二年五月十日

二

题《开卷闲话》。

我读《开卷》的乐趣之一，在于每期的《开有益斋闲话》。此种资讯曾在旧杂志上见过，譬如家藏一九五〇年印行的《大众诗歌》，即有类似栏目。《闲话》则主要由两部分组成，一是作为《开卷》主办者的读书俱乐部的活动记载，一是各地文人和读者的来信摘录。前者连续起来看，呈现一个过程；后者则不妨视为其在一定范围内引起的反应。

所有这些，统可以热心文化或即以文化概括之。"文化"与其说是某一方向，不如说不是某一方向，更为恰当。因此尽管从事或追求者目标不同，有别于"没文化"之处仍然存在。这里我们无须作价值判断，然而对于此种追求，至少能够理解。"当局者迷，旁观者清"，迷或清其实都是自家乐意，他人管不着。

现在《开有益斋闲话》即将汇编成书，我不揣冒昧写了这些，权当题记。几句老实话而已。

止庵
二〇〇二年十一月三日

三

宁文兄：

关于《人书俱老》的书评已刊《中华读书报》，现寄上复印件，请阅。此套书其他几本也看了，鄙意以为《人书俱老》与《淡墨痕》为最佳。谷林老的文字之美，世所罕见，盖此老才气太大，虽是些许流露，亦为我辈望尘莫及。君维老则别是一番特色。此套书插图安排、印制均不甚理想，较为粗糙；正文亦有不如意处，如引文变体，往往将不该变体之正文也牵连变了体，其实不如一"宋"到底，更其美观大方。这是弟的一贯主张，所著、编诸书，均要求如此。知无不言，请老兄鉴谅。

止庵
二〇〇五年五月十五日

四

宁文兄：

　　最近杂事甚多，身体也不好，看了《谷林书简》一遍——除给我的那一束外，别的都谈不上"校"——今日寄还给你。

　　鄙意此书还须细加打磨，倒不用急于出版。以此校样而论，则一是错字太多，仅给我的那一束，就有不少错字，还有整句漏排的，依此类推，估计全稿这方面问题不少。我只改了些明显的错字，还有些看了不解的，估计也排错了，请核对原稿。除此之外，全书都应对照原稿，逐字校对至少一遍。（我病颈、腰椎，无法久坐，实在不能出力，请你和责编自己校对罢。）二是有几束顺序混乱，我试着调整了一下，全稿均请仔细核对，不使排乱。三是有些信意思不大，迹近应酬，建议删去。另外有些已经在报刊（包括在《开卷》）见过的，似乎又漏收了。

　　编选（收与不收）的原则，老兄得明确一下。我建议，就当一本小品文集来选，每篇或说事实，或通情愫，总而言之得要说出点别处没有的意思来，假如没有这个，那就先不收了，因为这毕竟不是全集。

　　致戴子钦的信有大量存我处，似以专门另出为宜，建议这里不收。致三弟的属于"家书"，别是一类，与致朋友者有别，最好也不收。

　　文字校订，建议循此原则：改正明显错字，将繁体改为简体，但可通假者仍予保留。

　　建议全稿均用宋体，篇末署名、日期不必改用他种字体，引文也不要改，这种变体实在没有意思，也未必好看。

我近来写不出文章，恕我就不写序了。你来写个编后记，把编选过程交待一下，但是不要提经我校阅，因为我只看了一遍，算不上"校阅"。

匆匆，祝好。

止庵拜

二〇〇九年八月五日

致张际会 六通

一

张际会先生：

信得。前此曾托出版社寄上一册拙著《樗下读庄》，想已收到。

谢谢您的鼓励。我自己写文章，最受知堂和废名影响，为报答计，有机会便从事一点他们著作的整理出版工作。知堂译著，经我介绍出版者，总名之为《苦雨斋译丛》。第一辑已经出版，第二辑在编辑之中，共六册，皆日本古典文学：《古事记》《枕草子》《平家物语》《狂言选》《浮世澡堂》和《浮世理发馆》。大约今年里可以面世了。此六种书亦如《伊索寓言》，原来出版时都被编辑改过，现都据保存下来的手稿改回，故与已出版者颇有不同。我将来还想再出第三辑，收《路吉阿诺斯对话集》（即改名为《卢奇安对话集》的那本书，文字编辑也改过）和《欧里庇得斯悲剧集》（共十三种），这样周氏古希腊和古日本译著即已全部包括了。我想做的只有这些，其余的译著重版也许就不参与了。但第三辑只是自己偶尔想想，尚未与出版社提过呢。

知堂著作的重新出版，我还有个野心，即把从《欧洲文学史》到《知堂回想录》共三十六种书按照原样出版一遍。其中《知堂回想录》一种，坊间几个本子都有许多错字，我拟用家属保存此翁手稿复印件重行校对。此事尚在拟议之中。

废名著作，我编辑出版了《阿赖耶识论》和《废名文集》。前者是他从未面世过的哲学论著（写于四十年代），后者是他一九四九年以前单篇散文的汇编，我从旧报纸杂志上搜集，共一百一十七篇（包括译文二篇）。这两本书最近都可以出版了。

我自己偶写文章，无甚大的意思。较之以上工作，觉得实在不值一提。这么说好像以上事情是值得一提似的，有些自我吹嘘的意思。其实不然。我做这些事只有一个原则，即以不编为编，尽量少加进个人色彩，保持其原貌。文章是人家自己的好，与我无关；我的贡献，只在这一原则，然而说穿了是个减法的贡献，岂不好笑乎。坊间有《文类编》一套，承蒙作者家属惠赠，读之一过，甚觉查找不便，"类"编者，"累"编也。说与先生一笑。

拉杂写了这许多，请您谅解。再次谢谢您的关心。

祝好。

止庵

二〇〇〇年一月三十日

二

际会先生：

您的信都收到了，谢谢夸奖。知堂著作出版之事，我热心已有十年，然则此事阻力颇大，其一来自某些"学者""批评家"的态度，其二来自某些"选家"的滥选滥出。我最看重的倒是《苦雨斋译丛》，因为一，《希腊神话》向未出版，此系首次面世；二，其他译作亦多据原稿恢复改正，有版本学的意义。若原样重出，价值尚在此之下，因为原本已有了也。

《樗下随笔》已经售缺，过几天托出版社寄上后来出的书罢。请先生批评。

匆匆，不多写。祝好。

止庵

二〇〇〇年三月五日

三

际会先生：

关于《画廊故事》文笔问题，我之所谓"肥瘦"乃根据感性多少而言，表现出来就是形容词用的多少。若《樗下读庄》几乎没有感性的成分，只把想法写出来就是了；《画廊故事》则有不少感觉，虽然也融合着理念。至于表现，我仍尽量克制，但是总归是写了感觉的。我只能写到这个程度，再说"虚话"，则为我所不能忍受。

我无论如何也写不成抒情散文的。不知先生以为如何。

我新近写完一本有关庚子事变的小册子，勉强可以说是史论罢。此外偶尔写些小文章，没有特别值得一提的。

匆匆，祝好。

止庵

二〇〇〇年五月十日

四

际会先生：

信得，很感谢您花时间读《六丑笔记》，您所说的"思想大于文采"，诚然如此，虽然有没有思想，以及思想有无价值，我自己也不大清楚；但是对于一般意义上的文采我的确不喜欢，倒不是写不出来，是尽量想回避。我原是写诗出身，写点漂亮话还是会的，但是不知怎么的一直瞧不上眼，觉得这种所谓文采之于文章有害得很，把本来可能有的一点好意思也给弄坏了。更多时候它其实是对内容空虚的掩饰。如果有意思要说，不如老老实实说出来的好，当然这只有更难。我前后出过五六本书，自己觉得惟一有点价值的是《樗下读庄》。

百花那本《废名散文选集》从前读过，所收大多数是小说，先生所讲"童真童趣""至美之文"，其实都是废名小说的特点，若其散文，原本没有这个倾向。废名小说颇近于诗，与文章是两回事。若先生读到拙编《废名文集》，则这个区别显而易见。废名散文笔意青涩,正与"诗意"的写法处于相反的方向,这一点最为我所看重。我在语言上受他启发甚大。

至于知堂,我所景慕的地方有二,一是态度,一是思想。只是近来我想思想一词用之于他,好像还有一点儿"隔",或许该说是人情,亦即人之常情也。

若论写作,他有一篇《谈文章》,收在《知堂乙酉文编》里,对我影响最大。

"苦雨斋译丛"第二辑共计六册,尚在校对阶段,估计出版要到下半年了。出版社、责任编辑同第一辑,定价目前尚不清楚。待快出版时再报告罢。

匆匆,祝好。

止庵

二〇〇〇年五月三十日

五

际会先生:

您好。先后收到两信,谢谢先生的厚意。

此前两封信中所指出的《周作人自编文集》的错字,查所存校样,有些字我是改过的,印出书来却未改,颇感遗憾。

其中有几个字倒是有意不改的:

《雨天的书》二七页"吁可伤已"——原文如此,未加逗号,因不加亦通,故不加。

《谈虎集》二三五页"锡予甘霖"——《辞源》:"锡:与,赐给。"

《谈虎集》三四八页"仍不失为斩新"——《辞源》:"斩,通崭,斩新。"

《谈虎集》三七六页"容易傅衍"——《辞源》:"傅,通敷。"

又,《浮世理发馆》五〇页"好勇斗很"——《辞源》:"很,凶暴,通狠。"

其余的字,则都是错了,将来再版,希望能予以改正。谢谢先生。

拙作《苦雨斋识小》算是我对于"周作人研究"的一点发言,虽然并没有什么惊人之论。较有价值的恐怕是把周氏写作脉络大致疏通清楚了。

《一本书的传奇》所引周氏日记语,乃是转引自鲍耀明《周作人晚年书信》和张菊香、张铁荣《周作人年谱》,二书均作"妾妇"。周氏日记原件未见,亦不便专就此事向周氏家属查询——盖我殊无意于打听别人家事也。然而此一字颇为重要,将来总得查对一下。

希望继续得到先生的指教。同为知堂文章之爱好者,争取把这个工作尽量做好。

祝好。

止庵
二〇〇二年六月三十日

六

际会先生：

来信及寄下的大作七篇均已收到。谢谢先生继续检读周集，所提出的错字，当于再版时改正。

文章拜读一过，觉得态度亲切，文辞畅达，这都是文章的好处。若要提意见，我也有一点意见，知无不言，请先生宽容待之：每篇均有一己感受，此点甚为重要，只是感受稍嫌浅淡一点儿。倘若开掘深些，就更好了。即以《童心废名》一篇而论，我觉得对废名来说，童心是内容问题，涩味是表现问题，二者何以融会于一篇文章之中，其间必有一番散文美学上的贡献。先生把注意力限定于内容一面，这一问题就被放过了。我自己写文章的体会，随笔也应该有个论文的准备，只是态度随意些罢了。说得具体一点儿，一篇文章，最终要解决一个前人没有解决的问题，而问题可大可小。总而言之，要比现象更深入一些，这样作者就能有所贡献，读者就能有所收获。不知先生以为如何。

近日准备写一小文，约二千字之谱，是关于扎米亚京的。须得将他作品所有中译本（不很多，只三种而已）都读了，做些笔记，找到可以开掘的入手处，把有关的两三问题想通透了，再写。怎么也得准备一周时间，虽然写起来不过二三个小时。这是我的一个笨法子，孔子所谓"学而知之"是也。

望保持联系。祝好。

止庵
二〇〇二年七月八日

致黄福群 二十七通

一

福群先生：

　　收到来信。我想"作态"一事，恐怕还得分作两下子说。诚如先生所云，不作态其实也是作态。我还可以说甚至不写都是作态。然而此种议论，恐于文章之道无补矣。另外还有一个特指的作态。知堂翁有《谈文章》一篇，收在《知堂乙酉文编》里，专门说这个事，最为精粹，对我影响最大，先生可以参看。前一种作态我们不能避免，所以不必说了，后一种是我所不能接受的，自己不这么写，也不爱看。我为《俯仰集》写序，把这种作态集中到一点，即对象化，写文章时总想着读者若看了会如何反应，就要在字里行间调动一下子，这也是从知堂翁的文章受到启发。另外从前写过一篇《老妪解诗》(收入《如面谈》)，说"凡是主动要去感动人的文章就没有好的"，也是这个意思。

　　至于"知识优势"，我是承认该有这个东西的，但是我怕的是，并无优势而当成优势，我写过一篇《谈游记》说到此事，收在《六丑笔记》里,将来寄给先生参考。

写散文,就有散文美学观;散文美学观也有高下之分。我们不喜欢某些文章,也就是不喜欢那些文章里的散文美学观,譬如先生信中提到的那位,实话说乃是我不喜欢者之一。他喜欢学古文,所学却是滥调,古人都不屑那么写的。但是我承认他那么写可能有他自己的道理,反正我不能认同就是了。

《书评周刊》上的文章只是摘录,错处很多,不能卒读,题目也是编辑另外起的,原题为《散文漫谈》。全文有一万多字,写得实在不好,所以没有收入《六丑笔记》,好像该报打算出一本叫做《千年阅读》的书,那么会在那里面的,然而不大值得一看。就中只有前面一个引子稍好些,谈了我对散文的基本看法,可以割下来单成一篇小文章,其余部分则很粗疏,未能深入,我不会写这种所谓"大文章",有些材料和观点,将来拟另外写成几篇文章。

这些年除写了点东西外,还编了几本书。最近完成的是《废名文集》,是他一九四九年以前单篇文章的汇编,我从旧报刊上搜集的,共一百一十七篇,大约一两月里可以面世了。《阿赖耶识论》我只是校订一过,这部稿子从来没有出版过,所以也有意思。

《画廊故事》大约下月初可以面世,后记经删节后发表于《今日先锋》最近一期。此书连同《六丑笔记》我将寄呈先生一阅。

先生的文章拜读了,很有趣的,文字也很好。说来我也爱读注的,譬如提到的《三国志》裴注。另有两本书注释也好,一是潘光旦为所译《性心理学》写的注,一是周作人为所译《希腊神话》写的注。不知先生以为如何？

匆匆，祝好。

止庵

二〇〇〇年一月五日

二

福群先生：

信得，承示大作，对拙作多加揄扬，很是感谢，也颇有契合之感。

《书评周刊》上有关《阴翳礼赞》的错误，乃编辑所为，该报两周后那一期已经登出更正。近拟写一篇《日本文学与我》，可以在此文基础上发挥一些，也要谈到小说。关于日本小说，我只写过一篇《川端文学之美》，其实像谷崎、三岛等皆可专门作文，只是眼下兴会不到，尚写不出。这文章里将就一些不打算专门写文章的作家作品谈上一谈，如夏目、岛崎、井伏等，还有"无赖派"。我的《散文漫谈》，全文附在此信后面，请先生一阅，再声明一句，文章写得不好，粗疏之极，因为按这个格局，非得写十万字不可，然则此刻实在没有那个工夫，也没有那个才力也。

谢君的书，我只读过一种，实话说未免敬而远之，因为在政治自由主义与文化自由主义之间，我一向是倾向后者的，而前者实际上是不自由。先生如读过我的《樗下读庄》，大约可以明白我的意思了。《庄子》有云："为善无近名，为恶无近刑，缘督以为经。"说的正是这个。

关于"注"的问题，先生所说《水经注》《文选注》当然好了。前些时读过一本《博尔赫斯与萨瓦托对话》，觉得胆敢给别人的书作注，真得有功夫不可，譬如此书便有两处注得可疑：三十五页，"韦尔斯（Charles Jeremiah Wells，1800？—1879），英国作家，主要作品：诗剧《约瑟和他的信徒》。"恐怕该是写科幻小说和《世界史纲》的那位，参看下文"那是一部比韦尔斯的幻想文学高明得多的作品"便知；一百一十一页，"巴特勒（Nicholas Murray Butler，1862—1947），美国教育家、政论家、诺贝尔和平奖获得者、大学校长。"恐怕该是英国写《众生之路》的那位，否则不当与狄更斯相提并论。

此信写到这里，接到先生的电话，谢谢你的厚意。《黄河》上文章已经读到，我以亲属的身份，对先父当年遭遇不便议论，而且事情已经过去，先父辞世已有五年多了，再说什么也没有意义。这话不光针对一人一事而言，我写《来世与现世》《生死问题》，均是申明此意。政治上的事情我一向不感兴趣，就诗论诗，则对郭小川颇不敢恭维，即使是《望星空》与《一个和八个》，艺术上都未见成功。更别提什么《团泊洼的秋天》了。

匆匆，不多写。祝好。

止庵
二〇〇〇年二月十七日

三

福群先生：

"翻译失信"问题，的确存在，过去我亦觉得不得了，近日细细一想，乃稍感释然。此与两点有关，一，你所要看的到底是什么，譬如小说，如果考察语言，则通过译文当然不行，如果兴趣乃在结构、情节、人物等，译文即使是错亦错不到哪儿去。二，对哪种形式这才是最重要的问题，一般说来，文学作品只能有"小不信"，不大容易有"大不信"。所以译文也还看得，只是须留些神罢了，不可轻信，倘有不同译本，不妨买来作为对照，除彼此抄袭外，如果意思相同大概可以认作是"信"了。若是理论著作，则该多加当心。但据我之经验恐怕"达"较之"信"问题更大，当然不达到了一定程度也就谈不上"信"了。总之，我不觉得译文不可读，如果只能借助译文的话。不读怎么知道许多，在这方面我主张"勿滥"，但不主张"宁缺"。我看先生及所引谢君的话都未免说得有点儿过分了罢。不会外语是为损失，然而止于喟叹，斯又一损失也。

中国笔记，素为爱读之物。前写《散文漫谈》，因篇幅有限，不能多举书目，故只列了数种，写时并未想到知堂《谈笔记》，虽则此文我是读过多遍的。今检出作一对比，则与之相合者只《广阳杂记》一种，他说好的其他几种我多未读过，故而不能列举。此外他在别的文章中，还谈过《广东新语》《清嘉录》和《燕京岁时记》，此亦我所列举者，盖是因为读过，且以为好也。我喜欢的笔记，即如文中所说，最好带一点苦味的，故特别标举《老学庵笔记》和《齐东野语》。另外不喜欢特重文采的，也不喜欢不见文采的，希望"文质彬彬"。先生提到三种均读过，确曾想过列上《菽园杂记》，稍一斟酌，遂放弃了，因觉以明人所作，稍逊于我所列出的那几种。此亦仁者见仁，智者见智也。关于笔记，我最爱读信中所说之历史琐闻类，考据辨证类次之，小说故事类又次之（其中涉及神怪者如《聊斋志异》等当列于末位，虽则魏晋人此类之作我是爱看的），不过三类均买了不少，也读了不少。此外关乎风土人情者，不知当归于哪一类，我亦甚爱之，故特在文中列举《东京梦华录》《岭外代答》《广东新语》《清嘉录》和《燕京岁时记》。以意思计，则特别喜欢遗民所作，因为多沉郁有分量，如所列出的《老学庵笔记》《东京梦华录》《齐东野语》《癸辛杂识》和《三桓笔记》等。此即我所谓"不喜欢盛世的文章"。笔记之外，我对诗话和词话下的功夫可能更多一些。自己写文章，其实受益于诗话和词话最大。这是受了先父的影响，他在这方面颇有研究，说得夸张点儿，算得上是我的家学。先生不曾提及，不知感兴趣否，这里就不多谈了。

祝好。

止庵
二〇〇〇年三月五日

四

福群先生：

先生信中提及"弃商从文"之事，这里先要做点解释：实则我从未经过商，不过从十多年前进入外国公司做雇员，属于打工性质，并不做任何自己的买卖。干这份差事也是为了糊口，没有任何兴趣。业余写作，好比娱乐。我是不愿意专业写作的，因为这个事儿只能是爱好，不能是职业：如果当成职业，有朝一日写不出来又怎么办呢。我写东西其实甚难，平时也是空闲多而兴致少，时间对我似乎并不是一个问题，问题是经常不想干事情。十来年里，共写了一百万字的东西，即所出版的五六本书是也。此外还编了一些书。所想编的书，其实大多做成了；所想写的书，只有一种《论语》研究尚未动笔，其余的则可写可不写。题目倒有不少，如可以写中国现代散文史，可以写"中国坏散文史"，可以写唐诗某一方面的研究，可以写张爱玲研究，但是也都可以不写。只有《论语》研究我是想写的，至少不白把《论语》读了那么些遍，也不白有自己的一套看法。已经写过的东西，自己也只看重《樗下读庄》这一种，其余的都无所谓。此生如果能就《庄子》《论语》各写出一部书来，岂不快活哉。过去也当过编辑，这工作未必愉快，因为要看不喜欢看的东西。我也在报纸工作过，除了这一麻烦外，还要写自己所不愿意写的东西，这也很讨厌。关于工作，迄今没有找到好去处，其实最适合的恐怕还是教书，但是一时没有门路，我这个人最不情愿去谋求什么事，所以目前还这么凑合着。说句老实话，我是并不拿人生和事业怎么当回事儿的。

最近写完一部关于义和团的小册子，区区十万字，共总花了九个月时间，光资料就看了四百万字，还写过十来万字的笔记。搞得很累。今年拟写些轻松的东西，譬如给报纸写点小文章，谈谈过去读过的外国小说什么的。另外，还想为周作人著作写一套题跋似的东西。

祝好。

止庵
二〇〇〇年三月二十九日

五

福群先生：

先后收到两信，这段时间太忙，故未及时回复前一信，请谅解。

我说"太忙"，其实是瞎忙，并没有什么结果。文章只写了两三篇，再就是看些校样——不是我的，是知堂翁的。近来颇觉思路艰涩，说来我大部分时间都是这种状态，想写点什么东西的时候很难得。

大作拜读了，也稍稍用心想了一下这个问题，觉得先生似乎把若干并不完全相干（或者说关系不大的）的内容联系在一起谈了。如所引毛选中的一段注解，实在是别一问题，与我们讨论过的了不相干。这是时代使然，夫复何言。所说周、潘乃至唐德刚的"注"，则出诸个人识见，与古人正相仿佛。这里"古人"大概应该特指中国，因为传统如此，一向觉得"注"经典较之自己"著"更有价值。我读得最用功的大概是郭象的《庄子注》了，他简直自成一家之言，《庄子》不过给他提供一个由头而已。这一传统到了近代，从整体上讲已经断绝，倒未必是才力不够，首先是不必如此了。周、潘二老，古风犹存，其实他们若是写自己的希腊神话研究或性心理学研究也无不可，说到底可能还是"找个由头"罢。当然"注"这形式较之正经论文来得自由，随意；有话则长，无话则短；另外，在现成的语境里好说话些。总之不宜拿古人这方面的成就来规范今人，今人别有成就。

我自己倒是做过一次"注"，即《樗下读庄》，虽然并不是通常那种注释。不知此书先生看见过么。

祝好。

止庵

二〇〇〇年五月十日

六

福群先生：

收到您的信是件高兴的事，有如朋友间聊天。既然如此，我就"知无不言，言无不尽"，有谬误处，先生多多原谅。

那篇《真正的书话》（原名《关于书话》，在《中华读书报》发表时编辑改为现在这名字，我觉得也可以，收入《六丑笔记》时就没再改回来）是出版社的一位朋友约我写的，不甚方便说不好听的话，某些地方只得闪烁其辞，譬如黄裳，我说"读得不多"，其实读得不少，因为总的来说不很喜欢，又不能直说，只好这么讲了。他的书说实话我只觉得两本好，即《清代版刻一隅》和《来燕榭题跋》，其余都不大以为然，有时甚至有点儿反感。一是思想上往往很"左"，一是文字上常常抒情。尝想写"两论"，关于黄裳与孙犁，后来放弃了。黄裳很有书的学问，但他只有光谈学问时才好，若是说别的则经常是代表集体说的，这时的他也就丧失了自己。我不大信服他的见识。即以先生信中所引两段话来说，前一段不过是拾周作人的牙慧而已，而且周氏说过不止一遍；后一段中，至少"贰臣文学"用在周作人身上就不合适。这里不谈对周氏那段历史的评价问题，只就黄裳的话讨论，所谓"贰臣文学"，总得包括：第一，作者被迫成为"贰臣"；第二，他对此有所悔恨。这两点对于周作人都不大对得上号。他是既否认被迫，又不曾悔恨的。其他几位也应具体分析，但至少周氏在这两点上有特殊性。此外还有第三，即周氏在沦陷期写过很多阐述其思想的正经文章（收入《药堂杂文》《苦口甘口》《过去的工作》和《知堂乙酉文编》等集子中），这也值得注意。总之黄裳这番话不仅说得浅了,而且根本就错了。其实他谈周作人的文章,还是以沦陷期在《古今》上发表的《关于李卓吾——兼论知堂》(十八期)和《读〈药堂语录〉》(二十、二十一期,此二文均署名南冠)最有水平,不过仅仅三年之后,他就变了脸由捧人改成骂人了。

谢谢您对《画廊故事》的批评。我觉得油画到了印象派以后,总的来说都不能借助印刷品来看,其中尤其以莫奈和高更为甚。即以高更而言,他那特殊的黄色和绿色(也是与梵·高在色彩上非常不同之处),在印刷品上损失太多。当然其他画家也是如此,倒是雷诺阿的画损失小些。我对于画只知道一点皮毛,《画廊故事》不过是借题发挥而已,若以画论而言则连门还没有走进去呢。

关于卡夫卡,我好像没读到中国学者写的起码的好文章似的。外国的译文倒有不少非常深刻的。

祝好。

止庵
二〇〇〇年五月三十日

七

福群先生:

信得,从您所摘引的黄裳和李庆西的议论看,我倒觉得都未必高明,因为怎么能以卢梭去比方张岱呢。卢梭写《忏悔录》,是有着西方人文主义的背景,这大概可以追溯到文艺复兴,甚至基督教的固有传统；陶庵生当中国明末，与这些全无关系，他哪儿能有"道德、伦理上的反省"呢。在中国，这非得要五四以后，接受了西方人文主义思想的影响，才能够有的。硬把这不相干的两位拉扯在一起，非但委屈了张岱，也唐突了卢梭不是。依我看这根本是个伪话题，无论谁也说不出好意思。说来我最反对把中国古代和外国现代的强加比较，譬如以庄子比尼采，或比海德格尔，或比萨特，觉得都是开玩笑。

前次说到"贰臣文学"，我想黄裳还是出于想当然，觉得所说几位经历相似，然而就算如此，也要他们的文学有共同之处才能这么立论，否则，岂不是跟过去说的"工人文学"或"农民文学"一样了么。庾信与吴梅村的文集都曾读过，我实在看不出两位的文章有哪点儿相像，虽然他们都算是"贰臣"。至于周作人，他何曾写过吴梅村那种悔恨之作呢。从《老虎桥杂诗》（与后来出版的《知堂杂诗抄》不尽相同）到最后的《知堂回想录》，大概有二百万字的文章，此外为译文写的注释也有上百万字，找不出这样的内容，反而一直很坦然，很平静，"贰臣文学"真不知从何说起。何况他也不能算是"贰臣"，他只做过一次官的。最怕就是这样想当然说话，或者发表些皮毛之见，以为有所创意了。

关于批评，我在《有是事说是事》中说，平庸不一定就要被批评，如果单单是在表达自己，我们正不妨宽容地讲"贫非罪"；但是如果说的是别人，那就不同了，因为人家本来可能是不"贫"的。大概可以说是我的批评观。总的来讲，作家有些纰漏还情有可原，若是学者没学问没见解则无论如何不能原谅，所以我对这批人尤其持怀疑态度，不管他们名气大小。前几天在报上偶见小文，说到青年作家需要补课，我觉得又是在说套话了，中国需要补课者何止青年，恐怕中老年更需要也未可知，大约自七十岁以下，学问都有欠缺罢。其实我对整个中国当代文学都隔膜得很，小说有二十年没读过了，散文如先生信中抄引的一段话中提到的一干人等，只是偶尔在报刊上看到一两篇东西。二十年来的中国文章，我只对两个人非常佩服，一是杨绛，一是谷林。从前与人对谈散文，曾有番话说："杨绛散文的朴素之美，使得我们从沉溺已久的浮夸做作和滥抒情里抬起头来，看清楚文章原有如此之大的高下区别，她恢复了一个不移的尺度。谷林面对的则是已成为一种时代病的无所不在的粗糙，在这样的氛围中他的精美几乎成为绝无仅有的了，他仿佛是作为文化的值守而出现的。当然更应该指出的是他们文章的价值绝不仅仅是在表现上，表现是与其内涵相一致的，他们其实都对历史、社会和人生有着特别深厚的体验与感悟。前有杨绛，后有谷林，二十世纪最后的一二十年里中国散文给未来这份礼品是够丰厚的。"至于同辈的人，觉得钟鸣很不错。

祝好。

止庵
二〇〇〇年六月二十五日

八

福群先生：

信得，前此已在《书评周刊》上读到大作，谢谢先生的鼓励。我那篇文章的刊出却很使我气恼，因为这是他们约写的，却给改了题目，而且特别不堪，原来的题目是《"新证"与〈诗经〉的阅读》，虽然平平，总归明白，改成现在这样子简直不通之极。前次也曾改过一次，我还专门写了一篇小文章，在别的报上发表，现随此信附上，请先生一阅。我想大概编辑喜欢煽情或热闹的名字罢，则拙文之不合时尚可想而知了。如果将来还能出书，再一一改回罢。

关于先生的大作，我觉得思路很是清晰，也说得明白，惟独有一点想略加解释的，就是我说"非正统"和"不规矩"原本是不同的两个意思，其一指思想，其一指文章。我在别的文章中说不喜欢载道的文章，不喜欢因循的文章，不喜欢盛世的文章，此"载道"即对着"正统"，"因循"即对着"规矩"，若"盛世"则与"好话好说"及"合情合理"居于相反位置，但又特别有所强调罢了。先生后面将抒情散文说是"正统"，则与我的看法有些不一致，我觉得现今这种抒情散文，其实在古代倒是野路子，甚至没有多少成绩；那时的正统文章是像韩愈《原道》这路东西，还有那些策论，当然也还可以扩大点看。我在《散文漫谈》中说：

"话题从一〇〇〇年开始，也就是宋初时候，这里上来要遇到'唐宋八大家'里的六家，即欧阳修、苏洵、苏轼、苏辙、曾巩和王安石，他们一向被视为正宗，到现在至少《古文观止》里所收篇章，不少人还是当作范文来读的，其中最有影响的又当说是策论和游记，说实话都不怎么样，策论往往故作惊人之语，颇不讲理；游记则多半空洞无物。这些毛病也就是此前韩愈和柳宗元的毛病，就整体而言，唐宋八大家正是代表了中国文章坏的一面。后来的唐顺之、归有光和桐城派如方苞、姚鼐、曾国藩等，也是如此。桐城派更将八大家载道的弊害变本加厉，按他们讲的'义法'来写，只有把文章写糟了。回过头去看这一千年间的中国散文，我觉得正统和规矩两路都是要不得的，要想体会中国散文的好处，须得反其道而行之，从非正统和不规矩的方面着眼。"

后来的抒情散文，若论根子是有一部分扎在八大家和桐城派那儿的，但是八大家和桐城派所写却似乎还不能够以"抒情散文"这个名目来概括。不知您以为如何。不好意思，您写了夸奖的文章，我却要来更正，似乎不通人情，但是我想我们也算知己，无须乎客套，所以径直说与先生听了。请多原谅。

北京今夏大热，做不成事，恰恰今夏我不想写东西，只做些知堂的书的校对工作，于是也就可以混过去了。

祝好。

止庵
二〇〇〇年七月十八日

九

福群先生：

收到来信，知道先生心境不佳，其实我也是差不多。偶尔写篇小文章，多是报纸约写的书评，无甚大意思。今年共总写了三十篇。又，前有出版社邀写"童年记忆"，考虑一年之久，决定写一本关于读书经历的小册子，以消磨时日也。现已写得四章，预计要写十章，大约七八万字。如果顺利，十月底可以交稿了。明年拟写一本关于《老子》的札记,一来探讨一下中国文化中的一个问题,即阴谋学是也;二来破破世间所谓"老庄"的谬说。反正是找点事情来干。人间事还是想开一点罢。

编辑改稿一事,前信已经谈及,兹不赘述。我经常向编辑要求:可以删削,不可以添加。添加则意味着要我负不该负的责任,岂不冤枉。之所以写《谈文章》,即是这个缘故。

《苦雨斋译丛》乃是一年半前出版,且非我所编,我只是给出了主意而已。先是我发现《希腊神话》始终未曾出版,而原稿犹在译者家中,遂建议印行,因为怕再有什么变故致使这稿子失传了。及至这书编辑之时,我又分别听了两位朋友的劝告,去建议添上另外两种,即《希腊拟曲》和《全译伊索寓言集》,凑成一套,并且贡献了"苦雨斋译丛"这个名字。待排版毕,《拟曲》一种太薄,不能成书,遂又建议与《财神》合出一册,便是现在的样子了。我并给写了一篇短短的总序,略述出版意图。至此我的事情算是已了。出书以前,我连原稿和校样一概没有看过,所以总序有印错的字("《财神》曾收入人民文学出版社一九五七年出版的《阿里斯托芬喜剧集》之中",应为"一九五四年",此文收入《六丑笔记》,那里不错)也未能改正。书出来后,出版社统共送我五套书作为酬谢,额外便是总序与那篇《关于周译〈希腊神话〉》的稿费,一总二百来块钱罢。所得的五套书,当时挑了四位要好的朋友,各送一套,自己留下一套,算是纪念。

其实我做类似事情,多半是出乎一己的兴趣。作为读者,我想读到这本书,乃是关键所在。多少年来常和爱读书的朋友谈及,哪一本书怎么还不出版,就等着读呢。去年有在出版社工作的朋友问有什么选题方面的建议,遂告之曰可以出版一套谷崎润一郎的作品,他们便去找叶渭渠组织翻译,现在这书也已出版了,我则得着一套样书。此亦一乐事也。说来别的不敢夸耀,若读书则亦无须太过谦虚,盖多少年来所正经干的惟有这一件事情耳。写作还是余事。

匆匆,祝好。

止庵
二〇〇〇年九月十一日

十

福群先生:

信得。关于苏州小文愿意一写,不过大约要到十月下旬才能交稿,现在正写有关往事的小书,拟写完了再写别的,所以要请先生代为向稼句先生讲一声。待交稿时我再专门给他写信。替我谢谢他的厚意。

有关追忆往事的书已写得六章,约八万字,大约写到十万字便告一段落矣。手边尚积压知堂翁著译的校样有一百五十万言,年底须得校订完毕,又须写几十篇题跋,事情颇多。小文章则写得不多,前信之后止两三篇耳。有一篇刊载在此间报纸,先生恐见不到,附于信末,请一批评。

公司事乃是实在干不下去,所以不干了。人生在世难得快意,然则太不快意却也受不了。正因为"已经步入中年",所以不能再委屈自己。好在我每月开销不多,只吃饭、买书两项而已。住房要交物业、暖气、水电各项费用,大约每年有一本书的稿费要用在这上面。

今年暂且不拟找工作，明年则待机而动，这也需要缘分：一要合适，二要不忙，三要有医疗等项保险，至于工资倒还在第四位也。

我曾经很穷，也有些书因为买不起，错过了。不过我爱读的书多半不畅销，所以再版也难。我几乎从来不看杂志，新出版的书也看得很少，中国作家二十年来所写小说不超过三五种，散文二十种左右，诗则全未过目。翻译书倒看一些。先生所提到的《论摄影》是湖南美术出版社一九九九年七月才出版的，恐怕还不至于卖光罢，不妨写信给出版社邮购一册。此书我读过，的确很好，以散文论（虽然译文不当这么看的）也是好的。

"您们"好像不能算是笔误，北京人平日经常这么用法，虽然有关辞书上无此条目。盖北京人与平辈以上说话，单数一概用"您"，而"你"只能用于小辈，"您们"即为"您"之复数也。我是很喜欢北京话的，收集有五六种辞典，二十五年前自己也曾记录过一小册，可惜后来丢掉了。以北京方言写作的书也爱读，老舍并不纯粹，杂有不少文人腔，古往今来，还当以文康之《儿女英雄传》最为登峰造极。

承蒙先生作文评价拙作，不知可否寄下，先睹为快。

祝好。

止庵
二〇〇〇年十月一日

十一

福群先生：

　　信得，尊作拜读，谢谢你的夸奖，实际上我迄今的著书，自己对这一本疑惑最大，写的时候不敢多写，待到出版后又觉得处处语焉不详。先生文章，我有两处稍有不同意见，而涉及我的书的只有一处，便是谈及高更，你说："这是现代社会展现出的文明和野蛮的冲突。"可能是我写的不够明白，但是原意确非如此，我觉得塔希提岛也好，岛上的那些女人也好，只是高更的"符号"而已，所谓"文明""野蛮"等对高更来说都还是表象，在高更的画里最终呈现的是他自己的心境。所以我是不大接受他在《诺阿·诺阿》里的说法的。这里来解释一下，并非要说服先生，只是希望不被误解而已。此外先生开头提到约翰·施特劳斯，以我个人之见，可以说是最不喜欢他了，觉得特别有小布尔乔亚那种轻浮浅薄，所以在有关雷诺阿一篇中顺便说"施特劳斯的音乐总给我一种脑满肠肥的感觉"。这与先生的文章无关，只是我未免希望另举一个例子更舒服些，当然最好也不是贝多芬或柴科夫斯基。此文由我转寄似有不便，因为内容与我有关，请原谅。

　　你看，我又与你唱反调了，还是希望你能原谅，我觉得朋友之间应该知无不言，言无不尽。这里可以顺便说说音乐，我在这方面最是外行，偶尔听听而已。最喜欢的是中世纪教堂里的歌唱，在法国买到几个CD，视为珍宝，真是丝竹之声不如肉声。此外喜欢室内音乐，尤其是四重奏，总觉得仅仅是演奏者彼此之间的交流，而观众不过是旁听而已。"旁听"我认为是最理想的接受方式，无论文学，还是艺术。独奏就未免强加于人。交响乐则有点儿造势的感觉。交响乐最喜欢肖斯塔科维奇的，因为最黑暗。我不喜欢两种音乐（文学和其他艺术亦然），一是张狂的，一是甜俗的，此所以对贝多芬和柴科夫斯基皆有点保留也。

这些话，都是朋友之间闲聊而已。

昨天写完了关于往事的小书，计十万字。拟再修改一遍。所以关于苏州的文章暂且还写不出，下星期才可以交稿。

前次寄去的《优秀解》和《思考起始之处》，谈到对"文革"前文学的评价，后一篇还有对中国知识分子的看法，不知先生以为如何。

祝好。

止庵
二〇〇〇年十月十八日

十二

福群先生：

信并大作收到，谢谢。文章我拟择一合适之处寄出，然则其中有个别地方说法似乎略有疑问，在此试一申说之。关于德尔沃，"德尔沃带领我们一起成为他的梦里的梦游者，只有退到梦境之外，我们才能真正看见我们想要看见的东西。在使人向往的同时他也使人困惑和无奈。"如果先生看过他更多的画的话，就知道这话是特指的，不能用之于别的画家，这不是我的"眼光"，更与"旁听"的接受方式无关。德尔沃许多画中都出现衣冠楚楚的男人和赤身裸体的女人,一同漫步在古代的广场、苑林或大道上,我的话是针对这个说的,即那种男子代表着我们的欲望,但我们认同这些仿佛梦游者时,却看不见那些女人;只有脱离这一认同关系即退居观者的位置时,才能看见。他的画同时是梦游者经历的记录和梦游者梦境的记录。下文所说"隔绝感"即是此意。《画廊故事》里关于每位画家的话都是特指的,需要看过他一定数量的作品才有共鸣。在我所有的书中,《画廊故事》与《樗下读庄》读来最困难,因为要首先了解所谈论的对象,进而还要与我的感受发生共鸣(或不同意见),然而《樗下读庄》将《庄子》原文尽皆附入,尚有了解便利,《画廊故事》则非得另外去找大量的画来看也。这是我给读者出的难题,所以是我的失败之处。将来如有机会,我倒很想重出一本,每则文字至少附上三幅画,那么庶几一目了然了。另外关于高更一节,似乎也还没有说透,我前信约略谈之,语焉不详,似乎没能让先生完全理解我的话。当然所有这些,都是我自己的问题,与先生并无关系。不过我为写这书,的确做了很多准备,譬如谈到帕森一节,我因为此前只看过他两三幅画,不敢轻易发言,但是我对他印象又很深,觉得不能绕过,而他的画册又很不容易找到,所以特地请家姊从美国买了他的一本画册寄来,此书有画九十一幅(素描七十四,油画十七),我看了之后才写出此寥寥八百余字也。这是我的笨拙之处,但是平生惟独读书、写作二事不敢苟且,《画廊故事》虽然写得不好,其中未曾敷衍倒是可以保证的。这里或许有个读书(不是说读我的书,我的书原本不值一读)的方法问题,我是主张仔细读书,认真体会的。即如古人所谓"皓首穷经""格物致知"。而且，读书是要有一定准备的。这样才能"契合"。而不完全想通了，则不敢说话。至于自己看法是深是浅，那是另外一回事。不知先生以为如何。

我近来所写书评，其实都是借题发挥，《思考起始之处》亦然，所谓"思考"是我的，与陈著无关。记得先生曾打电话来嘱我阅读《黄河》上写郭小川的文章，即此书中之一篇，我写的便是读后感也。为写此文重新读了几首陈文中标举的郭诗，《团泊洼的秋天》多极"左"语言自不必提了，《望星空》竟也有"我只是一个小小的兵将"这种话，什么叫"兵将"呢，如此不通，论家竟奉为经典，新诗其不行亦可知矣。

稼句先生命作之文昨晚写就，今日已寄给他了。

祝好。

止庵

二〇〇〇年十一月七日

十三

福群先生：

信得，先生太客气了，其实感受人人不同，我前信只是说彼此有些出入而已。较为重要的倒是不说现成话，所以"理所当然"与"想必如此"皆为我所不取也。

钱某之文未读，"江郎才尽"的话题我不甚关心，正如李中主所说"干卿底事"；而且将此转化为一种行为规范，尤为我所不敢苟同也。先生文章末尾所谈青年作家出版文集事似与"才尽"了无干系，抑或发此言之前胸中尚存有一文集等于总结，而总结等于完成之念欤。此推断前半可以成立，后半则不然也。不妨一阅川端康成之《文学自传》，以及有关蒲宁、安德列耶夫、索洛古勃等的文章，至少日俄两国作家三四十岁皆已出版文集矣。鄙意此事殊不值得大惊小怪。

若依我的看法，五十年来中国文坛，"才尽"者固有之（譬如今日之张中行、季羡林两氏），更多的怕是压根儿没有过才，而自以为有才，此所以我对这一话题不感兴趣也。譬如诗歌界，曾经颇为有名之李季、阮章竟、严辰等根本不曾明白过诗为何物，连诗的门在哪儿都没有找着呢，如何谈得上"才尽"，真是高抬此诸位了。若郭小川、贺敬之则好像有才，别人亦以为他们有才，实则都是假的。

前次所写《散文漫谈》因为只涉及一千年来散文，故此前的著作均未涉及。先生所说的三本书均为我素所爱读，古希腊、古罗马的好书尚不止《编年史》与《希腊罗马名人传》两种，商务出的那套历史著作几乎每部都非常精彩，我均已买到，实为平生珍爱之书也。至于僧惠皎之《高僧传》，说句大胆的话，似乎比《史记》还要得我心一些，在纪传一体中恐怕要算是最上乘的了。《散文漫谈》甚粗疏，不值一看。近日完成之往事回忆一书中有《读散文》一章，计一万两千字，大概稍得要领一点儿。

顾君的书无须寄我，但要谢谢先生的厚意。寒斋已贮书近两万册，实在读不过来，不能不有所简择。除为写书评不得不读者外，还是希望读些自己更喜欢的东西。我觉得如果时间有限，五十年来的中国书除杨绛等极少数者外，不如置之一旁，以后再说，小说、散文均如是（连我也在内），且先看此前的作品要紧。总之我是不爱读"新书"的。至于我前后就近年来之中国小说、散文、诗歌所写的若干小文，都是一时感想，不能算是评论。

匆匆，祝好。

止庵

二〇〇〇年十一月二十二日

十四

福群先生：

承蒙两次惠寄刊登拙作的报纸，谢谢。还要感谢你指出拙作的错误。关于苏州并无什么新鲜话要说，所以只能抄旧作了。前些时写有关读书回忆的小书，题曰《插花地册子》，年初约可面世，其中有云："一九八六年春天我在苏州呆了一个月，给母亲写了两封长信，各有一万来字，后来整理为一组游记，取名《姑苏一走》。游记本无足道，但文字与此前确有不同，开始变得朴素，也略带涩味了。"近日重看一遍，觉得有关文化的两则尚有些许意味，遂抄录在文章中，交卷了事。

尊作日前已看过报纸，因没有读《鸿儒遍天下》原书，所以不能有甚批评，只觉得作者所说的各个"学派"，划分得多少有些可疑，譬如"以陈独秀为代表的新青年学派"，"以胡适为代表的实践（疑为'验'字之误）主义学派，以顾颉刚为代表的疑古学派，以傅斯年为代表的史料学派"，这之间怎么个关系呢。胡适一人，似乎便（先后或同时）厕身这四个"学派"之中。当日中国似乎没有如作者所说之如许多的"学派"也。至于中国学者在近五十年间总体上的表现（学术与政治），则我颇觉不满，未必有多大成就可言也。譬如季羡林，即是被严重地过高评价了。我看他关于"东方文明"的一番话简直是胡说八道，他的散文其实也写得不怎么样。

近日集中精力校订知堂旧作，绝少作文。偶写关于服装文化小文二则，其一已发表于《书评周刊》，原题《贞德的着装问题》。此皆为消遣之作，无足道也。知堂旧作大约近日可以校订完毕，此事足足忙了一年，也算是把他的书又逐字逐句看了至少两遍，要讲所得，正在这里。

又是一年过去。此一年间，除校订周著译四十二种外，自己写了两本小书，又作短文计四十四篇，总共约三十万言。但是有些想读的书没有工夫读，未免遗憾。

恭颂

新年快乐

止庵
二〇〇一年一月一日

十五

福群先生：

信得，所嘱作序之事，于谊不能辞，虽然我很怀疑自己是否有这个能力。不是客气。五六年来为同辈人作品写过些小文章，《如面谈》与《六丑笔记》中都收有，过去一年所作未及结集，但此种文章也还有一些。我其为爱护我的朋友所不断批评者，主要为此。我知道写不好，主要是因为对近二十年来的文学作品缺乏总的了解，所以不能比较，于是说出的话也就失去了标准了。如果为先生写文章，恐怕也难逃此命运。相比之下，若谈先秦、魏晋、晚明，乃至五四的文章，所说反而不会太过离谱，盖因大半读过了也。我本拟从此戒除此类文字，如果非写不可，则王顾左右而言他，前些天为沈宏非之《写食主义》写了篇小文，即用这办法，此文已刊登在《北京晚报》，现附于此信之末，请先生一看，不知较从前所写类似文章好些不。先生嘱写序，不知可否允我还用这法子么。其实如果写一篇《与黄福群君论散文书》，似乎倒较为便当。也就是说，多讲道理，少甚至不联系实际。至于"指正纠偏"，则实在做不了，因为我自知见解甚为偏颇，这对自己无不可，用以核定别人则大不恰当也。请先生多多谅解。

匆匆，祝好。

止庵
二〇〇一年一月十六日

十六

福群先生：

信得。所附三篇大作拜读，觉得舞蹈一文最有趣，只是似乎对"坦腹露肢"辩解稍嫌多了点儿，此事恐怕国人已不那么抵触，我想可以少说两句，只说它好就行了，这样更纯粹一些。绘画一篇，稍有不同看法，盖西方绘画原本以解剖学等科学为基础（可参看达·芬奇著作），故而安格尔之错误真是一种错误也。至于看去感觉如何，则是另一问题，二者不宜混淆。先生所说"追求完美是无止境的，绝对完美恐怕更是难成事实"，此语甚对，然而推论到"一件艺术品即使真留下那么一点遗憾，也未始全是坏事"，似乎便有些问题了，因为对于画家本人来说无论如何这也是件坏事；而正因为不可能完美，所以才要努力追求完美，否则一切都落空了。不知先生以为如何。附带说一句，对陈逸飞我一向有点儿瞧不起，画中手的样子很别扭亦在参观其画展时有所感觉，此又与安格尔之追求美（倘若他的学生可以代表他的话）有所不同，我猜想还是功夫不到家的缘故罢。抄书问题，我恰恰也写过一篇小文，曾经发表在《中国文化报》上，与先生所说侧重点略有不同，兹附于信末，请阅。

近来在为知堂著作写题跋，总共三十六篇，才完成一半耳。先生所需之序，尚未动笔，须待把这档子事做完才能着手也。我赋闲在家已近半载，原拟另找一工作，谁知越闲越忙，一天下来，较之过去还没有时间，许多想读的书都未读，此真是一种苦恼。

谢谢你向《姑苏晚报》推荐拙文，其实拙文枯燥晦涩，恐怕无甚读者要看罢。

祝好。

止庵
二〇〇一年二月十二日

十七

福群先生：

　　信得，迟复为歉。近来甚忙，除仍在校对周集外，又欠了一堆文债，都是书评，或序言，这须得将原书一一读过，写文容易，而读书需要时间。前信所述三十六篇小序倒是都写完了，共近六万字，可能可以单独出一本小书。此是题跋一类，想法未得畅快说出，若以含蓄论倒也不错，只是我关于周氏的确有不少想法，这一年里把他的文章通读达三遍之多，也算是用功了。我觉得编书好处在于可以一读再读。今人文章，若鲁迅、周作人、废名、张爱玲四位，我敢说熟悉二字，其余则流览而已。至于五十年来中国内地文章，只杨绛、谷林可读，其余不论可也。

　　先生信中所谈太过客气，其实文章之道，见仁见智。我所建议于先生者惟有一点，即思考如能打破常规，就好了。我觉得看一两本禅宗公案，可能有好处，譬如《五灯会元》《古尊宿语录》等。禅宗有"见山是山，见水是水"之说，然而达此境地，先得"见山不是山，见水不是水"才行。我看报上、杂志上，泛泛之论也太多了。对于现成说法，包括评价、议论，等等，于接受之前，最好是先经过一番思考；思考之后，可能与这说法一样也未可知；然而不一样也是允许的。我看先生寄来的文章，对于所谓定评或所谓名人之见，似乎信赖过多。此为先生之善良处，然则于为文未尝不是妨害也。

　　一两天内寄上拙作《插花地册子》，请先生批评。此书乃是随意写的，简直算不得文章，盖因出版社的朋友有写自传之邀，予何人哉，敢写这个，于是乎偷梁换柱，写成读书回想录了。不过我对小说、散文、诗歌等的看法，大致归纳于此。我答应一家出版社写一本关于《老子》的小册子，大约一两周后可以着手，此书与过去写的《樗下读庄》不同，只是说些闲话而已。争取夏天完成。

匆匆，祝好。

止庵
二〇〇一年四月二十二日

十八

福群先生：

先生信中所说《新艺术的震撼》，我所有的也是那个版本，的确译得不好，校对也欠佳，不过还是凑合看罢，这个年头儿，哪儿还有样样都好的事情呢。至于先生所说"马塞尔·杜桑"与"马塞尔·迪桑"，当然都是 Maecel Duchamp，但先生既然已知其为一人，则阅读无妨碍矣。记得从前与先生谈过译本问题，我当然想读好译本，但读不着也只好退而求其次，此之谓开卷有益也。

先生信中所引浜田正秀的话，鄙意不甚以为然。总觉得太过向上，太过振奋。颓丧没落亦是文学，只要有心情写出来便好。说实话我自己是颓废到了极点的人，一年之中有大半时间不想做任何事情，屈指算来有心情工作的日子不超过百日，只是一旦能够工作，效率还可以，所以还能做成一点事情。常常看见写文章的朋友，一天到晚写个不停，一则羡慕他们好心境，一则嘲笑他们无效率也。

一笑。

五一前后,以整整十天工夫看了一部《没有个性的人》(穆齐尔著),计一千二百页。我有多年不曾花这么多时间与精力读小说了,所以自己感觉颇佳。

谢谢先生惠寄的报纸,拙文枯燥乏味,而为《晚报》不弃,斯亦一奇事也。或许乃是先生的面子亦未可知。这里再寄呈两篇,用供补白而已。

匆匆,不多写。祝好。

止庵
二〇〇一年五月二十一日

十九

福群先生:

信得,并拜读大作。

关于禅宗,我系于十几年前,继读《庄》之后,以半年多的时间专门参悟,觉得有所体会,乃至对思想与写作均大有好处焉。这回看先生《焰里寒冰结》,觉得尚有些"隔",未免犹不肯放下心中一番理念,以理说禅,好比不得其门而入。坊间有张中行著《禅外说禅》,当年我亟欲读之,张氏请人送来一部,读之大失所望。禅外说不得禅。顾随著《揣龠录》一书,甚是精辟,即因其在禅堂内说禅也。禅家有"棒喝"一说,《五灯会元》《古尊宿语录》中的公案,皆有如一棒一喝,一棒一喝有甚道理,打消你头脑中固有道理而已。记得从前给朋友写信，有云："什么都不法，就法了自然。"此语或近禅意。禅不是对"是"说"非"，亦不是说此"是"之外尚有彼"是"，乃是连"是非"一并破了，由此得大自在。非破某一法，乃破一切法，连同"破"亦要破了才是。故而禅宗只破不立——倘若有立，立在于破也。

在我看来，西方之"后现代"，与禅颇有相通之处，或许禅还要更彻底些。前信提到的马塞尔·杜尚，他最得禅意。

我最近写完关于《老子》的小书，很感疲倦，所以每日看些DVD以为消遣。文章则久不作矣。六月间把《六丑笔记》之后的书评编为一集，写得一篇小序，乃是末了一篇，附于信末，请先生一阅。

匆匆，祝好。

止庵

二〇〇一年八月四日

二十

福群先生：

很久没有收到来信，得之甚感快慰。这半年来很少写作，见诸报刊者尤少，高更那篇系十月初所作，原题《关于高更及其不幸》，编辑乱改，遂与内文所说完全矛盾矣。文章亦被擅行多分出若干段落，简直面目全非，将来如有机会收入集子，再来恢复罢。这里谈到分段，我的习惯，是文章尽量少分段，尤其不要一两句单独分段，那样看着很零碎似的。

关于高更，我的看法，已经写在《画廊故事》里，如果细说，可以一幅画一幅画地谈，但是要待有机缘才行。前些时写过一篇小文章，提及高更，兹附于信末，请先生批评。

舞蹈我自觉不能懂得，所以无法发言。有关书籍也很少阅读，检点敝书柜中，不过区区三种，即：《邓肯论舞蹈艺术》（上海文艺出版社一九八五年十二月）、《生命之舞》（蔼理斯著，三联书店一九八九年十二月）、《西方舞蹈文化史》（瓦尔特·索雷尔著，人民大学出版社一九九六年十月）。蔼理斯那本只有一章论及舞蹈。《西方舞蹈文化史》一书甚好，想必先生已经读过罢。先生大作，方便的话希望寄下，拜读为幸。

自八月完成关于《老子》的小书（取名《老子演义》）之后，便一直闲着，偶作小文而已。本来想写现代散文史的，且已将鲁迅全集重读一过，写了一些札记，但是终于还是把这计划中止了。因为现代散文自有源流，即以鲁迅而论，谈他的文章，就要涉及佛经、魏晋文章、晚唐文章等，还有来自外国的影响，而且不能一笔带过，需要详细对比。拟自下月起，开始新的工作，即研究唐诗感官审美问题，争取以八九个月的时间，写成一本论著（形式尚未定）。第一步是要通读一遍《全唐诗》，记些笔记。

望保持联系。祝好。

止庵
二〇〇一年十一月二十五日

二十一

福群先生：

  信得。叶赛宁诗集，寒斋除那本上海译文的之外，还有一本浙江文艺的，但是也不见先生说的《给邓肯》，我好像记得读过这么一首诗，或许是在《外国文艺》或《世界文学》上登过也未可知。未能给您办成这事，请原谅。

  舒芜谈知堂的文章，曾汇录为一书，题曰《周作人的是非功过》。我通读过一遍，觉得所谈尚嫌肤浅，感想而已，谈不上研究，盖因其人理论水平原本不高也。何满子文章也看过几篇，简直不值一提。至于舒芜被骂，何的话或许无聊，然而舒芜当年所做之事，的确可怕，依我看永远不可原谅也——不仅受害者，所有的人均如此。宽容云云，只在人的范围之内，此乃非人举动，谈不上宽容。或者说如此做法，乃是服从的结果，我觉得这就更可怕了。德国有"普通的法西斯"一说，所指就是这等事。历史上有个人可与之相提并论，即写《青箱杂记》的吴处厚是也。

  《不守法的使者》是《画廊故事》的修订本，配了些图。

  近来写些小文章，随信附上新写的一篇，发表在《中国文化报》上。前信所说的唐诗研究尚未构思，更不知何时起手也。

  恭颂

新年好

止庵
二〇〇二年一月四日

二十二

福群先生：

　　两封信均已收到。《"慢慢走，欣赏啊"》确是自家起的题目，因为一时想不好叫什么名字。此文原来稍长，《文汇报》索稿，而又提出字数要求，于是自己做了删节。现将原文与前信索阅之谈穆齐尔的文章一并附于信末，请先生批评。

　　感受问题，为我素所关心，亦曾在小文中多次谈及，这其实是一种兴奋或敏感状态，总归有所发现，而这发现首先是感性的。至于感受与观念的关系，它可能只是观念的起始；抑或伴随观念进展，而成为观念的形式。先生所举谭盾、卞祖善的例子，的确涉及感受问题，后者显然缺乏感受力；但是另一方面，感受又是相对自由的，不能归于一律。

　　匆匆，祝好。

止庵
二〇〇二年四月十五日

　　前信提及之肖斯塔科维奇的《见证》，我读之尚在二十年前，此书系由外文出版局《编译参考》编辑部编印，内部发行，名为《肖斯塔科维奇回忆录》，乃是平生爱读之书。又及。

二十三

福群先生：

信得。彼此不通音问久矣。在我亦是一切如常，差不多处于退休状态，很少出门，每日里读书、看碟，偶尔写点东西，也都是些小品文之类，这一年间几乎就没写什么像样的东西。最近七八年间，写了近二百万字，加上编的书则将近千万字了，好像也该知足了，也许就此歇手亦未可知。真正觉得不写可惜的东西并不太多，勉强说只有一部关于《论语》的研究之作，其他则写不写两可也。不是说没有想法，但是有些事情想过——而且是很认真地想过——也就完了，一定要写成文章么，其实未必。

我写文章是希望能够真正解决一个问题的——这问题也许不大，但是把它想明白了，从而说些别人没有说过的话。泛泛而论，总觉得无此必要。或许这比较接近于你信中所引江寄萍氏的看法，所谓有意为文，即是意思不够，文章来凑。《易传》引孔子的话说："修辞立其诚。"我近来想此语甚佳，我们平常写文章，把意思讲明白了就行了；如果讲不明白，那么就要调整一下字句，这就是"修辞立其诚"，亦即"本色"是也。超出这个范围，乃至反其道而行之，修饰文辞以掩饰意思欠缺之处，那就是"修辞立其伪"了。说来发表与否倒在其次，"修辞立其伪"，写出来便已错了。不知尊意以为如何？

胡兰成的著作，我读过《今生今世》，"民国女子"系其中一章。此人悟性甚高，文字也好，但尚且不及张爱玲之浑然天成，也就是说，多少还有做作处。从前谈论过"才子文章"，胡亦属此派，至少比昔之林语堂，今之董桥要好得多了。

祝好。

> 止庵
> 二〇〇二年十月四日

二十四

福群先生：

七日信得。

先生有关写作与发表的议论，恕我直言，未免稍嫌不很通达。譬如偶有想法，想过也就算了；适有人唤你作文，于是记它下来，此时发表但是一契机耳，未必影响文章写法。无此契机，则文章根本不要写了。关键在于写文章时的心态，倘是有心鼓动宣传，即便无意发表，也已是矫饰做作了。发表只是形式，关键不在于此。关键在于写作是否是对象化的。知堂翁有《谈文章》一篇，收在《知堂乙酉文编》中，讲这道理最是明白。不知先生看过也未？

先生可拿这话去看余秋雨辈，一举手一投足都是做作，正是做作人写做作文，发表与否却在其次也。

赫拉巴尔但知其名，系捷克作家，尚未读其书。似乎需得读过作品才能断定是否天才，光看行事大概不足为凭。惟不知何处可以读到耳。

关于订阅报刊，我无甚意见可以贡献，刊物我几乎不看，报纸也只读一份本地的，略知新闻而已。我是向来不喜欢看新书的，连带着报刊也不看了。

近来偶尔写些小文章，不值一提，其中稍为用心的，是写了几篇关于小说的文章。今年实在是荒年，真正做的事情只有一件，即整理了周作人译的《欧里庇得斯悲剧集》和《路吉阿诺斯对话集》二书，总共将近二千五百页，大约年底可以印行。做完此事，则将近十年来主要做的整理周氏译作之事，也就可以告一段落。作为他的读者，我也对得起他了。

祝好。

止庵
二〇〇二年十一月十二日

二十五

福群先生：

过年好。

信得。我尝治《庄子》，其要义若云：人皆自适其适而已矣。此番你我讨论之问题类此。以我个人而论，乐趣即在想通一件事情，如此方不算白白读书，亦方可以写为小文也。

我实在是个与当今世界无甚关联的人，有条件读点自己愿意读的书，就这些书的话题说点自己的看法，此愿足矣。我看世人读书往往存个"了解动向"的念头，实则此"动向"与我个人何干乎。所谓自己的园地，亦即首先不是他人的园地是也。

春节前后惟以读书自娱，先是看了卡内蒂的《群众与权力》，现在正在读纳博科夫的长篇小说,寒斋所存计十二种(他一共写过十七种),拟一并读(有些是重读)完,现已读到第五种了。

前信所谈之赫拉巴尔,中国青年出版社在出他的书,已得两册(三种),有暇当一读之,届时可以接续上回的话头一谈了。

萃诣世兄喜欢音乐,令人艳羡,我于此实乃外行,不过肖的交响乐譬如第五、十三、十四等均很喜欢。

去年夏天写过一篇有关舒芜的文章,在《书评周刊》和《中华读书报》上先后刊出,先生或已看过。信末尚有空白,姑录于此。记得我们就这话题谈过。

祝好。

止庵

二〇〇三年二月十日

二十六

福群兄:

刚刚读到《藏书报》上你的文章《关于书话——兼谈王稼句〈看书琐话〉》,很感兴趣。其中谈及写文章的态度,有云:"这里还有一个主动写作与被动写作,有目的写作与目的不确写作之分,随之也就带来'放松'程度的不一。"我觉得说到底这还是两码事,此论似嫌太从外在着眼。这方面要数知堂老讲得最恰切,见《春在堂杂文》:

"……文的好坏说起来颇有问题,因为论文的标准便有好些差异。有喜谈义理者,不但主张言中有物,其物还必须是某一派的正统思想,所以如不是面红耳赤的卫道,或力竭声嘶的辟邪,便不能算是好文字。又有好讲音律者,凡是文章须得好念,有如昔人念韩愈《送董邵南序》,数易其气而后成声,然后铿锵镗鞳,各有腔调,听之陶然。然而在此二派之外还可以有一种看法,即是不把文章当作符咒或是皮黄看,却只算做写在纸上的说话,话里头有意思,而语句又传达得出来,这是普通说话的条件,也正可以拿来论文章。我就是这一派看法的,许多传世的名文在我看去都不过是烂调时髦话,而有些被称为平庸或浅薄的实在倒有可取,因为他自有意思,也能说得好,正如我从前所说有见识与趣味这两种成分,我理想中好文章无非如此而已。"

鄙意以为,写文章态度上的分别,正如这里所说;其末了一派即是"放松"者也,而一二两派则与之正相反。老兄说的"主动写作"或"目的不确写作",照样可以"喜谈义理"或"好讲音律"。是乃看似主动,其实还是被动;看似目的不确,其实仍有目的。非但写文章,即便写信、写日记,未必不会高谈阔论,或拿腔作调。另一方面,"被动写作"或"有目的写作",亦无妨"自有意思,也能说得好",只要自家能够把持得住。王稼句此书,便是一个例证。

不知尊意以为如何。

祝好。

止庵
二〇〇六年十一月五日

二十七

福群兄：

　　信得，迟复为歉。

　　我到新星出版社工作，迄今已一年半。其间经手出过两套书。一曰"周氏兄弟合译文集"，有《红星佚史》《域外小说集》《现代小说译丛第一集》和《现代日本小说集》四种。一曰"大端文库"，有《今昔物语》（周作人曾以两年时间校订）、《获救之舌》（埃利亚斯·卡内蒂著，自传三部曲之一）、《耳中火炬》（著者同上，自传三部曲之二）、《眼睛游戏》（著者同上，自传三部曲之三）、《创造的传奇》（费·库·索洛古勃著，由《血滴》《奥尔特鲁达女王》和《烟与灰》组成的三部曲）、《撒旦日记》（列·尼·安德列耶夫著，包括《谢尔盖·彼得罗维奇的故事》《黑暗》《加略人犹大》《野兽的诅咒》《善的法则》《他》《牺牲》《战争枷锁》和《撒旦日记》）、《绝境》（米·彼·阿尔志跋绥夫著，包括《绝境》和《工人舍维廖夫》）、《士官生》（亚·伊·库普林著，包括《所罗门星》《圣伊萨基·达尔玛茨基尖顶》《时间之轮》《士官生》和《扎涅塔》）、《此前此后》（保罗·高更著）和《信》（简·奥斯丁著）十种，其中除《获救之舌》及《工人舍维廖夫》（鲁迅曾据德文转译为《工人绥惠略夫》）外，均系首次翻译出版。他事则乏善可陈。

　　这几年写作较少，二〇〇三年至二〇〇五年的文章，编为《相忘书》出版；此后所写，大概不到二十篇。另有《周作人传》，尚未完稿。

　　新近编一小册子，系致友人书信选集，包括给老兄的若干通。

或谓与《止庵序跋》皆属出版过早或根本不必出版者，然则此亦如鸡肋，食之纵然无味，弃之毕竟可惜。又不妨作笔记之类看也。前曾撰题记一则，本拟再写一跋，不过有这几句说明，仿佛够了。

随信寄书一册，请有空翻翻。

祝好。

止庵
二〇〇七年三月三日

致李森 一通

李森兄：

　　吾兄两次来电，深感关爱之情，言语实在无足以表达我的谢意。所谈邀往大学任教事，实为大力提携之举。这几日我所考虑者，主要是自家有何才学，可以担此重任。吾兄对弟褒奖有加，权当鼓励看待；以我自知之明，稍为长项者，但在以下几方面：

　　一，文章学。具体说来，是中国文章学，包括文言、白话两项。弟曾写有若干短文，虽然未曾系统论说，但是确有通盘考虑。若论各期文章，则以先秦、五四两期最所用心，此外魏晋、晚明亦较了解。

　　二，哲学。当然也是中国哲学，而且限于先秦，以及后世对于先秦哲学著作的解释。曾经著有《樗下读庄》《老子演义》二书。在弟的著书中，以这两种学术成分较高。（不过中国哲学与西方哲学实有不同，其主要关心者，还在政治或社会一方面，此外则涉及人生哲学、美学等。）

　　三，艺术欣赏。对于西方现代美术（自印象派至二十世纪五十年代）较为熟悉。曾著有《画廊故事》（后修订为《不守法的使者》）一书。然而弟所关心之点，不在技法，而在审美感受。所以由此点可以敷衍为整个文学艺术（音乐除外）中的审美感受问题。弟于美学，所留心者其实主要限于这一方面，若论理解，也可以说较为深入，或者说打通了，但是限定在这一范围之内。其中我所最感兴趣的，还是感官审美问题。

四，其他方面倒也有些了解，譬如历史，曾著有《史实与神话》一书；然而这本书所关心的，更多的还是思维方式和文化本质问题。另外现代文学也知道较多，与前述第一项不无关系，但是扩大到小说、诗歌等领域了。

不知我的以上情况，是否对学院有些用处？说句老实话，乃是野狐禅一路，但是确有一番修炼，在自家范围之内，并非花拳绣腿，虚应差使。我自忖若是开些选修课程，或许真能贡献一己之见，俾有助于青年学子别开眼界。若是讲授基础课程，则既感力不从心，又复多所约束。此点特予报告，敬请吾兄明鉴。

再次致以谢意。

止庵上言
二〇〇二年六月廿五日

致刘宏 四通

一

刘宏兄：

信得，谢谢你的鼓励。见面时当呈上一册随笔集，请随便翻翻。

所说在电视台讲唐诗宋词欣赏事，似乎可以一做，但是希望能够事先把篇目商量好，选择那些有的可谈的篇目（主要指艺术欣赏方面）；谈的方式，希望随便一点，不要正襟危坐，聊天最好，不知以为如何。客观地讲，我的长处可能主要在于艺术感受，不在主题阐释、时代背景介绍、名物考证这些地方，不知是否合乎你的要求。我现在无事在家，随时可以联系，去哪儿见面均可，也很欢迎光临寒舍。

匆匆，即颂安好。

止庵拜
二〇〇二年八月四日

二

刘宏兄：

　　信得，迟复为歉。我觉得问题还可以再巧妙自然些，譬如由咏月诗问出"对这样的诗，你有什么特别一点的体会吗"？话题便转到理解上。由理解中提到的"寂寞"或"孤独"，引出下一个问题："你记得的唐诗中还有什么寂寞孤独的情景呢？"又是一番理解。然后提问者可以再进一步问到"有些心绪好像是无以表达的，简直无奈极了，是么"？就又说到对无奈的诗的理解了。然后话题就转到"表达"的问题，那么就是关于"意味深长"的一番话了。继而话题一转："也不尽是愁苦滋味吧，还有期待什么的。"这样就说到对于写期待的一类诗的理解。最后问到"美好"，就是顺理成章的了。总之话题最好多有转折，这样有意思些。此外我们这个设想，主旨大概已凸现出来了，乃是唐诗宋词中的人，具体地说是人的情绪，这是古今相通的，永恒的。如果你同意，似乎可以强调一下。现在的问题是要赶紧去找诗词，请根据经验，告诉我大概一共要多少首，具体由我讲的，又有多少首，我好准备。以上都是外行的话，那天见面，也是说了不少外行话，请原谅。

止

二〇〇二年八月九日

三

刘宏兄：

信得，那么我来找十八首诗，大概三四天可以呈上。不知以绝句为主，是否合适。争取有两三首律诗，但是古风恐怕就不合适了，太长，念起来效果不好，讲到后头前头大家都搞忘了。词似乎也是这样，长调有点麻烦，但是词又是长调为好。前次信中所说还要补充一点，即话题不宜平行，有进展为好，当然也不容易，但是效果好得多。不知尊意如何。另外问题不要问"最什么"，这样不好回答，也容易牵强。

你谈到外行的问题，恰好前不久为正在编的一本小集子写了篇后记，请便中一阅。

祝好。

止
二〇〇二年八月十日

四

刘宏兄：

按照前次的思路，我把拟谈到的诗和所谈要点写在下面。

首先由咏月诗问出（一）："对这样的诗，你有什么特别一点的体会吗？"

从李白的《静夜思》谈起：

"床前明月光，疑是地上霜。举头望明月，低头思故乡。"

此诗大家念得顺口，就中却不无可以寻思之处。先看见的是月光，然后才看见月。何以"举头望明月"，就要"低头思故乡"呢，望见别的不能"思故乡"么，或者"望明月"不能"思"别的么。其间这个联系，究竟怎么回事。清人徐而庵有个说法：因为睡不着，才知身在他乡。我们从"床前明月光，疑是地上霜"也觉出人在羁旅的凄清之感。然而还是不能建立一种必然关系。或许是月圆使人想到团圆；或许想起此刻故乡亲人会与我共看此月；或许诗人曾在故乡望月，此刻记起来了，是个个人经验；或许当初"举头"那么"望"了，继而就"低头思"了，没有什么道理，乃是此情此景如此，据实描述。月夜人人遇得，思乡之情也是常有，李白建立一种联系，或曰模式，读者也就自愿接受认同，我们也就不管那个逻辑关系了。一看见月亮，自然思故乡了。诗从根本上讲是一种审美意义上的非逻辑的思维关系和语言关系。

接着谈到杜甫的《月夜》：

"今夜鄜州月，闺中只独看。遥怜小儿女，未解忆长安。香雾云鬟湿，清辉玉臂寒。何时倚虚幌，双照泪痕干。"

也是写的思念之情。由此亦可解释李白那首，盖见月而思念亲人，乃是人之常情。李诗单从末二句看，有点抽象出来的意思，如此才能与更多的读者产生共鸣。杜甫这诗，则极尽具体，真是切身感受。当时诗人身陷长安，家人都在鄜州，是在两地相思。却从家人思念自己落笔，而特别刻画一个"独"字，这才见出相思之苦。妻子虽有儿女相伴，无奈儿女年幼，不知道"月夜"与"长安"有甚关联，所以只剩下妻子一人独自思念丈夫了。"香雾云鬟湿，清辉玉臂寒"本来只是写望月之久,但是这个望月之人,如此具体可感,这里写到嗅觉("香")、触觉("湿")、视觉("清")和温觉("寒"),简直活灵活现,由此暗写自己一方的思念。末二句是一番期待,"倚虚幌"也是家中具体情景;那又是一个月圆之夜:"照"对应第一句中的"月",而"双"对应第二句中的"独",由此可知,不光是"闺中",诗人这厢也在"独看",那么期待中"干"了的"泪痕",也是属于此时双方的了,原来彼此都是泪痕满脸的了。

以上两首,都是把"月圆"与"有情"联系在一起的,李商隐的《月》却质疑这种联系了:

"过水穿楼触处明,藏人带树远含清。初生欲缺虚惆怅,未必圆时即有情。"

第一句是写月光照耀之处,月亮缓缓移动,随处被以光辉;第二句是写月亮本身。废名说:"似指月中有一女子,并有树如小孩捉迷藏一样,藏在月里头,不给世人看见。""触处明""远含清"一近一远,人间天上,"明"有暖意,"清"却冷了。这里暗含一个转折,由此过渡到末二句。"初生欲缺虚惆怅"写当初对于对圆满的一种期待,然而月圆之时,未必人生此种期待真的能够圆满。此时诗人该是对着一轮圆月,然而满心失意之情。较之前引李、杜的诗,情感深度似乎更深一层。

由李商隐这首诗,问(二):"你记得的唐诗中还有什么寂寞孤独的情景呢?"

这太多了,举几个常见的例子吧。

如李商隐的《嫦娥》:

"云母屏风烛影深，长河渐落晓星沉。嫦娥应悔偷灵药，碧海青天夜夜心。"

凑巧又是一首写月亮的诗。前两句是揣想月宫里嫦娥的生活情景。前一句着眼于恒定不变，可谓华贵极矣，然而了无生气；第二句着眼于恒定中之变化，然而是照例如此，还是恒定不变，而且特别来得静谧无声，由此烘托出一份寂寞孤独的心境。所以第三句要追溯往事，说嫦娥奔月实在错了，没想到落得如此结果。第四句"碧海青天"是嫦娥所面对的荒凉世界，此世界惟有自己一心省得，真是做了自己心灵世界的写照了。"夜夜"二字，尤其刻骨，是把此一情景，推向无限的未来。

再来看元稹的《闻乐天授江州司马》：

"残灯无焰影幢幢，此夕闻君谪九江。垂死病中惊坐起，暗风吹雨入寒窗。"

这实际上已经不是什么孤独寂寞了，简直生死都成了问题。第一句就凶险得很，这个夜里得着平生挚友被贬官的消息，好比致命一击。"垂死病中"是诗人此时状况，回过头去看第一句，好像其间有某种联系，是个象征似的。"无焰"的"残灯"，飘忽不定的"幢幢"影子，是对自己生命的把握。这消息太突然了，所以才"惊坐起"，然而却是无法承受的。末一句"暗风吹雨入寒窗"，先是"暗"，对应"残灯无焰影幢幢"，是再进一步，写感觉中的生命完结；继之是"寒"，是体会到死亡降临，如此"垂死病中"，通过感觉都落实了。

当然唐人写寂寞孤独，并不都用这种强烈笔法。也可以淡淡点出，然而意味无穷。

如王昌龄的《闺怨》：

"闺中少妇不知愁,春日凝妆上翠楼。忽见陌头杨柳色,悔教夫婿觅封侯。"

前两句兀自轻松得很。"不知愁"这话有点无端,乃是为的后面伏笔。唐人写"闺怨"题材很多,多是从怨写起,偏偏这是一个无怨之人,而且简直无心。"不知愁"乃至"春日凝妆上翠楼"种种铺垫,都落在"忽见"二字上。由"忽见"回过头去想"春日凝妆上翠楼",由化妆到上楼,一定不慌不忙,正是"不知愁"了。"忽见"到的,其实并非什么意外,正是"春日"景象:"陌头杨柳色"罢了。但是忽然有所发现,觉得大好春光,不能与"夫婿"共享,都被白白辜负了,而且美景短促,"觅封侯"的过程遥遥无期,于是悔不当初。这一悔使我们想到前面提到的李商隐笔下嫦娥的后悔,都表达了对生命流逝的一种感受。

然后再进一步问到(三):"有些心绪好像是无以表达的,简直无奈极了,是么?"

先来看杜甫的《登高》:

"风急天高猿声哀,渚清沙白鸟飞回。无边落木萧萧下,不尽长江滚滚来。万里悲秋长作客,百年多病独登台。艰难苦恨繁霜鬓,潦倒新停浊酒杯。"

前四句是所见,后四句是所感。但是诗人的心绪,在前面的描写中已经有所流露,虽然都是写的实景。所感正是基于所见。第一句极尽苍凉,第二句又很恬静,乃是一个纷乱而无所把握的世界。三四两句即从此点写起,"落木""萧萧下","长江""滚滚来",人力一概无以企及,而又形容以"无边",以"不尽",局面非常之大,由此衬托出面对此景的诗人之孤独无奈。五六句,"作客""多病"是对诗人自己一生的体会，"悲秋""登台"却又紧密联系当下情景，"万里悲秋"从空间上把握，"百年多病"从时间上把握，"万里""百年"又与前面阔大的局面有所呼应。末尾两句，"艰难苦恨"和"潦倒"可以说是"作客""多病"的进一步感受，然而具体落实为两个可感的细节，一说"繁霜鬓"，一说"新停浊酒杯"，又显得欲言又止了。大概此情此景，尚有许多话作者不曾道出，无限感慨，不过说个开头而已。

或者说杜甫此诗，情感毕竟有所流露，贾岛的《山中道士》，则是"一句不曾说"了：

"头发梳千下，休粮带瘦容。养雏成大鹤，种子作高松。白石通宵煮，寒泉尽日春。不曾离隐处，那得世人逢。"

这里多处写到道士的养生之法（梳发、休粮、煮石，乃至离群索居），更值得注意的是诗人所强调的时间观念。第一句里的"千下"，第五句的"通宵"，第六句的"尽日"，特别是"养雏成大鹤，种子作高松"，都极力描写时间的漫长无际。所有这些时间跨度都完成于人物的动作之中，而这个人物对此不曾流露任何感情色彩（诗人在描写时同样也无所流露），似乎那是一个完全静止的世界，时间就那么无声无息地流逝过去了。一种深深的寂寞之感，完全是在字面之外。这无始无终流逝着的时间，比末二句所写的不与世人接触，更让人感到生命的那种空旷。

面对自然，杜甫和贾岛是完全不同的态度，杜甫感慨万千的，贾岛无动于衷。

李商隐的《乐游原》，则描述了面对自然更为复杂的情感变化：

"向晚意不适，驱车登古原。夕阳无限好，只是近黄昏。"

区区二十个字，委婉曲折地写了诗人是如何想摆脱现实的烦恼（"向晚意不适，驱车登古原"），在自然里求取慰藉（"夕阳无限好"）；又是如何得不到这种慰藉，反而陷入了更深的烦恼之中（"只是近黄昏"）。情感的变化如此丰富，又在每一层面上都写到极致，这是情感把握的非凡之处，也是诗歌艺术的非凡之处。

然后进一步把话题引到（四）唐诗作为表达方式的意味深长上来。

的确如此。前面讲到不同情感表达有所不同，其实就是基本相近的情感变化，唐人也可以写得完全不同。把下面两首诗放到一起来看。

王维《送元二使安西》：

"渭城朝雨浥轻尘，客舍青青柳色新。劝君更尽一杯酒，西出阳关无故人。"

高适《别董大》：

"十里黄云白日曛，北风吹雁雪纷纷。莫愁前途无知己，天下谁人不识君。"

我们发现写法完全相反，好像针锋相对似的。王维的诗，前两句强调彼此现在所处环境的美好，朝雨之后，尘土不扬，柳枝也尽吐绿色，大家一定是好心情罢。酒也喝了不少，或许到了道别时分。然而意思至此一转，简直把前面的良辰美景一笔勾销。"更尽"二字，分量最重，一点依依不舍之情，都在这一杯酒里了。高适的诗，前两句写得景色凄凉不已，这或是当下亲眼见着，或是推想友人前途，总之了无生意。到此意思也是一转，说出两句勉励的话来，以抵消前面种种渲染。两首诗其一由暖转冷，其一由冷转暖，虽然完全不同，写离别之情，却都是很深厚的。

再来看看杜牧的《赠别二首之二》：

"多情却似总无情，唯觉尊前笑不成。蜡烛有心还惜别，替人流泪到天明。"

这一首前人批评意思浅近，的确如此。然而若把它与此前唐人大量的送别诗放到一起来看，诗人总归是别出心裁。"多情却似总无情，唯觉尊前笑不成"，可以说是不知说什么好，一腔感情，也没个恰当的表达方式。这份感情恰恰移到蜡烛上去了。蜡烛的出现并不突然，有"尊前"二字铺垫，而且默默之中，注视此蜡烛的，正是你我二人，蜡烛流泪到天明，也就是二人相伴坐到天明了。字句虽然显豁，意思却并不浅露。

话说至此，该是有所转折了，即（五）："唐诗里也不尽是愁苦滋味吧，还有期待什么的罢。"

我们来看李商隐的《夜雨寄北》：

"君问归期未有期，巴山夜雨涨秋池。何当共剪西窗烛，却话巴山夜雨时。"

诗里两次写到"巴山夜雨"，乃是一实一虚。"君问归期未有期"，上来先是个没着没落的感觉，"巴山夜雨涨秋池"是写实的，也烘托出诗人的心绪，"涨"字表现夜雨之绵绵不绝，令人无奈。第三句是写期待了，回应"君问归期未有期"，那么真的是在归期实现之后。届时"共剪西窗烛"何其温馨，正对应此刻"巴山夜雨涨秋池"的凄凉。"却话巴山夜雨时"，现在的愁苦成了那时一个话题，所有孤独凄楚都被化解了。这首诗里多有慰藉似的。

唐人升华一己情感，也有不同途径，即以面对自然为例，也来举两首常见的诗，其中意思恰好也是相反的。

贾岛《寻隐者不遇》：

"松下问童子，言师采药去。只在此山中，云深不知处。"

柳宗元《江雪》：

"千山鸟飞绝，万径人踪灭。孤舟蓑笠翁，独钓寒江雪。"

贾岛诗中，安排一个童子，师父行踪，由他口中淡淡道出，更其显得平静自然。"只在此山中"，好像近在眼前，"云深不知处"，却又全无踪迹。这个人与山，与云融为一体了。写法是由近及远，从小见大。柳诗恰恰相反，上来视野甚大，缩小集中到一点上，一舟一人，与周围的一切格格不入。贾岛的诗可以说是写了一个人向着自然逐渐消融自我的过程；而在柳宗元的诗中，人格是从自然之中凸现出来，在深的层次上，人与自然是冲突着的。这两个人都找到了自我，都得到了解脱。

匆匆写来，不及修改，浅薄粗疏之处多有，请你批评。

止
二〇〇二年八月十四日

致顾文豪 八通

一

文豪君：

我久已不去出版社上班，今日去开会，看到你的信。迟复了，乞谅。

谢谢你的厚爱。《如面谈》系十年前旧作，如今自己读来，意思似还可以，惟文字多有不如意处，改不胜改，重印本只对太别扭者略作修订而已。

这几年写作较少，一是文思不畅，一是在写一本《周作人传》。历时三载，现已完稿，倘无意外，大概明年可以面世了。我这些年写些文章，外间以"书评人"或"书评家"相称，其实只是读后感而已。相比之下，自己觉得还是几种成本的书稍有分量：《老子演义》《槐下读庄》，还有写义和团的《神奇的现实》，再就是这本《周作人传》了。此后倘有精力，准备写一本关于《论语》的书。

来信所言，与私意相合处颇多。惟我觉得您还年轻，无须过早给人生下定义。加缪说过："重要的不是活得最好，而是活得最多。"这后一方面与悲观或乐观无关，只是尽量呈现出人生的本来面目而已。不知您以为如何。

《樗下读庄》由东方出版社重印，书店或已有售。本当寄奉一册，惟因家母患病，我忙于照顾，一直没去出版社领样书，手边只有旧的版本。过几天另外寄上一本旧著《六丑笔记》，请你批评。

匆匆，不多写。

祝好。

止庵

二〇〇七年十二月二十四日

二

文豪君：

信得，迟复为歉。

拙著《周作人传》已完稿，此书实止针对传主，其他人说的其他话仅仅作为参考，是以亦谈不上"减法"，也就是说，并不具有"论辩"性质。不过若论我自己的看法，当然是近乎"做减法"的，我只是陈述事实而已。不过我多侧重于思想和著述方面，讲到生平则只求简要，而且字字皆有出处，没有丝毫想象成分，所以若论"可读性"恐怕是比较差的。

木心的文章看过少数，说实话还是嫌他有点"作"。又有人吹捧太过，亦未免令人望而却步。

匆匆，不多写。祝新年好。

止
二〇〇七年十二月三十日

三

文豪君：

"作"当然是个相当主观的判断。且举周作人说的一段话为例："我平常不大喜欢耸鼻子的人，虽然那是人为的，暂时的，把鼻子耸动，并没有永久的将它缩作一堆。人的脸上固然不可没有表情，但我想只要淡淡地表示就好，譬如微微一笑，或者在眼光中露出一种感情——自然，恋爱与死等可以算是例外，无妨有较强烈的表示，但也似乎不必那么掀起鼻子，露出牙齿，仿佛是要咬人的样子。"（《金鱼》）这是站在"只要淡淡地表示就好"的立场说话；然而若以"掀起鼻子，露出牙齿，仿佛是要咬人的样子"为是，则必以知堂所说为非矣。所以"作"是某一立场上的判断，离开那一立场，此问题就不存在。这个立场，说是一种习惯、一种口味也可以。用北京话说就是"好这口儿，不好那口儿"。我亦无意以此标准评骘天下文章，只是入不入自家的眼而已。

我也爱读书信。刚才有报纸要我推荐书，我提了三种，其中有两种是书信，一是《卡米耶·克洛代尔书信》，一是葛兰西的《狱中书简》。

《庄子奥义》未见，单看序和目录，私意不以为然，然而不必为此多说什么。

我近来开始重读《论语》，记些笔记，拟在今年写一小册子。若能完成，则这一年也就对付过去了。

匆匆，祝好。

止

二〇〇八年一月三日

四

文豪君：

信得。那位作者是我的朋友，然而我看他立论，还嫌不切实际，来信所述即为一例。"起承转合"必归之于韩愈么，且"意思一层转进一层"即为"起承转合"么。周氏文章，又岂可以"起承转合"来形容，哪来的"合"。此周文、韩文均读得不多，又喜匆匆发表"高见"之故也。愚意作文最忌此病。关于"起承转合"，我此前曾谈及，抄下供参考："讲到结构，向来中国文章有'起承转合'之说，我们差不多打上小学起就受这种教育，然而古往今来的好文章，却又无一不是破了起承转合的章法。所以这不是巧拙的区别，若是求巧就更得如此了，但那是另外破法，这里只谈求拙。'起'是不可避免的，入话便是起，只是无须刻意；由入话接着说下去就是'承'，也不可避免，但是也无须刻意；一篇文章总不能老说一个意思，所以'转'也不可避免，但是也无须刻意；总之都是自然而然，随随便便,不要专门安排。说了半天只有一个'合'字最要不得,一扣题一收束就落了窠臼,文章的活泛劲儿也就完了。契诃夫说:'开始写作的人往往应该这么办:把稿子对折,撕掉前面的一半。'依我看再把剩下的部分对折,撕掉后面的一半,说不定更好一点儿呢。"自忖若以此语来说知堂,或比作者之论稍着边际些。

《六丑笔记》尚未寄出,乞谅。想着再加一两本,不知旧著你还有哪本没有,我手边还有《插花地册子》《神奇的现实》《罔两编》和《向隅编》。

《云集》跋、序多含苦意,盖其时家母病重,心中有感,难免不有所流露。

《历代文话》书目尚待细细研究,略看一过,似乎如不想深入了解中国文章的坏传统,其实不必买它。(关于这一点,我在《插花地册子》里略有涉及,可以参看。)

祝好。

止
二〇〇八年一月六日

五

文豪君:

鄙意以为中国古代所谓"文话"(原本并无此名目)与诗话、词话不当作一般看待,《历代文话》目录所列者大概尤其如此,虽然我并没有全都读过。以我看过的刘大櫆《论文偶记》、吴德旋《初月楼古文绪论》、林纾《春觉斋论文》、刘熙载《文概》(在《艺概》中)等而论,从中了解点事儿自无不可,若是有心学习则可谓"上了贼船"矣。

《樗下读庄》新版手边无书,无法奉上,请谅。我当寄呈《六丑笔记》《向隅编》二书求正。请告邮寄地址,是否需要挂号。

祝好。

止
二〇〇八年一月七日

六

文豪君:

"持平之论"并非好好先生之言,"平"者为何,即是讲理。而"陈言"若有理,则无可移易,虽想"翻新"亦不能也。此即如知堂所说:"我想古典之有生命者,不以古而遂湮灭;正犹今'典'之无生命者,不以今而得幸存。"

书展上见到几本想读的书,曾对《中华读书报》记者说过,见上周该报。

匆匆,祝好。

止
二〇〇八年一月二十四日

七

文豪君：

　　纳博科夫的小说，我读过的即如《我的纳博科夫之旅》篇末所云，此外加上一本短篇集和一部长篇《天赋》。就中我最喜欢《洛丽塔》《微暗的火》《塞巴斯蒂安·奈特的真实生活》和《绝望》，此外《黑暗中的笑声》《普宁》《防守》和《天赋》也好，另外有一部《斩首之邀》与他别种小说风格迥异，亦很别致。相比之下，《玛丽》《王、后和杰克》《眼睛》和《透明》未免较为次要。《微暗的火》置诸整个二十世纪文学史上，也是出类拔萃之作。纳博科夫的小说除《微暗的火》和《天赋》外，均极好读；在二十世纪他那个级别的作家（一共也没有几位）中，他的作品要算最好读的了。

　　关于"佛教与中国文学"，愧无甚建议，只觉得可以借机读点书，其中鸠摩罗什所译诸经，对于后世中国文章影响巨大，受益者之一就是鲁迅。又禅宗之《五灯会元》《古尊宿语录》，也可列为古代最好的散文作品。再就是僧慧皎的《高僧传》，说句老实话，在我看来比《史记》好像更好。

　　近来很少写东西，有点时间都用在写关于《论语》的笔记上了。

　　春节好。

止
二〇〇八年二月五日

八

文豪君：

　　记得从前与你谈过纳博科夫，这几年里又读了他两本书：一是《荣耀》，我很喜欢这本书的写法：人物的活动，事件的发生，都依从生活的逻辑，而不是故事的逻辑，然而却引人入胜，非常好看。一是《看，那些小丑！》，这是纳博科夫生前出版的最后一本小说，出版于一九七四年，作者时年七十五岁。这是一部"糅合幻想与现实创造另一自我"的作品，我所佩服的是，保持了他那一如既往的饱满、辛辣、尖刻、恶毒，自始至终极具才情。另外还有一本《爱达或爱欲》，已经买了两年半，迄未开读。我总觉得 *Ada or Ardor* 译成现在这中文书名有点别扭，但该怎么译呢，又实在想不出，明白译者也有难处。

止庵

二〇一六年五月二十三日

（此信未发出）

致刘景琳 二通

一

景琳兄：

信得，谢谢你的鼓励。

承蒙寄下合同，对吾兄厚爱及信任，实在感激。惟是就中尚有两项，希能商榷。一是交稿时间，我今年已经约定的事情太多，简直忙不过来，而《老子》一稿又不是可以匆匆对付的，非认真对待不行（此非向吾兄表决心，是事实不得不如此）。有些事情虽不必写出，然则必得有此准备，譬如成书情况，版本源流，与《庄子》及《韩非子》关系等。故拟明年推掉其他，专务此事，庶几可以不负或少负吾兄之厚望也。请无论如何将交稿日期放在明年二三季度之间，则我可以从容读书（《老子》虽只有五千言，但至少楚简、帛书、河上公本和王弼本是必读的，此外至少得读历代十种以上注释，否则真要闹笑话了），从容写作。吾兄体谅则个。

再就是稿酬。正巧昨晚赵丽雅给我打电话还说到这事。她的合同是前年签的，当时之上限如今已成下限。去年我签过三本书的合同，较之此数或高十元,或高二十元。还望吾兄商之于社里,以今年之标准酌予衡定。我不求"上",然而不愿在"下",盖于自尊心未免有些伤害也。讨价还价,实在不好意思,但是我想你能原谅罢。

书名可暂定《老子别裁》,但最终大概得另想一个,别裁有选之意,倘五千言尽皆纳入,则未免文不对题,除非说"别裁"(不删)。

前次晤面,谈得甚为愉快。

匆匆,即颂

编安。

止庵
二〇〇〇年五月三十一日

二

景琳兄:

信得,谢谢你的海量。合同遵嘱代为修改,并签了字,今将一份寄上,请查收。

关于写得生动些的嘱咐,弟知道了。这里解释一下。《樗下读庄》系哲学研究,并不牵涉文学,把意思说明白即可,所以简洁为上。倘多加修饰,则意思被掩盖了。《老子》这本书有所不同,应有文学色彩。虽然,弟所理解的文学色彩,大约如前次呈上之两册拙著所努力追求的,若那种花哨话则是不会写,也不愿写的——我想吾兄当亦不以坊间流行者如余秋雨辈之浮夸文字为然。此点务必与社里求得共识,以免将来麻烦。对这本书,弟既然应承要写,一定认真对待,天分所限之处敬请体谅,个人审美趣味则还望吾兄多予宽容。(说得具体一点,即以前次寄下之两份样稿而言,大约将来写出来的与《诗经》那篇相近,而与《楚辞》那篇相远。实话说我写不出来后者那个样子,此乃另外一路文章。)

不知吾兄以为如何。即颂

编安。

止庵
二〇〇〇年六月二十日

致刘铮 三通

一

刘铮兄：

信得，这两篇文章都很好，惟因我未看过《回家过年》一片，故读文章稍受局限，电影讲的什么内容，是否介绍一二句更好些呢。

你的文章的好处，以前见面时曾经谈过，敏锐，透彻，也很有才华。因此我觉得有条件"大智若愚"，若"愚"或"小智"则根本谈不上这句话也。我前信所讲的话并非就《海上花》一文而言，乃是从前读你文章的一点模糊印象，就是偶尔还可见聪明显露，似欲出语惊人。倘若抹平了，或许更有意味。鄙意文章不怕写得平，但怕意思平耳。意思不平，反以平淡之笔出之，此之谓相反相成。近读孙伏园回忆鲁迅文章，原来鲁迅也是这般想法。勿渲染，勿夸饰，少少许胜多多许。甚至不必担心"抹杀自己"。比较一下这样两个句子：

"可以说，细部刻划堆积如山，几乎要把剧情这只瘦骆驼压坍了。"

"这个'当'字有多自然，陶潜与上帝正是一个自然。"

会发现表现力是不同的；若论效果，则后者正在前者之上，我觉得这句子真好。也许这只是我自己的一点偏见。现代几本聪明的书：梁实秋的《雅舍小品》，钱钟书的《写在人生边上》和王了一的《龙虫并雕斋琐语》，我都不大喜欢。我的《谈才子文章》，即是此意。当然这个毛病，我自己并不能够避免。

关于《画廊故事》，的确如你所说，"时代"一辑里有我的世界观。另外"女人"一辑，也讲了些从来没讲过的意思，不过相比之下分量不那么重罢了。很感谢你对写法的批评，不过也有小小辩解：以引文为交谈之一方，可乎。我写文章其实多半都是交谈式的。没有一个语境，很难说出话来。至于《六丑笔记》，其中自己喜欢的不过少数几篇罢了。此后便不多作文了，有当编辑的朋友约稿，则写一篇与之，自己简直就不想写。《南方周末》有一篇，是稍稍删节过的。另外下期《世界文学》有一篇《日本文学与我》，较为用心。目下想做的事情，惟有整理知堂翁的著作，此事完成，如有精力，还想做《论语》研究。

前些时完成的有关义和团一书，算是把我与中国传统文化之间的一笔账给算清了，以前则没有在这方面说话的机会，所以虽然写得很苦（差不多用了一年的工夫），毕竟还是做了一件事情。这个话题我也就说到这里为止了。如果关于《论语》一书能写出来，这三本书倒是可以构成一个整体。

匆匆，祝好。

止
二〇〇〇年四月三十日

二

刘铮兄：

信得。知道《菲兹杰拉德书信选》已译得八九万字，遂又去报告给刘丽华，她表示愿意出版，所以就等着吾兄的稿子了。至于斯特林堡的日记，她还是想出版，而且觉得谈及炼金术事岂不有趣，说实话我更是这想法（这并不代表我们相信这一套），斯氏那人弄点这个并不意外，至于"今天这种环境"云云，何必先自行检查一过呢。如果吾兄不愿翻译，是否可以惠借原书一用，即请寄下，我们复印一过，再将原书寄回，在此间另觅译者。当然如果吾兄能够翻译就更好了。

知堂的文集我系以原版各书参校，故台湾本不看也罢。拟依原来各集单行出版，惟个别太薄者只能合二为一了。不过我所经手出版的，只是"集内文"，所以较之钟氏所编要少去近二百万字，但另一方面，他不出成本的书，则又较我的差一百万字。我并无整理集外文之意。其中《知堂回想录》一种，我乃是据作者手稿付印，订正印本错漏删改两三千处，这是最有意义的；再就是旧体诗集采用谷林抄本，较之岳麓从前出的多出几十首来，从未发表过，也有意思。

《老子》的事待弄完周集再说，吾兄所言，颇有道理，惟"若果没有比较全面的思想，怎么可能在春秋时代名家呢"，觉得不甚认可，盖当日百家之中多数均无"比较全面"的思想，譬如农家、名家、阴阳家、纵横家，等等，无不如是；而"况且还比儒家要靠前"，对此也有不同想法，因为我无论如何不相信《老子》出于据说孔子曾问学的那一位之手也。

影评如蒙寄下，即当拜读，只是弟这方面所看不广，怕是提不出什么意见来也。

匆匆，祝好。

止
二〇〇一年三月十九日

三

刘铮兄：

寄下之大作收到，迄今仅拜读一半；所嘱作序一事，于谊不能辞，然则深恐佛头着粪，有辱大作，我且试试看罢。电影倒是看了不少，惟弟口味偏嗜，倘一一道之，非但世人不解，即吾兄亦未必赞同矣。约略言之，即中片惟取香港，以及台湾之一部分，大陆则多半不入眼也。香港片文艺类与情节类多半喜欢，搞笑则不敢领教。西片喜欢两路，其一为伯格曼、费里尼、安东尼奥尼等深刻一派，其二为智力高的情节片。

吾兄文字颇好，见识也高；惟各篇随时写成，倘于编集时下一整合功夫，使之更像"书"而不像"集"，就更好了。

弟近来仍忙于校订周集，春节前后为三十六种各写一篇小序，以近一月时间完成，共近六万字，此为题跋之作，非论文也。文章则写得颇少。

匆匆，祝好。

止
二〇〇一年四月六日

致熊娉婷 一通

娉婷兄：

阅《王者已逝》校样，有些想法，与你切磋。

第七页，首次提到"本迪戈大王"，此后一直这么称呼。第六十五页，当卡拉说："凯恩才是我丈夫的名字。凯恩，K-a-n-e。"埃勒里说："可他的名字不是大王，K-i-n-g吗？"与"凯恩"对应的应该是"金"，而"大王"不像是个名字。卡拉接着说："那根本不是他的名字。我们都是媒体的玩物，不是吗？一直以来，报纸总把凯恩称作'军火大王'或这个那个'大王'，就这称呼来称呼去的，他也开始用'大王'做名字了。"这里末一处"大王"，也应作"金"才对，可在该处加一个注："King，即'大王'。"在此之前，所有"本迪戈大王"，都应译作"金·本迪戈"，因为埃勒里以为是这样的——此书虽然采用第三人称叙述，却基本限定于其中一个人物埃勒里的视点，所以不能在他明白不是"金"而是"大王"之前，就这么写出来。相应的"王宫""总理大臣"等也应换个译法。此后才应译作"本迪戈大王"。

第九页，本迪戈收到的第二封信："你将在周四被谋杀——"

第十页，埃勒里说："第一封信预告了谋杀，第二封信则预告了谋杀会发生在星期四；从逻辑上看，后面还应预告谋杀确切会发生在一年五十二个星期四中的哪一个。"下文又说："第二封信是星期一收到的。"这里就有点问题，中文"你将在周四被谋杀——"可能被理解为"本周四"，这样埃勒里的推论就成了无稽之谈。估计原文thursday前没有this，所以排除了"本周四"。译成中文，则似应在"周四"前添加"某个"或"一个"，这样埃勒里的一番话才成立。

第九页，埃布尔·本迪戈对奎因警长说："警官，你不得不相信我的话……""不得不"，原文是have to罢，但中文这么说法却很别扭，所以还得译成"应该"或"必须"才行。

妄谈翻译，可能有错，请勿见笑。不过这里涉及中英两种文字在表述上某些不同，倒是很有意思。类似的还有复数问题：英文名词加了s，中文不能一概译为"××们"，因为中文名词往往兼具单复数之意，有时要看上下文才知道。上下文有提示，就不必加"们"了，以免累赘。

止

二〇〇八年七月五日

致赵林 一通

赵林兄：

昨日讨论《此前此后》体例，吾兄以为我太注重书的结构；回家自忖，的确如此。书的内容、书的形式与书的结构，乃是三足鼎立，缺一不可。吾兄说现实如此混乱，何独于书中追求秩序。我一向觉得书是独立存在，它不反映现实，也不受现实影响，与世间他事不可混为一谈。说来自家所著诸书，编排即曾多所用心，自《樗下随笔》至《相忘书》，无一篇重复；另有几种选本，则不在此列。吾兄或谓高更著《此前此后》与此大相径庭，他本来就是胡乱写的，如何有结构可言。我不是要强加一个结构给他，而是说努力发现其中可能存在的内在关系。譬如书中共有三节带小标题，则三者当居于同一层次，小标题的字体、字号也该一致。凡此等处，不要在编辑过程中给忽略了。此亦是保持原貌，换句话说即"不添乱"也。知无不言，吾兄恕我啰唆。

止庵

二〇〇六年十一月十二日

致金文蕙 一通

文蕙：

张爱玲《悯然记》一文"遵嘱说明此事历六的经过"一句，"历六"肯定是错字。但原稿已不存，如何处理，有四种方法：

一，将"六"以"□"替代；

二，很可能是手写的"历々"，被报纸编辑误认为"历六"。"历历"有"逐一""一一"之意。

三，不过，"遵嘱说明此事历历的经过"，虽然讲得通，总有一点别扭。也许手写或排版时衍"的"字。假如是"遵嘱说明此事历历经过"，就顺畅了。

三，也许当初编辑除了误认，还有颠倒，即"历历"本来应该在"的"字之后，"遵嘱说明此事的历历经过"；或"历历"在"遵嘱"和"说明"之间，"遵嘱历历说明此事的经过"，也都算顺畅。

还请平先生定夺。

止庵拜

二〇一三年十二月二十九日

如有可能，请把《惘然记说明》《把我包括在外》《草炉饼后记》和《连环套创世纪前言》这四篇发表时的影印件发给我，我一起校一下。又及。

致陈蕙慧 一通

蕙慧：

　　台版《雷峰塔》《易经》我曾贡献过一些意见，当时《雷峰塔》有原文对照，意见多些；《易经》原文得到太晚，所提意见不多。大陆版还没着手，我觉得最好是收集一下各方看法，出个修订本，反正是译文，有原文在那里。近日想到《雷峰塔》《易经》里两位主要人物"琵琶"和"珊瑚"，中国人好像不这么取名字，尤其是大家闺秀，勉强说有点像《红楼梦》里的丫环名字。我想Lute也许可以译作"琴"，Caral也许可以译作"珊"，这样虽不是直译，但比较符合中国人的名字用法。当初张爱玲用Lute、Caral时，心中一定先有个中国名字，但我敢肯定不是"琵琶""珊瑚"。巴金《家》里有"琴"这人物，张爱玲或许受到影响。还有Hill译作"陵"，其实不如"小山"，这倒是个过去常用的名字。

　　个人之见，用供参考。

止庵拜
二○一○年十月四日

致杨小洲 一通

小洲兄：

前信直言，颇觉冒昧。承蒙宽容，深感释然。

读书之事，曾在《插花地册子》中略陈一二，不敢自许"视野广阔"，然亦可谓之杂乱矣。大凡读书有心得者不及百一，写为文章者又不及百一。不过一己兴趣，读书远胜写作，故此虽笨拙之相，却也自以为乐。文章无甚价值，但殊不肯草草，总须把一件事情想清楚了，且有一二句别人从未说过的话才行。倘若由所写文章反过来推论所读书籍，恐与真实相去较远。

弟确深爱知堂文章，自忖并不亦步亦趋。不能，一也；不必，二也。前有《周作人与我》一篇，略述彼此区别。尊文谓："即便谈国外文学作品，引证比较或引叙他人话语，也都从苦雨斋主人那些议论中着墨，述说批评都由此延展开去。"我所谈多系西方二十世纪文学，乃周氏所无兴趣或不及见者。近来整理新发现的他的佚著《近代欧洲文学史》，可知有关西方文学，其所关注的范围大致到二十世纪初为止。对于日本文学的兴趣，亦止于大正、昭和之际。我曾作《〈苦雨斋译丛〉总序》《周作人与〈太阳的季节〉》谈及此事。《相忘书》中评论的巴别尔、赫胥黎、奥威尔、莫迪亚诺、昆德拉等，皆不为周氏所知晓。

至于尊文谓我"以南方的（语言）方式写文章"，且云："譬如止庵现在常用'那一路文章'，或者'麦克斯这路角色'的习惯用语，这里用'路'来分别，便是南方人的习惯，与北方风俗相背。北方人口里说出的是'大街''大道'，甚少用'路'来做名称。紧要处也只是说'那一类文章'和'这种角色'。"鄙意亦不敢苟同。以北京而论，以"路"称路者并不在少数。东城有"新开路""正义路"，皆是也。又"马路"一词，常在人口。且文章、人物之"路"，岂同于道路之"路"哉。日常所谓"路数""路子"，似乎反倒是北方说法。弟作文有些旧书面语味道，大约受禅宗语录、白话小说与早期白话文（包括知堂文章）影响较大，实不关南方语言之事。白话文的语言，口语只是来源之一，书面语是另一来源，且分量不比前者为轻。兄于此点，似乎重视不够。以弟而论，受口语的影响大约仅限于北京话，其他皆来自书面语也。

以上所说，难免自我辩解之讥，望吾兄仍以宽容待之。

止庵
二〇〇七年四月二十九日

致汪成法 二通

一

成法先生：

信得。诚如先生所言，我承认周作人的思想逻辑；但我并不完全赞成这一逻辑。恕我直言，先生未免以前一方面掩盖了后一方面。其实您若直接指出"批判不够"，倒更切实一些。换句话说，先生所说"立论的背景"比"意见"也许来得更准确一些。然而何以一定要先入为主地悬一个"应该有足够的批判"在那里呢。当然这是我对先生文章的看法，犹如先生对我的书的看法，大概"误读"也是难免的罢。请您谅解。

至于彼此看法不同，是再正常不过的事，我绝对无意要您认同我的意见，借用周氏的话，"文化与思想的统一，不但是不可能，也是不能堪的"。人于我，我于人，皆然。不过先生说"感觉作者并未提供更多特别新鲜的信息"，其实我在这本传里说了许多我过去那些小文章没说过的内容，过去说过什么，我自己是清楚的，否则这本书不用写两三年了。

钱传所言,恕我不能赞同。

关于先生文中的具体意见:

序言:"周作人因为许寿裳回忆文的偏向鲁迅而对其心怀不满,这才有意歪曲许寿裳文意,止庵先生不察,完全接受了周作人的歪曲,恐怕难免也有感情因素在起作用。"按,许寿裳《亡友鲁迅印象记》中有关兄弟失和一节说法,多有错谬,我在传记的注释和别的文章中都曾指出。此处用"外宾",无论如何是不对的——借用先生的话,这里倒是许氏"恐怕难免也有感情因素在起作用"——其引起当事人之一的反感,亦属难免。

第三十三页:"周氏兄弟的国学造诣,曾应用于和《学衡》派、《甲寅》派等新文学反对派的论战,和《现代评论》派陈源的论战不涉及国学造诣,所争实在知识分子的人格品行。"按,先生当还记得陈源说"挑剔风潮",而为周氏兄弟所嘲笑的事情罢。这与章士钊的"二桃杀三士"同样"涉及国学造诣"。

第三十九页:"提到 Georg Brandes,注释说'通译布兰代斯',不知有何依据。此名《辞海》译作勃兰戴斯或者勃兰兑斯。"按,请看《不列颠百科全书》。

第一百一十四页:"上面照片的人物说明,次序凌乱且不必说,其中无周作人名字,但照片中周赫然在,而说明所写人数与照片上一致,故说明显然有误。"按,先生可能没看见左下角那个人。又,书中所有图片说明,均无周作人名字。

第一百六十六页:"第二段,'谈话似乎没有那兄起劲'。'那'似当作'乃'。手边无原文可核对,似乎不应该是引文原来的写法。"按,引文无误。用"乃"不妥。"乃"是"你"意,现在报章常用"乃兄"称"他的兄弟"是错误的用法。

第二百〇一页:"罗常培《七七事变后北大的残局》说到此事,在一九三七年:'八月二十五日日本宪兵四人到第二院校长室检查,由毅生(北京大学校长室秘书郑天挺)独自支应,后来周作人闻讯赶到,用日语和日宪兵驳辩。'所据似为当年日记,记录或较为可信。"按,罗氏所说与周氏所说未必是一件事。

其余是我写错或排版错误——无论哪种错误,其实都是一样,非常感谢先生指正。

至于参考书目,我只列自己确实看过——无论有无收获,都是参考——的书,没看过的不列。《寂寞的乌篷船——周作人传》未见,故不列。周作人还有一本《日本之再认识》,我写完此书后才在去年冬天见到,所以也没列。

匆匆,再致谢意。

止庵拜
二〇〇九年六月二十日

二

成法先生:

昨日写关于钟叔河《周作人散文全集》评论,有一段云:

近年来周作人研究的某些成果,惜未为编者所采用。周作人一九〇四年和一九〇五年日记中用过别号"顽石",以后又在《知堂回想录·我的笔名》中提及此事。一九一〇年至一九一一年《绍兴公报》上有署名"顽石"的一批文章,《周作人集外文》《周作人文类编》概予收录,现又编进《周作人散文全集》第一卷。然而汪成法《周作人"顽石"笔名考辨》一文(载《湖南人文科技学院学报》二〇〇七年第一期),已考证《绍兴公报》作者"顽石"与周氏并非一人。

不知先生以为妥否。附带说一句,先生文中此节:

"从来不曾见到其他关于周作人的著作中说及"顽石"的这一组文章。其中,像钱理群的《周作人传》(北京:北京十月文艺出版社二〇〇一年二月第二版)和倪墨炎的《苦雨斋主人周作人》(上海:上海人民出版社二〇〇三年八月第一版)这样的传记,对周作人在辛亥前后的生活和思想都有较为详细的叙述和分析,但他们对'顽石'的文章也都丝毫不曾涉及,甚至也不曾稍稍表示周作人曾经像'顽石'那样,在一九一〇年与一九一一年关注着国内的时事。我认为,这首先是他们无法把'顽石'的表现顺理成章地归属于此时的周作人,但也很可能这些研究者在内心里也有些怀疑'顽石'究竟是不是周作人的笔名,因此他们才将'顽石'名下的这些文章忽略不论。否则,周作人所留下的写于当时的文字不多,'顽石'的这一组文章正是研究者谈论周作人思想和生活的难得的材料,他们是不会轻易舍弃不论的。"

似乎忽略了一种可能,即钱、倪二位写书时(他们的书是一九九〇年出版的,以后再版、修订,增添材料很少)可能根本没见过这些文章,因为当时《周作人集外文》还没出版呢。

匆匆,祝好。

止庵拜
二〇〇九年六月二十一日

致徐明祥 一通

明祥兄：

大著《潜庐藏书纪事》收到，非常感谢。

几篇序言均以"书话"称之，似可一议。你知道我不大爱用这名目，前此尝云："鄙意书话一语出诸后人杜撰，不如知堂翁所云'读书录'或'看书偶记'之贴切也。"我是觉得，唐弢"书话的散文因素需要包括一点事实，一点掌故，一点观点，一点抒情的气息；它给人以知识，也给人以艺术的享受。这样，我以为书话虽然含有资料的作用，光有资料却不等于书话"一番话，讲得并不严谨，不足以规范一种文体。今观三位序言作者有关说法，正与此同。相比之下，知堂所谓"读书录"或"看书偶记"只着眼于文章内容，是以没有流弊。假如世间真有"书话"一体，自应重加界定；否则与书评、书介等难以区别，也就无须增添此一名目了。问题尚且不在名目。举个例子，钟叔河编《知堂书话》，有云："今从其一生所著三十几种文集和集外文中，把以书为题的文章收集起来，编成这部《知堂书话》。""书话"必"以书为题"耶，取舍尺度如此，恐难令人信服。

以上所说，谓之与三位序言作者唱反调可，谓之贬抑吾兄大著则不可。盖《潜庐藏书纪事》未必非得列诸"书话"之中，方可显出其好处来也。虽然，泛泛而言"书话"，犹之乎"读书录""看书偶记"或别的什么，亦无不可。今见三位序言作者称之为一种文体，一个品种，故发此议论，明祥兄勿以为怪也。

匆匆，祝好。

止庵
二〇〇七年二月十一日

去年产量少，只《相忘书》一种，吾兄或已见到，这里寄上一册"毛边本"，有意思处或在裁不在读也。又及。

致于晓明 一通

晓明先生：

大札及惠寄的刊物收到。承蒙嘱担任顾问，谢谢。

我写不好字，不敢献丑题词；虽然关于日记也想了两句话，即"想写就写，让看才看"是也。这是两句实话，也可以说是废话。日记——有意发表者除外——近乎隐私，写作有如《庄子·大宗师》所谓"自适其适"。正因为如此，没必要说空话、假话。此亦即《论语·公冶长》所载子贡之语："我不欲人之加诸我也，吾亦欲无加诸人。"至于他人以此作为研究材料，受到某种限制，也是理所当然。人家愿意发表，看看无妨；不愿意发表，也只好如此。研究不违人情，这是我一向看法；涉及日记亦然。

我自己断断续续写过一些日记，先是因为读了一册《托尔斯泰最后的日记》的缘故，也多记当下思想——只可惜那时其实没有什么思想；后来只写流水账了。所以没有什么意思。

我读过的日记中，最喜欢的是明末叶绍袁的《甲行日注》和近人浦江清的《西行日记》。

　　恭颂
编安。

　　　　　　　　　　　　　止庵
　　　　　　　　　二〇〇三年九月三日

致肖毛 一通

肖毛兄：

　　来信并大作收到，非常高兴。

　　大作待一一拜读，先感谢你赐下《橡皮底袜子》。周作人曾译此篇，向未为人提及。周氏日记对此有所记载，一九五二年九月十七日："译壶井小说'地下足袋'，至下午得五纸。又续写二纸。"九月十八日："续译前文，至午后得六纸。下午又写三纸了。"希望将来能将此篇编进他的译文集外集里。另外由《反抗着暴风雨》周丰一所作"例言"得知，"译稿曾由我父亲校阅一过"。如此则该书与《静静的群山》《箱根风云录》《阿里斯托芬喜剧集》和《欧里庇得斯悲剧集》中罗念生所译，以及《今昔物语》（原稿复印件在我处，待出版）等同为周氏校订作品。将来编他的著译书目，应该将这些另列一项。

　　你的"书友印象"，涉及我的部分写了那么多字，令我既感且愧。你的文字很好，不过写我可就有点浪费了。其中有几处与事实（不一定是那天我说的）稍有出入：

　　一，"'一些还没有出过的周作人译文，现在还找不到手稿，如果重新出版,校对还原的难度很大。'止庵先生说,'另外,我这里还有一些周作人译文手稿复印件,也从未出版过,可惜很多都是残本,将来不知怎样处理好。有一次,人民文学社要处理一批作家手稿,周作人的家属去挑,在里面发现了一种知堂译稿,但已经不全了……'"

这里包括两回事:

(一)现在出版的《苦雨斋译丛》所采用的手稿的来源。《全译伊索寓言集》、《希腊神话》、《欧里庇得斯悲剧集》中的十种、《路吉阿诺斯对话集》、《古事记》、《枕草子》、《平家物语》、《狂言选》、《浮世澡堂》和《浮世理发馆》皆为周家从出版社取得,但是《狂言选》增订的三十五篇、《平家物语》第七卷和第八卷的一部分、希罗多德《历史》(未译完)、井原西鹤《好色一代女》(未译完)等却已遗失了。

(二)我只有周译石川啄木《悲哀的玩具》的别一译本的复印件,共四十六叶,半叶九行,栏外有"摩登教育用品社制"字样,计一百八十首,较刊本少十四首,文字与刊本及《陀螺·啄木的短歌》所收均有出入,其中定语与中心词是领属关系时,助词用"底",无注释。乃是别一译本,与一九五九年所译者并非一稿。然何时移译,尚待查考。我说"不知怎样处理好",是指此稿和《艺文杂志》刊载的《希腊神话》第一次译本(部分)。

二,"'我不是搞收藏的,实在没有几本周作人的书,怕你会失望了。'说着,止庵先生从书柜里拿出几种知堂文集,其中一本的扉页上还有孙伏园先生的手迹。字很漂亮,看到末尾才知道,那竟是孙先生病后左手所写。左手写字,也不算难事,小时候,我天天这样写,以后才被迫改用右手。不过,能写是一回事,写得不像左手所写却比较难。'这一本,'止庵先生指着一本知堂集子说,'还是从谷林先生那里拿来的。那段时间,我需要据初版本校对,朝谷林先生借来看,还回去不久,又再去借。后来,谷林先生说,书就留到你那里吧,不用还了。'"

我家里的十七八本周作人的书,都是谷林翁所赠。我校订《周作人自编文集》时,曾向谷林先生借过两次,用毕即归还,其中有一本后来他送给沈胜衣了。在此之前,他已送给扬之水若干本。今年春天,我去看望老人,他把剩下的十几种给了我。其中三册有周作人的字,即如《书边杂写》所记:

"……翻开《夜读抄》的内书名页,忽见边框左侧有作者题赠手迹,上款是'闲步道兄',下署'苦茶'。"

"就中尤推《永日集》和港版《过去的工作》《知堂乙酉文编》为翘楚,盖咸从作者手头得来。……后两种新书,有题款,并钤'周作人'三字钟鼎文圆形章。"

"这后两种书且曾于一九六三年经孙伏园先生假阅,时伏老右侧已偏瘫,我求他留题,他在三月廿九日以左手题《乙酉文编》曰:'先生今年按旧算法八十',一言便流泻出无限念旧深情。"

"闲步"即沈启无,《永日集》即赠送沈胜衣者。

三,"一会儿,话题转到签名本,止庵先生拿出多种钱锺书夫妇的著作,说,'我的签名本不多,也就这些。你看,钱先生非常认真,虽然每本书上写的赠言都一样,但题字下的印章却不重复。'的确,单从这一件小事上,就可看到钱先生做事的认真态度。"

这里却要抄一段我的旧作了:

"这样的想法,记得后来对作者女儿钱瑗讲过一些。我们有一点转弯抹角的亲戚关系。八十年代后期，我正逢困顿之时，经常去她家里谈天。几乎都是我开口，话题以文学为主，包括《围城》在内；她和蔼地微笑着，间或插一两句，表示同意与否。将近十年后，我去参加她的遗体告别仪式，看见鲜花丛中，那张脸像是蜡雕的，不见丝毫暖意，我感到非常难过。这是一段插话，回过头去讲《围城》，其实该说的都已说了，只须补述一件事。我曾经托她把《围城》等带给钱锺书，请他签字。此等举止我迄今也只做过一桩。钱著七种，写的都是'进文小友览存'，印章却各不相同。我想这是前辈饶有情趣之处，亦是不肯敷衍之处；过去读《围城》《人·兽·鬼》和《写在人生边上》，觉得他自恃才高，傲视天下，敢情是片面印象，实际上丰富得多。"

以上说明，算不得更正，供你参考而已。

你赠我的《希腊神话故事选——在橄榄树的故乡》已经读了，真的很好。

你别的文章，我看过后，再报告想法。

祝好。

止庵

二〇〇四年六月十一日

致江慎 六通

一

江慎先生：

大札拜读，谢谢您的关心。对于您的批评，我想略作解释，虽然不无自我辩解之嫌。请您谅解好了。

其一，关于"言必称知堂"。我写文章，不外几项内容（其他的不懂，或仅一知半解，故不谈），其中只是涉及思想与文章者，偶尔引述知堂的话而已。那原因是因为他说得有理。其他如谈文学、美术和古典哲学的，则他于此本缺乏兴趣，我当然无从引用。而我谈到后面这些似乎更多。《向隅编》中有一篇《周作人与我》，讲到彼此之同异；自忖所写文章，正如那里所说。先生可以参看。

其二，关于"好像越来越只重理趣一路，完全舍却了情趣一路"。盖年龄渐长，有此变化，或亦属正常。但如《画廊故事》《张爱玲画话》等，似仍属于"情趣一路"也。

其三，关于"喜作谦语"，前作《序跋》跋文，有云："或许大话不绝于耳，真话反而说不得了。平生读书不敢懈怠，作文不敢苟且；真有好处，也是止此而已。然而读书作文本该这样，形容起来只是个'零'罢了。夫有所贡献，方为正数；连这一点也做不到，则是负数。倘若止此便足以傲视他人，这码事儿怕是根本干不得了。不如焚弃笔砚，另觅事由好了。"此乃真心话。

我本是学医出身，以后所干事由，实与文坛无涉，自己也从不以文人自命。偶写文章，多是读书感想，并无什么远大志向。尝在《罔两编》序中说："我读文学史和艺术史，感到十九世纪中期以降一百年间，人类文明创获甚多，乃超过此前之一两千年。继乎其后的，也许该是一个好好欣赏的年代罢。生于斯时，诚为幸事。而我们往往自以为在'给'，跨踖满志，摩拳擦掌，拿出手的却什么都不是，白白浪费了自己与他人的时间精力。其间一得一失，昭然若揭。"这是我自以为所说的最"接近真理"的话了。在此前提下，彼辈动辄作"不谦语"者，岂不很可笑乎。

所索各书，《俯仰集》与《怀沙集》均系选本，无甚意思，我自己只有一册存留。可以奉上者有《老子演义》一种，敬请告知详细地址，以便邮寄。

祝好。

止庵拜
二〇〇四年十月二十六日

二

江慎兄：

还是用这个称呼罢，其实只是必要的客气而已，并无别的意义。

《书简三叠》一校样还没出来，估计面世要到秋冬之际了。到时我请谷林翁为你签个名留念。

我自己的文章，不拟编进书里的，其实没有多少篇（这话说得狂妄了，只是平时写得很少，又较为用心而已），你们所谓"集外文"，多半是因为我新的集子尚未编出的缘故，这集子正在编，所收皆"向隅""罔两"二编之后所作。

倒是真有几本书很想找到，一是天津人民出版社一九五七年所出周启明译《希腊神话故事》（这书其实就是《希腊的神与英雄》，但为了校对用，希望找到这一本）；一是先父沙鸥先生的旧著（有的我有，若有九品以上者，愿意多收一本；有的我没有）。但是这些书是我托老兄代买，所以一定要付钱的。

祝好。

止
二〇〇五年六月六日

三

江慎兄：

谢谢你。《希腊神话故事》有复印件，已经很好了。北京几家图书馆都找不到呢。其实知堂别种译著，我也多是复印件。我自己喜欢要的，还是"文革"前周氏不在人民文学社出的各种，因为估计较少改动。还望吾兄代为留意。

先父著作亦求代为留心。有下列几种，手边没有，故而不计品相，有书就行：《小红灯》《夜明珠》《老鼠盗牛》《英雄船长》。

谷林翁身体还好，《书简三叠》估计要到秋冬之季才能面世。此书的确很有意思。《郑孝胥日记》确要出版，但是老人已无力重校，只好一仍其旧。不过印刷、用纸会好得多了。

祝好。

止庵

二〇〇五年六月十九日

四

江慎兄：

《希腊神话故事》尚未收到。没关系，迟几天也无所谓。

废名生前出版的书，民国才有六种，吾兄已得其二；另有与开元（沈启无）合刊二种，只怕亦不易找。四九年之后只有两种，即《跟青年讲鲁迅》与《废名小说选》，可能较易得到。

有一部书，倒是希望吾兄帮我留心一下，即"文革"前出版的《盖达尔选集》（上下册），好像是中国少年儿童出版社出的。此书给我留下的印象甚好，后来重读也觉得好，但我只有半本，还不齐全。（《插花地册子》曾谈及此事。）

吾兄所提丛书中"同行者"有谁可看问题，殊难回答。其实不如看看民国年代的书呢，好的很多。

祝好。

止

二〇〇五年六月九日

五

江慎兄：

承垂询广西人民出版社出版之《雅堂笔记》《顾随说禅》，查此二书封面确有"止庵主编"字样，不过与我毫不相干。或者天下有同名者，但是可以确定地说：此人原来不叫"王进文"也。我于连横全无所知；于顾随则自有心得，要选也不是这般选法。我只想安安静静读点书，不愿找事，更不愿事儿无端来找我。吾兄当能理解。

祝好。

止庵拜

二〇〇五年八月二日

六

江慎兄：

信得。这回我寄的书终于收到了，看来挂号还是对的。迄今所写诸书，大概还以《神奇的现实》为最好，虽然写到后半部分，情绪稍嫌外露，但也由此发现自己"毕竟是个爱国者"。先前一版有很多自己不喜欢的地方：分章，一也；插图，二也；版式，三也。新版插图是我自己想出来的，倒是略感得意，因为用意不在"神话"，而在我选的那些图，都有一个特点，即混淆现实与非现实，此即全书主旨，亦即"神奇的现实"也。相比之下，旧版插图太坐实了，而我本意不在叙述历史。解释了一大通，老兄其谅我乎。

《静静的群山》与《鲁迅小说里的人物》都收到，谢谢。只是前者品相较差，其实这书我有一本，就是嫌差，说来彼此相去不远，将来还得另觅一本。《鲁迅小说里的人物》虽是一九八一年的，但的确比我的一本好些。我想写一篇文章，详细描述一下一九四九年以后周著出版情况（截止于他逝世时），目下资料还不够也。

祝好。

止庵拜
二〇〇六年八月十三日

致子非鱼兮 一通

子非鱼兮君：

  找出一本《如面谈》，过节后寄给你。有出版社拟重出此书，我补了七篇，删去六篇，其他各篇则略有字句修订。此乃十年前的旧作，现在看来，难免如"蘧伯玉年五十而有四十九年非"，虽然有些意思还是不错，但大概不会再那么写了。

  删去者皆为有关几位同辈人的评论。此书初出版时，得刘铮君来信，对其余各篇均表示认可，惟此一组不以为然。当时曾试作解释，即如刘君后来作文所说："一九九八年年初，读了止庵先生的新著《如面谈》，觉得里面谈于君、杜丽、冯秋子、胡晓梦、虹影等几位女作家的文章，未免有标榜之嫌，于是在信里冒昧地讲出了自己的意见，止庵先生不以为忤，但表示那不是阿谀，也不是为朋友的书作介绍，坏话说不出口，而是真有意思在的。"然则我对此始终"耿耿于怀"，越发觉得刘君批评的不错，当年我写这些文章，实在毫无意义。今趁《如面谈》重出机会予以删略，则于刘君亦有所交待矣。

  新年快乐。

止庵
二〇〇七年二月十七日傍晚

致段炼 六通

一

段炼先生：

 李焱兄转示尊稿，拜读一过，颇有启发。我虽然写过关于庄子、老子的书，但是一向限定在某一题目之内，不曾做过此类横向比较。只有两小点，略陈己见。一，尊文云："一方是，《论语》开篇讲学习方法（'学而时习之'）、讲交友之道（'有朋自远方来'）、讲内在修为（'人不知而不愠'）；另一方是，柏拉图《理想国》开宗明义，劈头就问'什么是正义'。"《论语》各篇各章原本无甚顺序，似与《理想国》有所不同。二，尊文云："但此书（《庄子》）何以跳出传统模式，解构复建构，以《外篇》《内篇》《杂篇》三合一示人，却疑莫能明。"今日所见《庄子》模样，譬如内外杂篇的分类，多半系后人删订重编，当初可能并无特别用心。即以今本《庄子》而论，别说内外杂各篇之中，即是某一文章里亦往往自相矛盾。此等处不妨说得稍有余地些，则立论或许更其完满。知无不言，请予宽容。

止庵上言
二〇〇二年四月十九日

二

段炼先生：

　　信得。前信颇冒昧，先生乃以宽容待之。然则语焉不详，径直发表出来，有如特地挑毛病了，并非我意，读者亦会产生误解。我意在于说明先秦（至少荀子之前）尚无后日概念之文章可言，皆不成篇；《庄子》亦不成书。此事非我发明，证据俱在；此刻论之却尚须费些口舌，故附骥于尊文之末似乎不妥，不如将来专门写篇文章，或许会提到尊文，亦是为的挑起话头也。此意已告李焱兄了。过去就《庄子》写过两篇文章，均发表过，兹置于附件中，请先生便中一阅。匆匆，祝好。

止庵拜
二〇〇二年四月二十七日

三

段炼兄：

　　流沙河的《庄子现代版》，只在书店里翻了翻，因为是白话译文，所以没很留心。印象中好像有不少涉及现实的发挥，此与译成白话均系我所不为者也。

　　至于拙著，也只是一家之见，不过有些小的地方倒是还有些意思，譬如"以指喻指之非指。不若以非指喻指之非指也。以马喻马之非马。不若以非马喻马之非马也。天地一指也。万物一马也"，我解"不若"为"不是一样吗",而他人多解作"不如";又如"为善无近名。为恶无近刑",我从成玄英,解"无"为"无不",而他人多解作"不要",凡此等处,自以为不无所得。

多联系。

止

二〇〇三年十一月二十三日

四

段炼兄:

所谓"《苦雨斋译丛》拟改编重印者"者,其实即如弟在总序中所说:"此次再版,乃有机会订正错讹,并补作跋文,介绍当年翻译经过。"如此而已。

又注解位置,系弟用心考虑过后才安排在篇章末尾,当然周氏原稿也是如此。这样注释成为独立部分,可见译者花的工夫。或于阅读稍有不便,但也只好如此了。

明年除重印《希腊神话》等三种外,还拟出版《现代日本小说集》、《两条血痕》(合编一册)、《如梦记》、《石川啄木诗歌集》(合编一册)。

谢谢关注。

止

二〇〇三年十二月十二日

五

段炼兄：

信得，谢谢鼓励。弟自今年一月即病颈椎，难以写作，勉力写得二三篇，就中《博览群书》二期所刊之写奥威尔的文章，稍有意思。

李焱转来尊作《一个错觉》，拜读一过，觉得颇有新意，惟末段揄扬唐宋八大家文，似太囿于旧说，为弟所不敢苟同。周氏兄弟均以八家文为恶札，当非偶然。弟六年前作文亦云："所谓'大散文'直可以上溯到几十年前那批抒情之作，乃至清朝的桐城派和'唐宋八大家'，一言以蔽之，写的无非是些滥调而已。关于这路文字，我倒有心要写部《中国坏散文史》的，好好讲一番道理。"盖余秋雨辈的根子，即扎在八家那里也。

祝好。

止庵
二〇〇四年四月十日

六

段炼兄：

关于韩柳之文，不欲更作评说，此乃鄙人读书之所悟，恰与鲁迅、知堂相合也。吾兄倘取弟所首肯及贬斥各书，分列两组，对照读之，当知吾言不妄矣。其间是非，难以调和。至于现成的文学史上如何说法，不去管它。

　　《读散文》系拙著《插花地册子》之一章，此外尚有《读小说》《读诗》等，算是一部读书自传罢。

　　祝好。

止
二〇〇四年四月十二日

致眉睫 五通

一

眉睫君：

《博览群书》转来尊文《又发现废名的三封佚信》，其中披露《作家书简手迹》所载废名一信，与所附影印件对照，有些错字，又漏了一行。兹重录如下：

"这回想不到先生给了我一个烟士披里纯写了一篇长文章，虽见仁见知有不同，其同为正心诚意之处确是一桩大事，兹敬以呈教。此文在拙作中篇幅虽算长的，若较之先生之妙文章如《怎样洗炼白话入文》至多亦不过相等，请准在《人间世》一次登完，千万莫把他切断，因为我本来只写了两千字的，而正在病中吐不过气来（此话大有叫化子露出疮腿来伸手乞怜的样子，然而确是实在的陈情。）还是要把他补成现在这样的篇幅，是可见其有不可切断之苦心焉，若稿费则无妨打折。是为私心所最祷祝者。久有一点意见想贡献于左右，这回因为抄写这篇稿子遂越发的感觉到，便是简体字提倡也可不提倡也可，别人提倡也可而我们不提倡也可，我们如果偶然写了几篇红红绿绿的六朝那样的文章，岂不是亦大快事，简体字岂不大为之损色？不读书的人岂能看得懂我们的文章？能读书的人恐怕要讨厌简体字。故我以为简体字者非——林语堂先生主办的杂志所应提倡之字也。实在简体字者徒不简耳，不简手而烦目耳。在字模子上无所谓繁简，印出来看在眼睛里笔画少而难认耳。愚见如此，不知先生以为何如？中国目下的事情不在这些小事情上面，而我们的文章大事更不在这些小事情上面。匆匆不悉。敬请
道安

废名上言　三月十七日夜。"

尊文称："后来陈建军先生将自己对此信的研究结论告诉笔者，收信人为林语堂。"惜未闻其详耳。且略陈我的一点看法。

废名此信当写于一九三五年。其中提到的"一篇长文章"即《关于派别》，载于一九三五年四月二十六日《人间世》第二十六期。该文末署"三月十四日写完"，为写信之前三天。文章有云："林语堂先生在《人间世》二十二期《小品文之遗绪》一文里说知堂先生是今日之公安，私见窃不能与林先生同。"此即信中所说"这回想不到先生给了我一个烟士披里纯"。又"我本来只写了两千字的，而正在病中吐不过气来（此话大有叫化子露出疮腿来伸手乞怜的样子，然而确是实在的陈情。）还是要把他补成现在这样的篇幅"，即如文章所说："上文于昨日写完了，在篇首加了'关于派别'四个字算是题目，打算就寄给《人间世》发表，但心里总觉得有点不安，文章刚写到一半就结束——我越想越觉得我还应该把后半篇的意思补足起来，因为我的初意虽只是想说出我自己所感得的知堂先生的散文与陶诗又是怎样的不同，而这文章上的不同乃包含了一个很有

意义的事实,我好像有一个要说话的责任似的,当仁而让,恐是自己懒惰。近日身体小有不适,家里的人劝我莫多用心思,昨夜我乃又戏言曰,'这篇文章恐怕还要多得几块钱稿费,两千字还不够。'妻乃又很不以我为然了,说我在病中来了客偏偏爱说话,又写什么文章。我说,这是要紧的话,不能不说。"就中戏言"还要多得几块钱稿费",所以信里找补一句"若稿费则无妨打折"。

此外,尊文有云:"可惜此信有残缺,无收信人的姓名。"我要说,"私见窃不能与先生同。"我觉得这是寄《关于派别》一文给林语堂时所加"附言",无须上款,所以是完整的。

知无不言。不对之处,请你和陈先生指教。

止庵
二〇〇七年一月三十一日

二

梅杰兄:

《中华读书报》所刊尊作拜读,兄勤奋好学,颇感佩服。唯有一点小小意见,即所云"这里提到的《记张爱玲》一文一般读者肯定是不知道的,甚至以发现张爱玲佚文著称于世的陈子善先生在其所编《张爱玲的风气——一九四九年以前张爱玲评说》一书中亦未收录此文",未免过于"断言"。按《语林》一、二期所载汪宏声《记张爱玲》,编者《关于〈记张爱玲〉》,张爱玲《不得不说的废话》,秋翁《"一千元"的经过》,汪宏声《"灰钿"之声明》,闵绍樾《一个更正》，汪丹山、何杏仙《来函一通》等，均影印收入唐文标编《张爱玲资料大全集》。此书不敢说"一般读者肯定知道"，至少张爱玲研究者是知道的罢，譬如陈子善就一定见过。他不收这组文章，当是别有原因，就像所编张爱玲的散文集，未收《不得不说的废话》一样。写此信其意不在挑剔毛病，吾兄知之。

敬祝

撰安

止庵

二〇〇八年五月一日

三

眉睫兄：

承赐下大作一束，已拜读。吾兄勤奋好学，弟颇感佩服。惟有时下断语稍过，如："石民恐怕一般读者都已经不知道了，他的著作现在也见不到了。"（《想起被遗忘的诗人石民》）"研究现代文学史的学者恐怕都不知道朱英诞是谁，作为一个诗人，这是他的悲哀。"（《记住诗人朱英诞》）皆是也。

来信嘱作一题跋，惴惴不敢为，盖佛头着粪或狗尾续貂均不免招人笑话。今姑择一事略加商榷，也就不算交白卷矣。

尊文《周作人与废名》云："据一九三四年七月二十八日周作人答日本记者问，他是把俞平伯、废名、冰心作为得意门生，又据一九三六年十月三日《铁报》上的《周作人的三位高足：俞平伯、冯文炳、冰心》为佐证,'四大弟子'一说或许外界据一九三三年《周作人书信》以及五人密切关系的误传、误认。"

按《周作人书信》未收致江绍原信,则此"或许"云云难以坐实。而答日本记者问亦与此事无甚关系。该采访记节录曾载陶明志编《周作人论》中,有关的一节如下:"记者又问在文坛上露头角的得意门生很多罢?他答道不多,只二三个,现任清华教授的俞平伯,用废名笔名的冯文炳以及冰心。"江、沈二人无涉乎"文坛",周氏当然不会说到。弟前此曾作《〈近代散文抄〉之"抄"》一文,有一段话:"所谓'苦雨斋四大弟子',除了与师父来往比较密切外,乃是各有本事,才得以列名其间。沈启无正是因为编选了作用和影响都很大的《现代散文抄》,而不在乎他此外有何著述;这就好比俞平伯有《杂拌儿》《燕知草》《杂拌儿之二》,江绍原有《发须爪》《英吉利谣俗》,废名有《竹林的故事》《桃园》《枣》《桥》和《莫须有先生传》一样——附带说一句,以上各书,周作人均写有序或跋。"亦一己之见而已。抄录于此,用供参考。周作人有一次提到此一说法,见《文坛之分化》:"世间传说我有四大弟子,此话绝对不确。"下文谈到俞平伯、江绍原、废名及沈启无。虽是否定,但当时有此一说,而且流传较广,却是可以引为证据的。

恭颂

撰安

止庵

二〇〇八年五月二十日

四

眉睫兄：

　　信得，谢谢。尊作在《中华读书报》上看了。所论废名晚年的思想变化，似不出"自觉"二字。然而拙文已云："……就中原因，自不能完全归咎于个人，然而中国不止一代知识分子曾经自觉'改造思想'，以至普遍丧失思考和判断能力，却是我们迟早需要加以认真反思的。"倘若吾兄不是不曾细读我这段话的话，则你我于此一层并无异议。看法不同之处，在于对你所谓"在思想上进行自我教育，由自由主义知识分子转向人民立场"以为然否。然则此一问题，你无法说服我，我无意说服你，是以不复谈。倒可以引别人的两段话，一是格雷厄姆·格林所说："'我们，'萨拉在想，'我们。'他像是代表一个组织在说话……'我们'，还有'他们'都是听上去令人不舒服的词。这些词是一个警告，得提防点。"（《人性的因素》）一是废名自己从前所说："鲁迅先生的小说差不多都是目及辛亥革命因而对于民族深有所感，干脆的说他是不相信群众的，结果却好像与群众为一伙，我有一位朋友曾经说道，'鲁迅他本来是一个cynic，结果何以归入多数党呢？'这句戏言，却很耐人寻味。这个原因我以为就是感情最能障蔽真理，而诚实又唯有知识。"（《〈周作人散文钞〉序》）我的看法，不过如此。又吾兄有暇，或可取扎米亚京《我们》、奥威尔《一九八四》二书一读。鄙意以为，头脑清醒要紧，而写文章尚在其次。恕我直言。

　　祝好。

止庵
二〇〇八年七月二十日

五

眉睫兄：

　　承示尊作《废名与周作人》一文。说来类似题目我亦想过，然不敢着笔，自忖材料不够，捉襟见肘尚在其次，以偏概全最是不宜。今读尊作，似乎现有材料未尽采用。如抗战后一节，只字不提废名之《莫须有先生坐飞机以后·一天的事情》（一九四八年四月《文学杂志》第二卷第十一期）和《我怎样读论语》（一九四八年六月二十八日《民国日报·文艺》）中有关周作人及其"附逆"事的论述，而当时公开为周氏声辩者，惟此两篇而已。谈及周、废关系，不及于此，可乎。且二文近年已不止一次印进废名著作中，回避亦无意义。此二文似乎于张吉兵氏著书，以及吾兄书评断言废名抗战期间思想彻底转变，不说适为反证，至少是需要逾越的障碍。吾兄自谓"材料有余，思想不足"，夫"有余"恐不易得，在弟看来，现代文学史无论何种题目，材料均嫌不足，显学如鲁迅研究亦不例外，何况其他。另有零碎意见，标在原稿上，不赘述。又该文初稿肖毛曾转我，当时也曾加按语，今一并呈上。弟病腰、颈，无法多写，敬请谅解。

止庵
二〇〇八年八月七日

致周蓓 二通

一

周小姐：

　　谢谢你的来信。我自己是胡乱读书的，要我说不读什么很容易，说读什么就麻烦了。三联书店去年出过一本《纽约时报书评》精选，题为《二十世纪的书：百年来的作家、观念及文学》，不知道你看过没有，这本书可以当作文学史来读，也有不少好见识，还谈到不少书，可能其中就有你爱读的。好像读来不太费劲，只是译文稍微别扭一点。

　　你说的"有意思也能看着不费劲"，我觉得这标准很好，只是具体到每个人口味略有差别。前些时有报纸叫我推荐书，我想的其实也是这个标准，但是一下子想不出很多，就只提出了两本，一是威尔斯的《世界史纲》，一是《达利自传》，倒真的是"有意思也能看着不费劲"，但不知道你觉得怎样。

　　以后有什么需要我帮忙的，请随时告知。

　　祝好。

止

二〇〇二年十月十二日

二

周小姐：

达利自传有两个译本，一是上海人民美术出版社一九九七年版，书名《达利自传》；一是湖南美术出版社一九九七年版，书名《达利的秘密生活　一个天才的日记》。关于这本书我从前写过一篇书评，附上供你参考。

关于读书，我觉得其一要看口味，其二要看需要。后者接近于你说的工作阅读。前一方面我不很清楚，所以也不能贡献什么意见；后一方面我觉得你现在在文化室工作，可以看些文化史之类的书，这样可以多掌握些相关知识，遇到其中感兴趣的，则可以再去找专门介绍的书去读。史的阅读好比"纲"，进一步的阅读好比"目"。我觉得很多朋友读书，缺少"纲"这一方面，所以不能系统。文化所涉及的内容很多，你可以先结合具体工作，从某一类或某几类下手，譬如上次你们报的选题，我记得有一套从台湾引进的关于艺术的书，如果你搞这个工作，不妨找一本艺术史或美术史来看看，贡布里奇的《艺术的故事》，或《剑桥艺术史》均可一读。这是举个例子。我觉得上述方法，即一，结合工作；二，从史入手；三，推及专门，或许对你较为适用。我没有推荐文学作品，因为恐怕一时用不上，其实有些传记倒是很有意思，也可以用来补充知识。这方面我也写过一篇文章，也请你看看。

祝好。

止

二〇〇二年十月十五日

致云也退 一通

题《闲闲书话》文集。

我不会上网浏览,知道世间有"天涯"、有"闲闲书话",乃赖二三友人寄来若干帖子。我写《再谈〈今生今世〉》等文,即与此有关。讲这些,是说我与论坛也有一点缘分,所以遵章君之嘱写几句话,并非造次。用"缘分"这个词儿形容"闲闲书话",再恰切不过。大家都爱读书,读罢有所议论,但求抒发己见,不求彼此一律,这便是我对论坛总的印象。虽然亦有一语,姑作野芹之献:开卷有益,要在简择;果有会意,不算白看。至于"书话"偶有涉及我者,无拘褒贬,皆是关心,均当道声谢谢。《庄子·天道》云:"子呼我牛也而谓之牛,呼我马也而谓之马。"此中境界,素所向往。

止庵
二〇〇五年十一月十九日

致卞琪斌 三通

一

琪斌先生：

信得。您怕是错怪我了。前次收到尊函，当即回复一信，内容我还大致记得，系就垂询之研究周氏方法作答，建议可就近寻访周氏在南京遗踪，譬如老虎桥监狱，现在尚存在否；当时周氏同狱之人，多为窃盗之辈，譬如潘同根、宋思江、余九信等，或有尚健在者，不知可否找到。此信或寄丢了，也未可知。

"周作人自编文集"承蒙夸奖，谢谢。记得当年岳麓共出版十八种，这套是三十六种。至于所说遗憾之处，容我解释一下。我对岳麓版的索引，并不觉得特别理想，因为有的人或书在其列，有的不在；而取舍之间，又无标准可循。似乎不够严谨。我自己也未必能做出稍为严谨的索引来，所以宁付阙如。原版封面及插图，我早已收集齐全，包括同一书之不同版本者，也曾建议附入书中，出版社未予同意，理由是原书内容虽为周氏自编（此所以名为"自编文集"也），封面却并不尽为周氏认同，多系当时出版社所为。至于插图，质量实在较差，无法翻印，我只在书前文章中略加介绍而已。

关于周作人，我不过是个读者而已，谈不上研究；虽然别人的研究，我也不觉得有多么大的成绩。譬如您提到的《读周作人》，鄙意若云"最好的榜样"未免过誉。过去曾写过一篇文章，评论同一作者的《话说周氏兄弟》一书，发表在此地报纸上，或迄未寓目，兹附如另纸，也许可供参考。近重读舒芜《周作人的是非功过》，也是有感想，无理论，仅仅罗列现象，尚谈不上深入研究。

祝好。

止庵

二〇〇二年一月十一日

二

琪斌先生：

信得。

关于"周作人自编文集"，或许对于"自编"二字，你我理解有所不同。此"自编"该是单指内容而言，保留内容的原样，即不违背"自编"之义，盖此非"翻印"者也。这是出版社方面的意见，我觉得似乎不错。

我校订这套书，整整用了两年时间。此前所编各书，说是准备亦无不可，也可以说各有机缘罢。但是《周作人晚期散文选》我很不满意，当时我的"编书观"尚未完全建立，属于草创之举，弃之可也。所谓"编书观"者，一言以蔽之，即整理前人著作，除必要之举外,编者个人色彩愈少愈好。

关于周作人研究,我的看法仍如前次所附文章所说,此处不复赘言。来信所说"各人有各人的思想、方法"本来不错,然而其间自有高下之分。高者说实话所见不多,下者读之无甚意思。大家都讲"开卷有益",然则尚有"问道于盲"一说也。至少就这一具体问题而言,周氏原作具在,不如径直去读;又不是意义未明,何劳他人解说,赶上浅解甚至曲解,非徒无益,而又害之。总之人的精力有限,读书当以简择为要。(来信举鲁迅与盐谷温的例子,恐有未当;我说的是读书不是研究。至于研究周作人是否一定参考这些"论著",其实未必需要,当然如有时间,看看也是好的。)

关于沈启无,我也有兴趣,不过所知甚少。他好像出过几本书,但是我一概没有读过,因为不易找到。只在三四十年代的杂志上看过几篇,似乎不很高明,抒情味道颇重。影印《骆驼草》中,有个"丁文",我怀疑也是他。五十年代以后他在北京师范学院(现首都师范大学)中文系教书,死于一九六九年,寿六十七。据说后代尚在,但是不知确切情况。钱稻孙的译著,"文革"后重印了几种,如《近松卫左卫门·井原西鹤选集》《万叶集精选》《东亚乐器考》等,我都读过。他已于一九六六年去世。我所知道的,大概就是这些了。

承蒙索书,我写了一本《苦雨斋识小》,主要部分系根据为《周作人自编文集》所写的三十六篇文章改写而成,另外还有一个外编,收有《乙酉文编考》《老虎桥杂诗与知堂杂诗抄》《一本书的传奇》《希腊神话二三事》和《苦雨斋译丛跋》五篇文章,大多讨论版本问题,总共十多万字。来信提到的那些封面,也都作为插图印在其中。大概不久可以出版,届时当寄呈求正。然而事先声明一句,前述对周作人研究之批评，包括我自己在内，虽然我所写的连"研究"尚且谈不上也。

祝好。

止庵
二〇〇二年一月二十三日

三

琪斌先生：

谢谢您就《老虎桥杂诗》所做校勘。其中《雨景山水》，确实应是"烟雨满空林"，不是"雪"字，将来再版时当予改正。其余几个字，都是故意不改的，因为乃是通假字，并非简化字，所以不改。整套《周作人自编文集》，都是这么处理的，譬如"支体"不改"肢体"，"钞"不改"抄"，"厂"不改"庵"，等等。此事最费精神，曾与谷林翁反复商讨，最终决定如此处理。所谓"通假"与"简化"的区别，根据的是《辞源》《辞海》和《现代汉语词典》三本书，所有未改之处，均可在此三种书中查到依据。这个做法，与钟叔河整理《周作人文类编》的做法有所不同，私意稍嫌那书校勘得有些过头了。

您自谓爱读周氏之文，而又云"其后期文抄公体我还大多不能通读""读了提不起精神"，这恐怕不无矛盾。周氏最好的文章，即是文抄公之作，可以说周氏之为周氏即在于此，舍此则其价值不说尽失，也是大打折扣。周氏最高成就，乃是《夜读抄》至《过去的工作》这十五种著作，您如有兴趣，不如花上一番功夫。这番话或不入耳，然则自信是诚实的。我没有受过文科教育，只好下苦功夫读书，曾以十年读《庄子》，周氏著作也前后通读多遍，编《周作人晚期散文选》时，还曾动手抄过十几万字，得以揣摩此老行文特色。一点经验之谈，特此贡献给您。

恭颂

安好。

止庵

二〇〇二年二月三日

致王志宏 五通

一

志宏先生：

承蒙惠寄尊文，非常感谢。拜读一过，对先生关于拙著《樗下读庄》的批评，多感同意，尤其是有关"体系"一语，若易之为"框架"恐怕要妥帖得多。又拙著确是自设前提，于这前提之下，努力做到自圆其说，这一点先生也看到了。

惟是有一点还想稍加辩解，即有关"双重标准"问题。其实拙著试图构造庄子哲学框架时，并未引《荀子·解蔽》与《庄子·天下》作为依据，《序》中所说："根据《荀子·解蔽》与《庄子·天下》等的论述，似乎把它归在庄子的名下是最合适的。"仅仅关系所谓庄子哲学框架之本主（从某种意义上讲，也可以说是《庄子》部分篇章的作者）问题，而不意味着我接受了《荀子·解蔽》与《庄子·天下》有关庄子哲学的论述。在《天下》中我说："甚至对于庄周，也指出其尚不能称作完备，并不就是'道术'本身；尽管看得出他还是很倾心于庄学之一部分（他所列举出的那一部分），对其体会亦不能算是不深。"可以作为证明。不知先生以为然否。

先生的博士论文将来希望拜读为幸。我的住处邮寄不便,过几天进城时当寄呈拙著《樗下读庄》一册求正。自此书出版后,我便很少涉足这一领域,只是两年前在《书评周刊》上发表过一篇小文章。先生文章中提到李泽厚的《论语今读》,我也为这报纸写过一篇书评,不过全是反面意见,我觉得那本书实在不高明。

匆匆,恭颂

安好。

止庵

二〇〇一年十二月二十三日

二

志宏先生:

来信收到,拙著《樗下读庄》,已请责任编辑代寄一册,惟不能校改其中错字,亦复不能写上题赠的话了,请原谅。关于《庄子》,我并无什么新的想法,只是去年写关于《老子》的书时,在序言第二、三部分中对《庄》《老》关系重加探讨,约有四千余字。《论语》我写过些小文章,都不大值得一提,将来是要专门写一本书的,恐怕心得比《庄子》只多不少。

对我来说,迄今为止,自己写文章都还是副业,编辑整理周作人的书,才是正业。关于周氏我最重视两点。一是行文的非对象化的态度(他有一篇《谈文章》,专门讨论此事,收在《知堂乙酉文编》里）——这使我想起《庄子·徐无鬼》中"吴王浮于江"一章，唐宋八大家以降，多少人写文章无非都是"以汝色骄人"，连现在的余秋雨也包括在内，我在《樗下读庄》里有番话说："庖丁的对象除了所解的牛之外没有别的，佝偻者也是'虽天地之大，万物之多，而唯蜩翼之知'；如果庖丁'提刀而立，为之四顾，为之踌躇满志，善刀而藏之'是做给什么人看的话，那就是个丑角的形象了。自然状态首先就是无对象的状态，道的境界是无人之境。'无以汝色骄人哉'也是针对这一点说的，关键是无论在什么行为中，既不要有个'汝'在，也不要有个'人'在。自然性与表演性是不相容的，对象化就是社会化。"说来这是最简单不过的事情，可是只有到了周作人这儿，才在散文美学观念和写作实践中得到真正解决。一是对中国传统文化的系统鉴别批判，这主要完成于三十至四十年代。先生提到的"两个鬼"，似乎与《浮士德》所说尚有所不同，而主要涉及与社会现行价值秩序的关系问题，"绅士鬼"是在这一秩序之内的，而"流氓鬼"则是打破这一秩序的。我以为，二周是殊途同归的——其实"途"也未必都"殊"，主要还是二人气质不同，哥哥是诗人，弟弟是哲人。此外，鲁迅更黑暗一些；至于周作人，始终是一个自由主义者，一个人道主义者和一个文化批判者。

祝好。

止庵

二〇〇二年一月十一日

三

志宏先生：

前后收到两信，迟复为歉。

我平时读书，无非杂览而已，本无一定方向，若是只当个读者，倒也没有什么问题，不幸后来还要有所发言，这就不能不深自警惕，似乎东翻西翻，颇有不足。俗话说"一知半解"，此"一"针对何者而言，"半"又针对何者而言。如果尽知为"十"，"一"之不足立可见矣，是为"一知"；而解又比知难，若知之"一"，解才得其半，是为"半解"。反言之，要想解得多，就得知得多。所以但凡拟发言处，必求尽可能多知多解。"十"有所不逮，"一"而"二""三"，而"四""五"可也，依前述比例，解亦可以较之"半"稍多些了。

我看世间之人，一知半解者多矣，一知半解而又有所言说者又复多矣。即以我们共同关心的领域而言，大家都把"老庄"挂在嘴边，实际上老与庄相通多少，相违多少，须得将《老子》《庄子》尽皆读了，才能知道。我写《樗下读庄》《老子演义》，都是读书笔记，还是想一句句都读通了，以免人云亦云。另外《论语》，亦素为爱读，也想有所论议。又如周氏兄弟，世间议论也有不少，我看学者们未必真的尽读鲁迅之书（书信、日记好像尤其读得不多），至于知堂文章就更是所读甚少了，特别是其中期（三十年代初—四十年代中）的作品，不读不足以谈论此老。以上两个方面，即先秦与五四，或者范围再小，《庄子》与周作人，大概算得我的"自己的园地"，曾经一看再看，我想如果发言，未必对，但总不至于太错罢。

我大学没有学过文科的课；小学、中学时逢"文革"，根本没有好好念书，所以一点功底也没有，只靠自己读书，有所体会。由此便生出一番害怕之心，觉得世间自有明眼人，看得出我的破绽。对付的办法有二，一曰藏拙，即少说乃至不说，尤其是一知半解或根本不懂者，不要自找麻烦；一曰补拙，即多下一点功夫，争取比一知半解稍强一点儿，然后再说。这是我的一点笨法子，但是自以为不太错的。

当然也写其他小文章，多是读书之作，其宗旨亦如上所说。今后还想就一己关心的若干问题写点东西，不过乃自娱而已，实与社会无涉——这方面我的态度，深受《庄子》影响，过去写过一篇小文，曾说："在思想上给我影响最大的是卡夫卡和庄子。现在'四十而不惑'，我这方面就大致定型于这一西一中、一今一古的两个人的某种融合。如果分开来说，世界观多得之于卡夫卡，人生观多得之于庄子。"现在还是这么想法。

关于庄子与《庄子》的关系，先生所说另外两种见解，我亦知之，但是价值似乎不大。

谢谢先生赠书，我当细细拜读。我对海德格尔很留心，惟无甚发见，不敢议论。

祝好。

止庵
二〇〇二年二月三日

四

志宏先生：

来信收到。

谢谢对拙作《老子演义》的批评，先生见解亦大概得知。现在的问题是：这些见解如何能为《老子》全部文本所接受，或者说，不为全部文本所反对。譬如关于《老子》旨归之纯义理的解释，遇到《老子》所一再申说的"圣人之治"又如何说得通。《庄》《老》或许皆为杂凑之书，然而立论之前须先说明取舍耳。如果只取部分文本而成说，则他人亦可取此外文本而反对该种说法也。这也就是我研究《庄子》《老子》皆采用"文本研究"形式的原因。不知先生以为如何。

祝好。

止庵
二〇〇二年三月二十八日

来信先承朋友自网上揭示，我不知如何在网上发表言论，故仍取邮寄一途。惠赐之尊译《存在的政治》亦已收到，非常感谢，待细细读过再报告意见。又及。

五

志宏先生：

信得。对于先秦子书的一般看法，我与先生并无出入，只是觉得在论述时，事先应该说明一下，所取者何，所舍者何，如果不加说明，而泛言老子或《老子》，读者将以全体求之了，如此则不能自圆其说。过去在文章中说："坊间那些从哲学思想方面概述《庄子》的论著，无不说得头头是道，但是引用《庄子》却是各取所需；别人大可以取其所不取的《庄子》材料写出一本与他们完全对立，因而足以否定他们的书。"我所希望避免的，即此是也。至于所谓"《老子》旨归"，如果只能概括部分文本，那么是否还能用这名义呢，大约该说"《老子》部分旨归"罢。

我觉得《老子》作者虽非一人，成书亦非一时，但就王弼本而言，基本上还能构成一个整体，与《庄子》有所不同，所以那么论述，具体看法，皆在书中，这里不复赘言。

先生前信所谈者，第一点（《老子》《庄子》之先后）与我看法并无不同；第二点（《老子》之旨归）我已说明如上信及此信，至于"生发与今日吾等之生活形式相洽之异思"，则我对此无甚兴趣（先生此信所言"对文本的思考的三条路径"，我一向只限于前两条）；第三点（"道"之性质）我仍坚持《演义》之说，觉得《老子》之道没有那么玄虚，也没那么了不起；第四点（"道"与"名"之关系）我也坚持己说，意思都说在书中了，可以补充的是，"无名，天地之始"一句，标举"无名"，正说明根本没有什么"常名"；第五点（"生"之涵义）是先生的评论，我不能赞一辞；第六点（张祥龙之说）因没有读过尊师的文章，不敢发言。大概看法，就是这样。

关于《存在与政治》，我将细细读之。先生前信所谓"匆匆一过"，想系一句客气话；然则我自己是不大习惯"匆匆一过"的。

祝好。

止庵

二〇〇二年四月一日

致季惟斋 五通

一

惟斋先生：

信得，谢谢。

关于日本文化，我先后写过几篇小文章，均在报上发表过，你或未见着，找时间发给你看，这里不多谈了。

关于周作人，来信所说"那种被称为民俗学的趣味和取向"，鄙意但为老人诸多价值取向之一，而且不是最主要的；倘若视为唯一，则未免太狭隘了——虽然你并没有这样说，但是由此推测他的"命运安排"，恕我不能同意。周氏自称"真正的儒家"，所揭示的"伦理之自然化""道义之事功化"两个主要主张，亦非"民俗学"所能包容得了。说来周氏思想的"根基"乃在这里，若说"命运安排"，也当从这里找原因罢。若是多读些他的著作，特别是《夜读抄》至《知堂乙酉文编》各书，或者至少看一篇《中国的思想问题》（在《药堂杂文》中），或许可以真正理解此老了。不过他的确是反宋学的，而另外标举了孔子之后儒家的另外一个传统，其关键人物，乃是王充、李贽、俞正燮也。

电影问题,我虽然看碟很多,但是没有系统想过,对于先生之分类,不能多予评论,只觉得各类之间,似有交叉;一类之中,又有不同。譬如《乱》、《暴雨将至》(是否就是《大雨天》?)和《鳗鱼》统归一类,而分别称为"古典叙述""奇思异构"和"冷静叙述",似乎这之间差别很大。如此说来,"镜子或玻璃电影"也可能成为一种"叙述编码"——注意我说的是"可能"。如果问题仅仅在于叙述不好,那么不是另分一类的理由。先生是否再斟酌一下,使之更其完善呢。

知无不言,先生谅之。

止庵
二〇〇二年二月二十八日

二

惟斋先生:

此处先说一原则,即鄙意素以思想具有独立价值,无须诉诸现实,故而并不赞同"道义之事功化";虽然,若论及周氏一九四一年之举止,此实为其思想根源,而我对这举止也不赞同。讲得明确一点,因为要"道义之事功化",所以他那么做了。历史并不简单,动机与结果亦不尽相同,甚至相反。历史评价只看结果,不看动机,并无错处;我辈讨论思想,却不可局限于这一层面。此论非要为谁辩护,实为思想方法之关键,谈论思想,我是不依从那种肤浅的道德论的,也不喜欢"以果证因"。我们在思想方法上似乎差异较大,此一问题,怕是难以讨论出所以然来,不如各自保留看法为宜。你若有暇,可以一读《药堂杂文》中《汉文学的传统》《中国的思想问题》《中国文学上的两种思想》《汉文学的前途》,《苦口甘口》中《梦想之一》《灯下读书论》《我的杂学》《立春以前》中《十堂笔谈》,《过去的工作》中《凡人的信仰》《过去的工作》《两个鬼的文章》,《知堂乙酉文编》中《道义之事功化》各篇,或许胜于这里一番讨论了。

电影问题,已说在上信,不复赘言,《大雨天》系黑泽明学生所拍。

祝好。

止庵
二〇〇二年三月一日

三

惟斋先生:

来信多有错码,只能猜其大意。或许是用了繁体字罢。

关于周作人之事,我的想法已如前信所述,并无更多补充。他在一九四九年有一封信,收入《知堂集外文·四九年以后》,对此事解说甚详。我理解他的动机,但不赞同他的做法。这一点,前信也说过了。关于"道义之事功化","道义"为何,"事功"为何,在前信提及各文中周氏自己解释甚为清楚,无须别立新意,或扩大范围。

我迄今只就周作人文章写过一点东西，其他方面则未曾议论，因为还不完全了解情况。今后一段时间也不会为此写什么。

关于这一话题，恕我不再多说了。你或许不能同意，那么各自保留意见也好。

黄秋岳的《花随人圣庵摭忆》我很喜欢，但是我不明白有什么道理把他与周作人相提并论。

所谓"以果证因"，亦即先认定结果如何，再去推测原因，这不符合逻辑。即以周氏之事而论，先接受现成定论，以此为出发点，回过头去寻找之所以如此的起因，我觉得这很牵强附会。这里谈不上翻案的问题，那也没有什么意思。我承认有此一桩事实，止此而已；这不是探讨问题的起点，而是终点。轻易接受或否定现成定论，都是思想自由之大碍，思想自由存在于定论之外。或许我的结论与定论一致，但那是我自己经过一番独立思考得来。你是读过《庄子》的，庄子不是是，不非非，不是非，亦不非是，而自是其是，此为《庄子》一书之神髓也。

言语失敬之处，请多谅解。匆匆，祝好。

止庵
二〇〇二年三月二日

附言：过去在文章中写过一段话，与上文不无关系，且抄在此，用供参考。

"逻辑学讲大前提—小前提—结论，何以前一个前提说'大'，后一个前提说'小',因为划定的范围正是由大而小,而结论一定又要小过小前提,所有这些才能成立;也就是说,从大前提到小前提再到结论,其间一定是必然的而不是或然的关系。而且顺序一定是从大前提到小前提,再到结论,不能反过来推论。"

结论不能成为前提,现在我还这么看法。

四

惟斋先生:

来信收到。我的意思,已都说在前信之中,没有更多要补充的。这里只重复一点,即独立思考,独立于什么;思想自由,自由于什么,这一问题若不解决,则独立与自由都是空话。独立于定论,自由于定论——这是我的想法。

关于周作人,只不过是一个具体问题而已。你比我年轻,似乎脑子里该是少些框框才对。然而不然,这令我有些奇怪。你有自己的思想方式,他人毋庸干涉;我只是觉得,似乎接受定论太多,或者说,前提往往是预定的,所做的不过是解释这些定论或前提(给它做脚注)罢了。恕我指出这一点来。这使得看待问题流于简单化。能不能从"零"开始考虑问题呢。

再重复一遍,我不匆忙反对定论,也不匆忙接受定论,而是针对某一问题,从"零"开始做自己的研究工作。譬如周作人,他是否"汉奸",姑且放到一边,我要看他到底具体做过什么,他自己怎么想法,他的想法与行为是否一致,与结果是否一致,所有这一切都要非常具体全面地加以考察，要与所处环境联系起来，与他自己的思想联系起来……迄今为止，我还没有任何结论，因为其中有些环节我还不太清楚（我相信别人也不清楚）。你如果试试也像我这样做法，就不会匆忙地讲"与黄秋岳相提并论"，以及前信所说"日本军方如何看法"——即以后者而论，"扫荡反动老作家"又如何解释呢。

我之所以不能与你讨论周作人之事，就是因为我还没有结论，甚至连"知道"也很有限（当然并不少于目前大家所知），我需要更多更全面地"知道"，并且思考。倘若以"周作人是汉奸"这一定论为前提，那么还研究什么呢。可能研究的结果，他的确是汉奸，但这是结论，不是前提。

以赛亚·柏林的书我倒是看过，我不知道以上所说，算狐狸，算刺猬。

祝好。

止庵
二〇〇二年三月七日

五

惟斋先生：

信得。你我很像《庄子》所谓"各是其所是"，倒也不差；不过此老尚说"公是"，然则"公是"不以"各是其所是"为"是"，更非承认"各是"之一为"是"——其实这也就是"公是"了。我一向说的，接近这个意思。咱们各自的话，聊供对方参考，斯亦一得也。

你所指出的虚无主义，其实不错，若说是怀疑主义就更准确，虽然并非全部，还有些不怀疑的、相信的、肯定的、建构的。而自由之可能性（尚且不是自由，先生概括有误）即为其一。但是说来话长，未必中听，将来如有机缘，再说不迟。至于狐狸或刺猬或两者都不够格的问题，暂且不很关心。

说句真心话，我很感谢你的种种关怀。以后还是各自多读些书为好；将来果有心得，再来报告。

即颂

安好。

止庵
二〇〇二年三月十日

致邓晶晶 一通

晶晶兄：

前回嘱谈"书评观"，迄今已历一月；截稿时间大概已过，而我的文章还未写成。其实我从前写过类似题目，归纳为三条：一，多所读书；二，要有感受；三，会写文章。现在旧话重提，殊乏新意；进而一想，似乎连说过的也颇可质疑了。我是针对自己那路文章而言，而我一向写的未必算得上是真的书评。我一般不大介绍所谈及的书的内容；除了真心推崇的作品之外，评论往往退诸相当次要位置，几乎说不说两可。说来不过是取材读书，借题发挥罢了。以此来谈"书评观"，恐怕未合尊意。

现在撇开一己经验，觉得书评的关键还在一个"评"字。说好说坏，只要公允就行；然而公允又最难得。论者与作者之间，论者与其他读者之间，须得建立一种基本共识，也就是说，大家在同一前提下说话，否则作为批评很难站得住脚。譬如批评一篇小说，说它没有反映现实，因此不是好作品，就先得确认小说非得反映现实不可；假如这一前提不成立，那么相应批评也就不成立了。现在的问题在于，有关批评的前提往往只为批评者自己所有——当然未必是其自家冥思苦想得出，多半还是打哪儿领来的——作者和其他读者并不买账。

胡适《评论近人考据〈老子〉年代的方法》有云："在论理学上，往往有人把尚待证明的结论预先包含在前提之中，只要你承认了那前提，你自然不能不承认那结论了：这种论证叫做丐辞。……丐辞只是丐求你先承认那前提；你若接受那丐求的前提，就不能不接受他的结论了。"我的书评观，无非就是"避免丐辞"而已。

恭颂
编安

止庵
二〇〇七年十二月六日

致朱璐 二通

一

阿朱：

贵刊第五期所载房君《"素心人"记》，以下几点有误：

一，"《浮生六记》多出两记，没有缺呀。"此系针对钱锺书《浮生六记》"事实上只有四记"和"谁知道没有那么一天，这两部书缺掉的篇章会被陆续发现"而言。

按《浮生六记》中《中山记历》《养生记道》早已亡佚，现在某些刊本中所"多出"的此"两记"，乃系后人伪作。李欧梵前几年在《万象》上已经闹过信以为真的笑话了。

二，"周作人在'文革'中乞怜于鲁迅的敌人章士钊，但章士钊未予理睬；后来，他与香港某老板联系，这位儒商甚至为他从日本进口罐头，再由香港转寄大陆。"

按周作人一九六六年七月十日日记："下午作致行严函，此亦溺人之藁而已，希望虽亦甚微，姑且一试耳。"七月十八日日记："上午王益知君来，代行严致意，甚可感荷。"可见并非"未予理睬"。

"香港某老板""儒商",当指鲍耀明。按周、鲍通信始于一九六〇年二月,中止于一九六六年六七月间,所谓"乞怜于鲁迅的敌人章士钊"之前,不是"后来"。

答应给贵刊写的文章还未写成,却写了这么一封信,请原谅。

祝好。

止庵

二〇〇四年五月二十七日

二

阿朱:

前日呈上一文,想已收到。承蒙错爱,屡嘱写稿,深为感激。然则有一小点,顺便一说:今年九期所载拙作《〈小彼得〉、许霞和鲁迅》,编辑有一处修改,未免不当。原稿作:"《小彼得》署'许霞译',这是许广平的名字,鲁迅自己没有用过。他另有一个笔名叫'许遐',曾用以发表译作《鼻子》(一九三四年九月《译文》第一卷第一期)和《饥馑》(一九三四年十月《译文》第一卷第二期)。许广平著《欣慰的纪念·略谈鲁迅先生的笔名》云:'许遐这名字,是因为我的小名与遐字同音而取的。'所谓'与遐字同音'的'小名',即'许霞'也。"发表出来,第二句头一个字"他",被改成"许广平"了。这里只涉及两人,是以行文时以"他"代鲁迅;若是许广平,则当写作"她"矣。"另有一个笔名"云云都是鲁迅的事,编辑自作主张改为许广平,遂成张冠李戴。其实细看下文,当知究竟。编辑改稿，计有三种：改错为对，改对为对，改对为错。愚意其一职司所系，其二多此一举，其三实为大忌。区区小文，本不足道，今斗胆提出，希望共勉。

祝好。

止庵拜
二〇〇六年十一月七日

致朱自奋 一通

自奋兄：

一月七日贵报"书人茶话"栏来新夏《顾老为我写书序》一文有云："顾老用'叙'不用'序'，是一种古老用法。……宋以后苏轼因祖父名'叙'，为避家讳，遂多用'序'字。顾老如此用法，我自以为颇有嘉勉拙著之微言存焉。"

按这里恰恰把话给说反了。苏轼祖父叫苏序，因为避讳，他用"叙"替代"序"字。以后"序""叙"通用。说"叙"是古老用法，未必然也。

止庵

二〇〇五年一月十六日

致孔德婧 一通

德婧君：

拙著《樗下读庄》对《庄子·则阳》"道，物之极，言默不足以载；非言非默，议有所极"的解释是：

"道与物相对立，这里说言说知，其实乃是说物。若是'未免于物''与物终始'，以物作为所指，即便不言，也与道不相干，所以说'言默不足以载'。跳出对应于物的'言''默'这一层次，也就是悟，才可以得道。'非言非默，议有所极'，正是悟的境界。"

关键是这里的"默"是与"言"在同一层次，即都在"物"的层次。可以理解为"默"是相对于"言"而言，只要存在这种相对关系，"默"就不是得道。"不可言"才是得道。"默"不是"不可言"（这可以直接理解为"不能言"），而是在可能"言"的情况下"不言"。超越这一层次，就进到"道"的层次，在那一层次本来已经不存在"言"的问题，当然也就不存在"默"了。

不知道我说明白了么。问好。

止上

二〇一一年五月三日

致于彤 一通

于小姐：

谢谢你对拙文的夸奖。那一篇原是编辑把我的两篇旧作删减拼凑而成，现在我把原来的文章发给你好了。关于张爱玲，一共写过五篇小文章，另外三篇也一并发给你。

你问："看张爱玲的小说时，您也有心有所感、眼中涕下的时候吗，如果有，后来是怎么出来的？"我读张爱玲的小说，当然有感动之时，譬如《金锁记》里姜长安、《花凋》里郑川嫦，她们的命运都令人为之难过。此外也许还有《茉莉香片》里的言丹朱、《红玫瑰与白玫瑰》里的王娇蕊、《年青的时候》里的沁西亚，等等。但是张爱玲对于她们的态度，那种必欲摧残之、毁灭之的态度，好像"替天行道"似的，使得我们也只能默认这一切，觉得真是"天地不仁，以万物为刍狗"。这也就回答了你"怎么出来"的问题了。

祝好。

止
二〇〇三年五月十六日

致郭礼绵 一通

礼绵先生：

拜读大作，非常感谢。我从前写《插花地册子》及关于书的文章，其实意不在评书，总想着以此为契机，说些自己想说的话。所以若以"书评"论是不合格的。另外我看外间的书评文章，其实多是"书介"，也就是内容概要。我想这里其实有个前提，即预设读者是没有读过这书的，但如果遇见读过的就会觉得多话了。在我看来，这样两路文章都是可以存在的，区别但在给什么人看也。略陈己见，不知尊意如何。再致谢忱，即颂安好。

止庵拜
二〇一二年十一月十四日

致黄江苏 五通

一

江苏君：

信得。承垂询："通常我们都认为周作人是文学家，可是，为什么从一九二五年到六十年代写作回忆录这可以说半生的岁月里，他反复地说自己的文学店关门了，自己不懂文学，站在文坛以外？是否有什么外部原因的直接刺激？他的文学店真的关门了吗？"

兹答复如下：周作人一九二五年说"文学店关门"，是指不再从事文学批评了；在此之前，他的文学翻译也基本上停止了。我们现在说周作人是文学家，是将他的散文创作视为文学创作，而周作人自己并不这么看。到了一九四三年，他重又开始文学翻译（《如梦记》，以及为所译《希腊神话》作注释），可以说关上的门又打开了。（虽然他自己只是说，"假如我在文学上有野心的话"。）

不知妥否，望予批评。

止庵拜

二〇一〇年十月二十三日

二

江苏君：

你问："周作人为什么对文学、文士这些词（事物、身份）如此在意，夸张一点说，是畏如蛇蝎，避之唯恐不及？就说到文学批评吧，他为什么要这么急切地告别它呢？这里面，有他怎样的心理原因？"

可以参看周作人的《两个鬼的文章》一文，讲得最清楚了。他以"爱智者"自居，更看重自己文章里的思想，这当然与"文学"相远了。另有一点，就是在他看来，"文学"与"文章"是两回事，"谈论文学"与"谈论文章"也是两回事。所以他始终不断在写文章，但不认为是弄文学；不断地在谈文章，但不认为是谈文学。我们似不应以如今的文学观去规范他。

止庵拜
二〇一〇年十月二十四日

三

江苏君：

你说："周作人要从文学转向思想，他大可以平和地说，为何要那么激烈，对曾经的文学生涯，那么视若堕贫，后悔不已，对自己可算丰伟的文学功绩（批评、理论、创作并举）一笔抹杀，毫无留恋。我的直觉里，总觉得他是要跟什么人区别开来。我觉得这个人，很可能就是鲁迅。兄弟失和之与鲁迅书里说，蔷薇色的梦破灭，就是指一起弄文学的梦吗？那一段时期，我在他的集外文里，也读到他对弄艺术的人的失望（关于《情波记》），我也疑心有旁及鲁迅的意思。……会不会是兄弟失和，推动了他离开新文学群体的步伐？"

恕我不大同意"他大可以平和地说，为何要那么激烈"的说法，盖此还是拿后来人们对周作人的印象来看他。周氏骨子里其实是个很激烈的人，此点可参看拙著《周作人传》，我在那里所说"这是周作人自相矛盾之处；他自己不但不掩盖，甚至有意张显这一点——显然他更愿意做个丰富的人，复杂的人"云云，亦可移来看这件事。你如果遍读周氏一九二三至一九二八年间的文章，当知道那一时期他并非在此一事上"激烈"，此亦他所谓"两个鬼"使然。鄙意以为，研究周作人，须得先把世间相关"定论"撇开，否则难以真正接近你的研究对象。知无不言，请谅。

止庵拜
二〇一〇年十月二十五日

四

江苏君：

"周作人既要做丰富、复杂的人，他为何不可以在侧重思想启蒙、也满足自己的读乡贤笔记趣味等等之余，同时保留他的新文学批评的工作呢？他的说法是醒悟到自知无知，不懂文学，所以不做了。可是，有什么迹象表明了他之前对新文学那些理论建设、实际批评的工作是无知的，不成立的，让他产生这个醒悟与转向呢？我因为暂时没有找到，所以对他的这个说法不免还有疑惑，对他的文学店关门的原因残存疑惑。先生觉得他真的是出于无知、不懂而停止这个工作么？他为什么要用这样理由呢？"

这个恐怕要在"教训之无用"的语境下去考虑，周作人在一九二四年之后，几番否定自己，都与此有关。（他是喜欢明确说出对自己的否定的。）至于说此事与鲁迅相关，我不这么看，虽然，提出"教训之无用"与兄弟失和有些关系。拙著中谈及此事，请参看。是否请你看一遍拙著，觉得说得不当或语焉不详处，我来说明补充，如何。

止庵拜
二〇一〇年十月二十六日

五

江苏君：

"我觉得不解的是，您梳理他从《不讨好的思想革命》到《教训之无用》等的线索，然后连接到《元旦试笔》的宣言上，中间一个环节似有跳跃，即：从教训无用，如何等同到文学不知上去。如果教训无用，应该调整思想启蒙的姿态，更专注到自己的园地里，为何却反了过来？"

周氏所说"自己的园地"，其实不是与他人无关，倒是相反；他对于文学的社会功用是有期待的。所以当提出"教训之无用"，他就不再开垦这园地了。周氏当时的意思，与我们现在对"自己的园地"的揣想是不一致的。我觉得还是那句话，不能以今日之标准规定前人。不知尊意如何。

止庵拜
二〇一〇年十月二十六日

致胡紫薇 一通

小胡：

节目我不敢去，嘱以写信代之，谢谢宽容。让我推荐几种与现实有些关系的书来读，想到的是：

一，《鼠疫》（［法］阿尔贝·加缪，一九四七年）

二，《屋顶轻骑兵》（［法］让·齐奥诺，一九五一年）

三，《霍乱时期的爱情》（［哥伦比亚］加里布埃尔·加西亚·马尔克斯，一九八五年）

四，《失明症漫忆》（［葡萄牙］若泽·萨拉玛戈，一九九五年）

五，《星际战争》（［英］H·G·威尔斯，一八九八年）

六，《鲵鱼之乱》（［捷克］卡列尔·恰佩克，一九三六年）

前面四种，报纸上也曾有人提到；特别是《鼠疫》，一下子好像都想起这本差不多已被忘记的书来了。二十年前我们看中它的象征意义，没想到如今几乎变成写实的了。

此外类似作品当然还有，但是这些已经够看一阵的了。

不妨一并来说一下：六本小说写的都是人类受到疾病或灾难的侵袭，而与之进行斗争的故事。在加缪笔下是鼠疫，齐奥诺和加西亚·马尔克斯笔下是霍乱，萨拉玛戈笔下是一种致人失明的莫名疾病；威尔斯则写火星人，恰佩克写一种鲵鱼，它们所造成的灾难规模更大，几乎毁灭人类。尽管各有不同，情形都很严重，而人类最终还是获得了胜利。这里关键在于那个过程，也许会给我们一点启示。其实都是旧著，启示早在那里，大家未曾留意罢了。

"非典"时期，外出受限，访客绝迹，空闲反而多了，读点书当然很好。不过我想强调一句：不得病最为要紧，读书毕竟是在其次。

祝好。

止庵
二〇〇三年四月二十九日

致刘琼 一通

刘琼君：

前次在电话中随便说的话，承蒙费心记录。我觉得此番争论，自有来龙去脉，不如把我贴在博客的信，lvchen君的跟帖，直接发表出来。故我接下来所说，仍取书信形式。

首先要说的是：图书配图，目的何在。在我看来，不外以下三点。一是解决文字解决不了的问题。比如侦探小说，常以图示意凶杀案发生时的各种位置关系，俾读者一目了然。关于绘画、摄影的书，涉及画或照片的细部，配图也很有用处。有些书，图本身构成内容的一部分，不可或缺。这种情况下，需要考虑图片的位置、大小、质量，以及稀见还是常见之类问题。

二是延伸阅读。通过配图丰富文字的内容，激发读者的阅读想象。但以不破坏语境为限，小说的配图尤其如此。我曾举《海明威》一书为例。书中有处写道："在大萧条的时候他跑去猎狮子、钓马林鱼、看斗牛，却没有只字片语支持革命分子传播的福音。"相应配了一张照片：海明威和一群仰慕者在哈瓦纳码头围绕着钓到的银色马林鱼，那条被悬挂起来的鱼足有海明威一个半人那么长，从上到下贯穿整张照片。这样,延伸阅读的效果就达到了。配图要能帮助、能提高读者对文字的理解,但不能把他引到与文字内容完全无关的道儿上去,那反而帮倒忙了。

三是调整阅读节奏。报纸上总是配有很多照片,有些其实没有也行,但为何要有呢。因为整版都是文字,读来太累,需要有所调整,得空休息。书中也有这样的配图,比如题花、尾花之类,都是为了调整一下阅读的节奏。

书中配图,不能盲目行事。现在图文书盛行,与计算机的应用和网络的普及不无关系。一方面,软件和网络的页面,往往变化多端,大家受了影响,也想把书弄得花里胡哨。另一方面,计算机排版,网络下载,使得做到这一点非常容易。可以说我们是被计算机和网络给"带坏"了。其实真正看书的人,未必喜欢如此花哨。有些排版方式,譬如文图混排、铺设底纹、变异字体等,有碍阅读,应该慎用。

不是所有的书都需要配图。不同种类、不同性质的书,如果需要配图,应该有不同方法。要而言之,就是虚构类书籍与非虚构类书籍,配图要有区别。

非虚构类书籍,比如历史、传记、回忆录等,通过配图再现过去的某个人物,某个场景,可能给人留下深刻印象。但是一定要与书的内容相符。譬如坊间有本《印象派绘画史》,所配的画作,一半不是出自印象派画家之手;讲到的印象派画家,则一半没有配上画作。这样作用就很有限了。

虚构类的书籍,配图往往旨在将某个虚拟的情境具体化。在西方,有过很好的插图画家,譬如多雷、比亚兹莱、肯特等。著名画家如毕加索、达利，也给文学作品画过插图。

每一本书，都有可能的特定读者群。书中配图，最终要为它的特定读者群服务。哪些人会看这本书，哪些人会买这本书，一定要从这个角度来考虑问题。举个例子，《马尔特手记》的配图方法，也许用在现在流行的网络小说很恰当，但不一定适用于《马尔特手记》。

我曾在博客上回答lvchen君：关于《马尔特手记》的配图，我所批评的是"编者"，即给这书配图的人，不是"编辑"。那么编辑应该在其中起什么作用呢。第一，考虑这本书可能的读者是些什么样的人，揣摩一下他们会喜欢什么，不喜欢什么。第二，据此，看看这本书是否需要配图；需要的话，配什么图，如何配法。第三，据此，对于编者配图不当之处，提出修正意见。

总而言之，一本书有一本书的读法，一本书也有一本书的出法。书的开本、封面、字体、版式、配图等，无一不是这样。

现在图文书常见的问题是书中配图缺乏目的，只是为配图而配图。譬如虚构类书籍与非虚构类书籍，配图方式竟然毫无区别。到书店看看，这种现象非常普遍。

小说配图的作用，主要为延伸阅读。我以《马尔特手记》为例，提了两点。第一，这是一本小说，插图应该再现情景，而不应该破坏语境。比如书中写到人物在读书，可以把书中描写的情景画出来，使之形象化、具体化。但若出现的是所提到的书的书影，或者是书的作者像，就已经超出这一情景之外了。第二，这是一本小说，人物与作为原型的作者不能混为一谈。譬如《红楼梦》，虽然有"自传说"，也不能在贾宝玉上场时，配上曹雪芹的画像；不能在写到贾政或贾代善时，配上曹雪芹的父亲和祖父的画像（假如有的话）。

当然像《马尔特手记》这样的书,作为附录或资料在书前书后配上点画或照片,倒也无妨。

以上所说,归结为一句话,就是不能"以真乱假"。文学作品所呈现给读者的,是一系列虚拟的情景。配图不能破坏这一虚拟性,不能干扰阅读的连贯与完整。另外举个例子,我们看一部电影,某个角色乍一登场,画面上随即出现饰演该角色的演员的相关资料,乃至他出演的别的电影的镜头,这部电影是否还能看得下去呢。读书与此正相仿佛,延伸阅读是有限度的。

我对里尔克《马尔特手记》的翻译出版,期待已久。这是一部世界名著,在二十世纪文学史中占有重要位置,而此前迄无简体字中文译本。所以在这次北京图书订货会上,特地推荐了这本书。虽然它首次即以"插图本"的形式出现,让我多少有些遗憾。假如同时出版插图本与纯文字本,那我肯定推荐后者;假如出过纯文字本之后再出插图本,我大概也不会多说什么。

有关插图本《马尔特手记》的看法,我写在给朋友的信中,兹不复述。lvchen君有不同意见,我曾回答说:我是基于自己读书的一点习惯,也许过时了,收信的戴君比我还大几岁,我们都保持了过去的、可能已经不复存在的一种读书习惯。lvchen君显然另有读书习惯。她所说的"我们所预期的,却是一个相对开放的空间,一个能够由此及彼,能够提供多重信息的长满触角的文本",在我怕是会"顾此失彼"。

lvchen君说:"这个插图本,在我们看来,不仅是一部以马尔特为主人公的长篇小说,而且是一部与里尔克相关的多重文本。"这个"不仅……而且……"实在是很理想的一种阅读模式;但是它真的能在读者——我指的是《马尔特手记》的特定读者——那儿行之有效么。我是颇感怀疑的。

读书其实是一种很古老的信息接受方式；虽然书的内容与形式，已经今非昔比。《孟子·告子上》云："弈秋，通国之善弈者也。使弈秋诲二人弈，其一人专心致志，惟弈秋之为听；一人虽听之，一心以为鸿鹄将至，思援弓缴而射之。虽与之俱学，弗若之矣。"我辈读书，大约仍与这里所形容的情形相去不远。亦即俗话所说"一心不可二用"是也。lvchen君说："您在读到里尔克所描绘的那组《贵夫人与独角兽》挂毯的时候，也不会拒绝去看一看这挂毯的真实模样，或者在读到那个双手涌满血液的查理大公的时候，也愿意看看此人的画像吧。"我谢未能，还是希望专心致志地读我的书。

我的想法，就是这些。祝好。

止庵
二〇〇七年三月一日

致王雪霞 一通

雪霞兄：

日前承蒙垂询，拖到现在才答复，非常抱歉。

记得曾经在电视台做过一次节目，主持人以"藏书家"相称，我说另外两位"嘉宾"（其中之一是谢其章君）大约当得这称号，若我顶多只是"藏书于家"耳。其间区别，即在于他们买旧书，而我买新书——在书店里随便能找到的东西，何以谈得上"藏"。当然严格说来，买旧书也不能一概称为藏书。收藏的对象，以量而论，应是现存为数不多的书；以质而论，应是具备版本价值的书。

我买书都是用来读的，这也与藏书的旨趣有所不同。当然藏可兼读，其间究有主次之分。我买的书假如不读，就白买了。

至于我二十年来都买了些什么书，概而言之，都是上不得贵《藏书报》的书。有原创的，也有翻译的，一共两万本左右。就中也有少量旧书，譬如谷林翁送我的全套《越缦堂日记》、一些民国版本书（包括十几种周作人著作）。此外，还有周氏四篇文章的手稿，三篇为谷林翁赠，五十页；一篇为鲍耀明先生赠，三页。再就是我父亲沙鸥先生的大量手稿。

关于藏书与读书，可以再讲几句题外话。我觉得藏书可以夸耀，读书无可夸耀，因为此乃人之常情，算不得一桩特别事情。读书而有一己心得，才是有意思的。将这心得写下来，虽然只是余绪，但也有写得好坏的问题。这一番话说着好几件事，可惜很少有人能够得兼。古人里我想到一位黄丕烈，他是大藏书家，所著《士礼居藏书题跋记》真有好见解（版本学、校勘学方面），也真是好文章。

匆匆，祝好。

止庵
二〇〇七年二月九日

致曹雪萍 一通

雪萍兄：

现在使用"俄罗斯文学"这名目，好像是要囊括俄罗斯自有文学以来不到三百年间所有的文学创作。其实有一段应该单分出来，就是苏联文学。然而往往混淆在一起了。常听说某人有"俄罗斯情结"；仔细分辨，却是"苏联情结"。俄罗斯文学的核心是人，是对人的关注，对人的生命和人的境遇的关注，是人道主义。无论陀思妥耶夫斯基，还是托尔斯泰，都是如此。而苏联文学就其主流而言，往往与此正相反，甚至根本就是对人性的扭曲与戕害。譬如有人对《钢铁是怎样炼成的》不能忘怀，觉得冬尼亚特可思慕；可在那小说中这是个什么角色呢。保尔与她分手，恰恰是"钢铁是怎样炼成的"的重要一步。我们不能同时接受保尔与冬尼亚。俄罗斯文学的主题是"苦难"，苏联文学的主题是"革命"。

假如"俄罗斯情结"仅仅限于怀旧，而不伴随着拓宽视野和重新认识的话，可能还是走在一条岔道上。说来可笑，我们仍然生活在阴影里，然而造成阴影的那个东西早就不存在了。讲到苏联文学，也应有所区分：最初的二十年间，的确有不少俄罗斯文学伟大传统的继承者，如写《我们》的扎米亚京和写《大师和玛格丽特》的布尔加科夫等，不过他们都被"活埋"了。以后还有帕斯捷尔纳克、索尔仁尼琴这种反主流者，普里什文、帕乌斯托夫斯基这种非主流者，即使厕身主流之中的，也有肖洛霍夫这样颇有成就的作家。但这毕竟是少数。大量的所谓"社会主义现实主义文学"，其实质是以虚假替代真实，没有什么艺术成就可言。

　　承蒙垂询，回答如上。

止庵
二〇〇六年九月二十日

致王倩 一通

王倩兄：

可以说有三个埃柯：一是学者埃柯，二是小说家埃柯，而后者是前者的副产品。埃柯的小说很明显根植于他的理论，也就是说，小说家埃柯是从学者埃柯中长出来的。相比之下，要以学者埃柯分量更重，位置更高，贡献更大。虽然对一般读者来说，小说家埃柯更著名，而他的小说的确写得好极了。

这次埃柯来中国，我看到了第三个埃柯——作为社会批评家的埃柯，他此行所关心、所谈论的，都是一些很具体的社会问题。说老实话，我对此不甚以为然。因为我一向认为，思想本身就是存在，就拥有力量，未必非要诉诸现实不可。我曾经开玩笑说，埃柯是另外创造一个世界的人，怎么还来关心这个世界。像他这样的人，实在属于凤毛麟角；那些具体的社会问题，不如留给别人去操心罢。

对于埃柯来说，"创造"与我们通常使用这个词儿不是一个意思。大部分作家的创造，都是"有中生有"，是为现实提供一面镜子，从中所看到的，还是我们这个世界。埃柯有所不同，他是"无中生有"，属于另外一类作家。这类作家数量很少，代表者是博尔赫斯和卡尔维诺。他们头脑中产生出来的东西，与现实世界没有什么关系，不能用现实世界的尺度来衡量。当然，埃柯与卡尔维诺多少有点区别。卡尔维诺纯粹是"异想天开"；埃柯的小说更多获益于一己的阅读经验，他往往要从这里找个"起点"，像亚里士多德《诗学》第二卷是否存在与《玫瑰之名》，圣堂武士的传说与《傅科摆》，都是如此。我由此看到埃柯与"现实"之间的一点关系。

讲到埃柯，人们往往连带提到丹·布朗——说得更准确些，是讲到丹·布朗，往往连带提到埃柯。在我看来，丹·布朗只是一个"拙劣的埃柯"而已。埃柯在接受采访时说，"非要比的话，我倒觉得《傅科摆》和《达·芬奇密码》更相似。唯一的不同是，我写《傅科摆》里那些形形色色的疯狂之举都是闹着玩儿，而《达·芬奇密码》写得那么严肃，所以这是真疯。"埃柯写的是思维和想象驰骋的过程，不受约束，绝对自由；丹·布朗则遵循了流行小说的一应规则。他是一个迎合读者的埃柯，是个媚俗的埃柯；简直可以说，他与埃柯没有什么关系。

埃柯在中国很有名，他的作品已经出版过不少，《玫瑰之名》甚至有好几个译本。但我觉得，埃柯在中国未必会像在西方那样，拥有很大读者群。这有几个原因。首先，埃柯小说中有大量的真的知识和他自己假造的"知识"，对于中国的多数读者而言，可能嫌太多、太密集了；相比之下，丹·布朗提供的那点儿东西正好适量，容易接受。其次，埃柯并不按照流行小说的套路来写，比如《达·芬奇密码》中那种落套的人物关系和情节安排，在埃柯的小说中根本不可能出现，他不把自己庸俗化，不自降门槛以迎合读者，那么也就不会拥有那么多的读者。第三，中国的多数读者还是想从书里看到对于现实的反映,埃柯这种另外创造一个世界的作品,可能不合时宜。第四,中国的多数读者对于篇幅长的作品不很耐烦,而埃柯的书往往很厚——这次他在访谈中说,写小说"真正的难度是如何让小说写得尽可能长,直到该结束的时候再结束",这揭示了埃柯小说的重要特色,我读《傅科摆》时就觉得,本来微不足道的事情,在他笔下居然发展到无比复杂的程度,但是我担心别人对此没有耐性,埃柯的书又不可能"匆匆一过"。

谈到埃柯对中国的影响,更多应该还是在学术上;在符号学、阐释学等方面,可能对国内相关领域影响很大。不过对此我是外行,不能多谈。无论如何,"过度诠释"和"误读"这两个词,国内已经应用得非常广泛。他的小说,在一定范围之内很受欢迎。至于小说界,我还没发现有哪位作家学他,可能是没兴趣,也可能是没能力。前些时有人说,末流作家用手写作,中流作家用脑写作,此外别有用心写作者,言外之意该是上流的了。而在我看来,用手或用心者未必用得了脑,或有脑可用。靠想象力去创造一个世界,其实很不容易。当然我们对待书的态度,与埃柯很不一样。中国有位作家,跟埃柯倒是略有相似之处,就是钱锺书,他也读很多书,所写小说也与书有关。不过钱锺书的《围城》是反映现实的,他读书所得的智慧,都体现在比喻句上;较之埃柯的《玫瑰之名》《傅科摆》,是截然不同的两路作品。

埃柯讲"误读",讲"过度诠释";但不是说我们读了埃柯,就不再误读了。误读永远存在,之于埃柯亦然。《诠释与过度诠释》中,就讲到对埃柯的误读。这在中国当然也不例外,包括我在内,前面所说"埃柯是另外创造一个世界的人,怎么还来关心这个世界"，就是误读。说来这也正常，谁都无法避免。关键在于我们要知道存在"误读"这码事儿，知道我们的理解是有限的，而诠释很有可能过度。

止庵
二〇〇七年三月十一日

致李楠 一通

李楠兄：

五一节前，得尊函云："我们在做一个题目叫'天上的星空和心中的戒律'，想请人从各方面来写一下有关经济发展背景下，人和社会的精神，道德和理性的问题，在全社会都在追逐物质，无所忌惮时，我们心中还应该有一些什么样的信仰和戒律。可以完全从私人视角来叙述，也可以从社会宏观来分析，您可能对这个问题已经做过很多思考，相信您会有好的观点与我们分享。"说实话，对此我并未"做过很多思考"；现在想想，答案只有四个字，即"我行我素"，或者仿此杜撰一句"我思我素"，也许更其恰切。

"我行我素"典出《中庸》："君子素其位而行，不愿乎其外。素富贵行乎富贵，素贫贱行乎贫贱，素夷狄行乎夷狄，素患难行乎患难。君子无入而不自得焉。"已经足以回答上述问题；亦可径用《论语·述而》里孔子的话："饭疏食饮水，曲肱而枕之，乐亦在其中矣。不义而富且贵，于我如浮云。"此即"素贫贱行乎贫贱"也。相比之下，《庄子》所说更得我心。《逍遥游》篇云："若夫乘天地之正，而御六气之辩，以游无穷者，彼且恶乎待哉。"此语境界极高，气象甚大，落到实处，无非就是"我行我素"或"我思我素"——《庄子》为心学，侧重的是后一方面。

《田子方》篇云："楚王与凡君坐，少焉，楚王左右曰凡亡者三。凡君曰：'凡之亡也，不足以丧吾存。夫凡之亡不足以丧吾存，则楚之存不足以存存，由是观之，则凡未始亡而楚未始存也。'"庄学的全部思考都是以自我为出发点的。凡君说"凡之亡不足以丧吾存"，是因为"凡"之存亡对"吾存"无所影响，对他来说，"凡"是"吾"的，而非"吾"是"凡"的；"吾存"，所以进而更说"凡未始亡"——对比的话就是"楚之存不足以存存""楚未始存"，盖在凡君看来，楚王是以"楚"而不以"吾"为出发点，他的"吾"也就根本没有"存"过。

《达生》篇云："仲尼适楚，出于林中，见痀偻者承蜩，犹掇之也。仲尼曰：'子巧乎，有道邪。'曰：'我有道也。五六月累丸二而不坠，则失者锱铢；累三而不坠，则失者十一；累五而不坠，犹掇之也；吾处身也，若厥株拘；吾执臂也，若槁木之枝；虽天地之大，万物之多，而唯蜩翼之知。吾不反不侧，不以万物易蜩之翼，何为而不得？'孔子顾谓弟子曰：'用志不分，乃凝于神，其痀偻丈人之谓乎。'"《庄子》中此类故事，讲的都是得道的方法；与前引《田子方》一节联系起来，可知凡君假若有所作为，当如痀偻者承蜩这个样子。凡君可谓"我思我素"，痀偻者便是"我行我素"。

对于"天上的星空和心中的戒律"的问题，我想说的就是："凡之亡也，不足以丧吾存。""吾不反不侧，不以万物易蜩之翼，何为而不得？"精神、道德、理性、信仰云云，尽在其中矣。附带讲一下，迄今为止，在思想上对我影响最大的是庄子和卡夫卡。现在

"四十而不惑"，我这方面就大致定型于这一中一西、一古一今两个人的某种融合。如果分开来说，人生观多得之于庄子，世界观多得之于卡夫卡。后一方面留待以后再说罢。

止庵
二〇〇六年五月五日

增订版后记

《远书》出版在十年前，此番重编，撤去插图，删掉若干意思不大的，又增添一些后来写的，旧版偶有脱文，亦据原稿补足。此外尚有一事，顺便一说。我出的书里，旧版《远书》印数最少，但顶数它惹的麻烦多，即某文所云"止庵与黄裳之间一场尴尬的笔墨论战"是也。若论起因，是我不合在《远书》里有番议论："譬如黄裳，我说'读得不多'，其实读得不少，因为总的来说不很喜欢，又不能直说，只好这么讲了。他的书说实话我只觉得两本好，即《清代版刻一隅》和《来燕榭题跋》，其余都不大以为然，有时甚至有点儿反感。一是思想上往往很'左'，一是文字上常常抒情。尝想写'两论'，关于黄裳与孙犁，后来放弃了。黄裳很有书的学问，但他只有光谈学问时才好，若是说别的则经常是代表集体说的，这时的他也就丧失了自己。我不大信服他的见识。"不过我写的书原本不大有人看的，这册《远书》怎么到了黄裳手里，其间路径亦多少知晓，且按下不表。反正招致黄裳写了《漫谈周作人的事》一文，在上海某报刊出。这之后一位彼此共同的朋友忽然传来黄裳口信：希望此事到此为止。当下我回话说，黄先生向来自许心仪鲁迅，我也是；鲁迅写过一篇《我还不能"带住"》，我很喜欢，那里说："现在我还没有怎样开口呢，怎么忽然又要'带住'了？从绅士们看来，这自然不过是'侵犯'了我'一言半语'，正无须'跳到半天空'，然而我其实也并没有'跳到半天空'，只是还不能这样地谨听指挥，你要'带住'了，我也就'带住'。"我骨子里自有法家气，不如还是学学鲁迅罢。这才写了《"没有好久"之类》一文，登在北京的报上。自此一来二去，所谓"论战"持续将近三年，虽然各自不过写了寥寥数篇，黄裳的文章好像长点儿，我则拢共只有几千字而已。现在回想起来，并无多大意思，但也未必"尴尬"——这或许是沿袭《红楼梦》里的"尴尬人难免尴尬事"，不过用在这儿，却未免是旁观者自作多情了。然而外间至少有三篇文章历述此事经过，却一概不知晓上面讲的一节，那么算是为好事者提供一点补遗材料，亦无不可。

二〇一八年四月五日

图书在版编目（CIP）数据

远书 / 止庵著. —济南: 山东画报出版社, 2019.8
ISBN 978-7-5474-3215-0

Ⅰ.①远… Ⅱ.①止… Ⅲ.①书信集 – 中国 – 当代 Ⅳ.①1267.5

中国版本图书馆CIP数据核字(2019)第131216号

远书

止庵 著

责任编辑	怀志霄
装帧设计	Pallaksch
出 版 人	李文波
主管单位	山东出版传媒股份有限公司
出版发行	山东画报出版社
社　　址	济南市市中区英雄山路189号B座　邮编 250002
电　　话	总编室（0531）82098472
	市场部（0531）82098479　82098476（传真）
网　　址	http://www.hbcbs.com.cn
电子信箱	hbcb@sdpress.com.cn
印　　刷	山东临沂新华印刷物流集团有限责任公司
规　　格	148毫米×210毫米
	12印张　278千字
版　　次	2019年8月第1版
印　　次	2019年8月第1次印刷
书　　号	ISBN 978-7-5474-3215-0
定　　价	68.00元

如有印装质量问题，请与出版社总编室联系更换。